KÖNIGLICHER CHARMEUR

KYLIE GILMORE

Übersetzt von
ANNA DRAGO

ISBN-13: 978-1-947379-63-3

1

—————

Alice

Nur eine ganz krasse Braut würde ohne Bräutigam auf Hochzeitsreise gehen.

Das ist also der Beweis, dass ich, Alice Segal, ein ziemlich zäher Hund bin. Ihr habt es hier zuerst gehört, Leute. Hau mich um, und ich stehe wieder auf, stärker als je zuvor. Ich kann kaum glauben, dass ich wirklich hier in der königlichen Hochzeitssuite in einem Palast auf Villroy Island bin. Ich schlage das weiße Bettlaken zurück und setze mich in meinem wunderschönen handgeschnitzten Mahagonibett auf. Ein hauchzarter weißer Baldachin über mir trägt zu dem traumhaften, romantischen Gefühl bei. Und ich kenne mich mit Romantik aus. Ich schreibe historische Liebesromane.

Ich nehme meine Cateye-Brille mit den silbernen Herzen vom Nachttisch und setze sie auf. Dieses zweistündige Nickerchen war ein Tropfen auf dem heißen Stein meines Schlafmangels, doch zumindest funktioniert mein Gehirn wieder. Während des langen Fluges von Portland, Oregon, hierher habe ich nur ein paar Stunden geschlafen. Als ich hier auf Villroy Island vor der Küste Südwestfrankreichs angekommen bin, dachte ich mir, dass mich ein kurzes Nickerchen schnell in die richtige Zeitzone bringen würde. Ich habe einen ganzen Arbeitstag vor mir. Die Sache ist die – ich brauche diesen Kurzurlaub als Inspiration. Ich hätte den Entwurf für mein neustes Buch schon lange bei meinem Verlag einreichen sollen, doch ich habe noch kein einziges Wort geschrieben. Zuerst war ich zu sehr mit den Hochzeitsvorbereitungen beschäftigt gewesen, und nachdem Mason letzte Woche die Hochzeit plötzlich gecancelt hatte, konnte ich nicht einmal mehr vom Sofa aufstehen. Mein tiefer Glaube an die Romantik ist erschüttert, genauso wie mein Herz, meine Seele und mein Vertrauen in die Menschlichkeit. Ich will nicht darüber reden.

Es muss reichen, wenn ich sage, ich liebe die Liebe, und das schon immer, und Mason hat das für mich kaputtgemacht. Wahrscheinlich das Schlimmste, was man einer Autorin von Liebesromanen mit einer Deadline antun kann (oder einer Frau mit einem schlagenden Herzen). Ich atme tief ein und blinzele aufwallende Tränen zurück. Damit bin ich jetzt fertig. Ja wirklich. Ich habe getrauert und bin darüber hinweg.

Hier sind die Fakten:

1. Mason und ich waren ein Jahr zusammen, davon sechs Monate verlobt.
2. Er hat mich in den letzten drei Monaten mit Riley betrogen - ohne, dass ich davon wusste -, während wir verlobt waren.
3. Riley ist seit der Mittelstufe meine beste Freundin.

Sie war die Extrovertierte, während ich die Introvertierte war, meine Vertraute und der Mensch, an den ich mich immer wenden konnte. Nur, wie soll man sich von seiner besten Freundin abwenden, wenn man wegen etwas, das sie getan hat, am Boden zerstört ist?

Die gute Nachricht ist – ja, es gibt tatsächlich eine gute Nachricht, was so ziemlich der Grund ist, warum ich nicht gerade in einer Ecke kauere und mir die Augen aus dem Kopf heule: Ich bin gerade mit einer fantastischen Idee in meinem

Kopf aufgewacht. Meine Verlegerin wird sich freuen. Selbst wenn ich einen ungeschliffeneren Entwurf als sonst einreiche, ist das vollkommen okay, solange ich bis zur Deadline in zwei Wochen etwas einreiche. Ich hatte nie vor, auf meiner Hochzeitsreise zu schreiben, doch nun bin ich hier und gebe mir große Mühe, nicht durchzudrehen. Ich muss schreiben oder verliere meinen Vertrag. Das ist das mit Spannung erwartete dritte Buch einer Trilogie, die im England der Regencyzeit angesiedelt ist. Ich greife nach meinem Handy und rufe meine Verlegerin Quinn an, um ihr die guten Neuigkeiten mitzuteilen. Wir stehen uns nahe, und ich weiß nur, dass ihre Begeisterung meiner eigenen einen Boost geben wird und mir mein bitterlich vermisstes Autoren-Mojo zurückbringen wird.

Voicemail.

Okay, kein Problem. Ich werde meine Zeit produktiv nutzen. Ich finde einen kleinen Notizblock auf dem Nachttisch und schreibe meine Idee auf, bevor sie sich in Wohlgefallen auflösen kann, dann sehe ich mich in der Suite um und mache mir Notizen. Vorhin war ich zu müde, um irgendetwas bewusst wahrnehmen zu können. Man bekommt nicht oft die Gelegenheit, in einem jahrhundertealten Palast zu übernachten. Da die Flitterwochen bereits bezahlt waren, dachte ich, dass ein Tapetenwechsel genau das ist, was ich brauche, und bisher sieht es so aus, als wäre es eine gute Idee gewesen. Ich will ein paar Details der Suite für den Palast meines Helden verwenden. Die Suite ist atemberaubend schön. Das Schlafzimmer ist mit antiken Mahagonimöbeln mit kunstvollen Schnitzereien eingerichtet. Goldene Wandleuchter an den Wänden mit Kerzenglühbirnen spenden warmes Licht, und auf beiden Seiten des Bettes befinden sich goldene Säulen, auf denen putzige Engel sitzen. Ich schnuppere die Luft. Es duftet wunderbar beruhigend nach Lavendel. Perfekt.

Auf einem runden Tisch stehen eine Kristallvase mit Rosen, ein Eiskübel und eine einsame Champagnerflöte. Nur ein flauschiger weißer Bademantel hängt im Kleiderschrank. Ich habe vor meiner Abreise angerufen, um sie darauf vorzubereiten, dass ich allein kommen werde, und ich bin dankbar, nicht überall mit der Nase darauf gestoßen zu werden, dass diese Suite für glückliche Paare gedacht ist. Andernfalls könnte ich einen Stich bekommen. Haha. Nein, keine Bange. Ich bin weitgehend stabil.

Ich wandere in das Wohnzimmer der Suite und betrachte das fantastische Deckengemälde mit Meerjungfrauen und Nymphen. Riley und ich haben immer darüber gerätselt, wie Meerjungfrauen Sex haben. Das war auf dem Höhepunkt unserer Obsession für Fabelwesen gewesen. Ich starre ins Nichts und sammele mich einen Moment lang, doch meine Brust fühlt sich immer noch an wie in einem Schraubstock, als ob Mason und Riley auf meinen Lungen sitzen und sich liebevoll in die Augen blicken würden. Ich brauche frische Luft.

Ich nehme mein Handy und stopfe es in die Tasche meines hübschen rosa Reisekleides mit weißem Blümchendruck. Ich liebe dieses Kleid vor allem, weil es weit und lang ist und Taschen hat. Ich bin das, was man als kurviges Mädchen bezeichnen würde, obwohl ich nicht weiß, warum man mir in Bezug auf meinen Körper überhaupt einen Stempel aufdrücken muss. Leider habe ich diese Beschreibung mehr als einmal in Artikeln gesehen, die über mich geschrieben wurden (genauso wie vollschlank und Übergrößen-Frau). Wen kümmert es, ob ich in einem Laden für Übergrößen einkaufe? Über was? Angenehmes Material, das einen nicht einschnürt wie eine Wurstpelle? Ich würde es vorziehen, als die interessante oder gewitzte, intelligente Frau bezeichnet zu werden, die ich bin, anstatt kurvig oder mit Übergröße. Ich gebe dem Patriarchat die Schuld. Und Hollywood, der Mode und so ziemlich jedem Frauenmagazin. Hmpf. Ich schlüpfe mit den Füßen in meine schwarzen Sandalen und gehe zum Spiegel, wo ich meine vom Schlaf verdrückten, dunkelblonden Haare bändige. Ich beuge mich vor und lasse meine Brille an meiner Nase herunterrutschen, um besser sehen zu können – verdammt, ich habe fette, dunkle Ringe unter den Augen. Ich bin dreiundzwanzig, viel zu jung für Augenringe. Ich schiebe meine Brille wieder hoch. Ich muss dringend Schlaf nachholen, dann gibt sich das hoffentlich wieder.

Ich wende mich vom Spiegel ab und verlasse meine Suite.

Aus dem Nichts taucht ein Dienstmädchen in einer

Uniform aus weißer Bluse und schwarzer Hose auf, die alle Angestellten hier tragen. Ich hatte auf etwas Traditionelleres gehofft, was die Uniformen angeht. Ich habe mir Dienstmädchen in schwarzen Kleidern mit weißen Rüschenschürzen, Kammerdiener in Livree und Butler im Smoking vorgestellt. Wenigstens hat der Butler, den ich bei meiner Ankunft gesehen habe, einen schwarzen Anzug getragen.

Sie lächelt. „Guten Tag, Ma'am. Ich bin Christina. Kann ich Ihnen irgendwie behilflich sein?"

„Hallo." Ich deute den Flur hinunter. „Ich will nur ein bisschen frische Luft schnappen."

„Ah. Vielleicht gefällt Ihnen ja der Innenhof des Palastes. Von dort kommen Sie auch in den Garten."

„Wunderbar. Wenn Sie mir nur die richtige Richtung weisen könnten?"

Sie beginnt eine langatmige Beschreibung von Fluren, Treppen und Orientierungspunkten auf dem Weg, die sich für mein erschöpftes Gehirn schnell wie weißes Rauschen anhören.

„Könnten Sie mich bitte dahin bringen?", frage ich.

„Natürlich, Ma'am."

Wir gehen in Richtung Treppe los. „Wie gefällt Ihnen Ihr Aufenthalt bisher, Ma'am?" In ihrer Stimme liegt ein leiser Anflug von Mitgefühl. Jemand muss ihr gesagt haben, dass ich hier auf Hochzeitsreise bin.

Ich wirke sofort jedem aufkommenden Mitleid entgegen. „Alles ist ganz wunderbar. Können Sie mir mehr über die Geschichte des Palastes erzählen?" Ich habe an der Uni Geschichte studiert, was sich als sehr nützlich für das Schreiben historischer Romane erwiesen hat. Ich bin mir nicht sicher, ob Yale sich seinen Beitrag zu meinen sexy Liebesromanen auf die Fahnen schreiben möchte, aber hey, ich weiß die gute Ausbildung da zu schätzen.

Christina beginnt pflichtbewusst, von der Geschichte des Palastes zu erzählen. Ich bin jedoch zu müde, um alles aufnehmen zu können. Ich folge ihr durch die Anfänge mit den Wikingern, die mit ihren irischen Frauen von einer frühen irischen Siedlung hierher gesegelt sind und eine runde

Steinfestung gebaut haben. Sie verliert mich irgendwo um die Zeit des zweiten Feuers.

„Da wären wir, Ma'am", sagt sie und bleibt in einem langen, von Fenstern gesäumten Flur an einer Holztür stehen. „Die Gärten sind gleich hinter dem Hof hier." Sie zeigt durch ein Fenster in die grobe Richtung. Es ist ein schöner Blick auf einen grasbewachsenen Innenhof, der vom Ost- und Westflügel des Palastes eingerahmt wird und einen Blick auf den manikürten Rasen erlaubt.

„Danke."

Sie macht einen Knicks und geht. Ich öffne die Tür und trete hinaus in einen sonnigen Junitag mit klarem blauem Himmel und vereinzelten weißen, flauschigen Wolken. Es geht mir schon besser. Ich gehe in die Mitte des Hofes. Dort setze ich mich auf eine Bank, lege den Kopf in den Nacken, breite die Arme aus und schließe die Augen. Die Sonne wärmt mein Gesicht. Ich brauche keinen Bräutigam, um das zu genießen. Wahrscheinlich hätte Mason mit dem Fahrrad über die Insel radeln wollen. Er war ein begeisterter Radfahrer. Ich habe mich jedoch nie auf diesen winzigen Fahrradsitzen wohlgefühlt. Ja, jetzt muss ich nicht tun, was er will. Ich bin eine freie Frau. Ich straffe meine Schultern, doch meine Gliedmaßen sind schwer wie Blei.

Mein Handy klingelt, und ich hole es aus meiner Tasche, dankbar für die Ablenkung. Der Name meiner Verlegerin blinkt auf dem Display. Ja! Ich nehme den Anruf an. „Ich habe mein nächstes Buch."

„Lass hören", sagt Quinn. Sie ist eine New Yorkerin – und kommt gerne unverblümt und ohne Umschweife auf den Punkt.

Ich setze mich auf eine nahegelegene Steinbank. „Wir haben in den ersten beiden Büchern nicht viel von William gesehen, darum will ich ihm eine dunkle Vergangenheit geben. Er ist ein Schurke."

„Gefällt mir soweit."

„Ich stelle mir eine Dreiecksgeschichte vor. Ein Schurke und ein raffinierter Gentleman wollen beide die Heldin. Ihr Name ist Sigourney, was soviel wie siegreiche Eroberin bedeutet." Ich erzähle schnell weiter, da wir beide wissen, dass Sigourney kein Name aus der Regencyperiode ist, doch ich mag, dass sie so tough ist. „Sie wird den raffinierten Gentleman bezahlen lassen und den Schurken benutzen, um ihn zu ruinieren. Am Ende sind beide Männer ruiniert." Mein Herz schlägt ein bisschen schneller, begeistert von der Idee, zwei Männer zu vernichten.

Stille.

„Quinn? Bist du noch dran?"

„Ja", antwortet sie leise. „Wie geht es dir?"

„Mir geht's gut. Was ist? Gefällt es dir nicht? Ich finde die Geschichte aufregend. Sie wird beide in die Knie zwingen."

„Vielleicht bist du zu verbittert, um diese Geschichte zu schreiben."

„Ich bin nicht zu verbittert!" Meine Stimme steigt alarmierend an, und ich senke sie und bemühe mich um einen vernünftigen Ton. „Mir geht's gut. Ich habe die Geschichte."

„Das klingt nicht nach einer Alice Segal-Geschichte. Zu tragisch."

Mein Leben ist tragisch. Ich wische eine lästige, entfleuchte Träne weg und sage eindringlich und laut, um sie (und mich) zu überzeugen: „Über eine Dreiecksgeschichte zu schreiben könnte ..."

„Gib dir ein bisschen mehr Zeit zum Trauern", sagt sie sanft. „Schick mir nächste Woche was. Keine Ideen, sondern ein Kapitel. Nein, besser drei, okay?" Sie verabschiedet sich schnell und legt auf.

Ich starre eine Minute lang geschockt auf das Display. Die Idee hat ihr nicht gefallen. Das war meine einzige Idee. Drei Kapitel bis nächste Woche sind großzügig. Ich sollte viel mehr abliefern, aber trotzdem ...

Wem versuche ich etwas vorzumachen? Ich kann nichts Romantisches schreiben, wenn ich nicht daran glaube. Ich bin erledigt. Meine Karriere ist vorbei.

Ich ziehe meine Knie unter meinem langen Kleid an wie eine Schildkröte, die sie in ihren Panzer zieht. Dann schlinge ich meine Arme um meine Knie, vergrabe den Kopf in meinen Armen und lasse meinen Tränen freien Lauf. Ich will diesen Autoren-Gig nicht verlieren. Mit Geschichte als Hauptfach und ohne jegliche Berufserfahrung bin ich nicht einstellbar. Ich habe direkt nach der Uni mit dem Schreiben angefangen. Vielleicht werde ich am Ende versuchen, an einer Highschool Schülern Geschichte beizubringen, die sich nicht für die Vergangenheit interessieren, weil sie zu sehr mit ihren Hormonen beschäftigt sind und der Frage, wo sie im Speisesaal sitzen sollen und wer ihre echten Freunde sind oder wer hinter ihrem Rücken über sie herzieht. Nicht, dass ich wüsste, wie ich das tun sollte.

Was für eine beschissene Situation!

„Geht's Ihnen gut?", fragt eine tiefe Männerstimme.

Ich hebe abrupt den Kopf und starre ihn erschrocken an, während der Atem aus meinen Lungen rauscht. Ist er das? Ich nehme meine tränenfleckige Brille ab, putze sie mit dem Saum meines Kleides und setze sie wieder auf, damit ich ihn besser sehen kann. Er ist es. Prinz Lucas Rourke – der begehrteste adlige Junggeselle, ein Mann, der mit Filmstars und Models zusammenarbeitet – steht vor mir und fragt, ob es mir gut geht. Ich hole tief Luft. Er ist ein fleischgewordenes Liebesroman-Cover. Im Ernst. Ich würde nicht einmal eine Geschichte schreiben müssen, wenn ich ihn auf dem Cover hätte. Die Leser würden Geld für meine Walmart-Einkaufsliste bezahlen, nur um diesen wunderschönen Mann, diesen Augenschmaus zu besitzen. Seine aquamarinblauen Augen bilden einen scharfen Kontrast zu seinem dichten dunklen Haar und dem sorgfältig gestutzten Bart. Wenn er in einer meiner Geschichten ein Held wäre, würde ich ihn als eins neunzig große, breitschultrige, muskulöse Perfektion mit einer stolzen, majestätischen Haltung beschreiben. Vielleicht gewürzt mit der einen oder anderen Bemerkung über die Passform seiner Reithose. Hm. Dazu trägt er ein schwarzes Polohemd, und seine Unterarme sind gebräunt und definiert. Ich stehe ein bisschen auf Unterarme und seine sind besonders sexy. Ich kann nicht anders, als so etwas zu bemerken. Das gehört in gewisser Weise zu meinem Job und bedeutet nicht, dass ich tatsächlich etwas wegen meiner Bewunderung für ihn unternehmen werde. Mein desillusioniertes Herz verhindert jeglichen Blutfluss südlich des Bauchnabels.

Ich versuche zu lächeln und bringe tatsächlich „Mir geht's gut" heraus, was selbst für meine Ohren nicht überzeugend klingt. Es war nett von ihm, nach mir zu sehen, aber ich werde mein Herz keinem völlig Fremden ausschütten.

Er schockt mich zum zweiten Mal, als er sich neben mir auf der Bank niederlässt. „Ich habe zufällig das von der Dreiecksgeschichte mitgehört. Hört sich hart an."

Ich weiß nicht, ob ich lachen oder weinen soll, weil mir plötzlich bewusst wird, dass das die Fortsetzung meiner eigenen Geschichte war. Na wunderbar! Kein Wunder, dass es Quinn nicht gefallen hat. Mein Leben könnte nicht weiter von einer Romanze entfernt sein.

Seine aquamarinblauen Augen sehen mich mitfühlend an. „Sie müssen nicht darüber reden. Ich werde Ihnen nur ein bisschen Gesellschaft leisten." Und er bleibt sitzen.

Er ist für mich da, ein Wildfremder inmitten eines Zusammenbruchs. Ich wusste nicht einmal, dass er im Palast ist. Ich habe Bilder von ihm auf der ganzen Welt mit vielen, vielen glamourösen Menschen, vor allem Frauen, gesehen. So viele Frauen. Und keine von ihnen würde jemals auch nur ansatzweise als kurviges Mädchen bezeichnet werden. Was in aller Welt macht er hier?

Ich riskiere einen Seitenblick auf ihn.

Er lächelt sanft. „Hi, ich bin Lucas. Wir können ruhig du sagen."

Ich schnaube. „Ich weiß, wer du bist. Du bist der begehrteste adelige Junggeselle der Welt." Seine Lippen verziehen sich zu einem sexy, schiefen Lächeln. „Ich bin Alice. Ich bin auf meiner Hochzeitsreise hier."

„Oh." Er sieht sich um und fragt sich wahrscheinlich, wo der Bräutigam ist. „Da muss ich was falsch verstanden haben. Mit deinem amerikanischen Akzent dachte ich, du wärst ein Gast meiner Schwägerin." Er sieht mich wieder an. „Dann musst du in der Hochzeitssuite untergebracht sein." Auf mein Nicken senkt er seine Stimme. „Hast du dich mit deinem Mann gestritten?"

„Nein. Na ja." Ich wedele mit meiner Hand. „Er ist nicht hier, und wir sind nicht verheiratet."

Er runzelt die Stirn. „Warum sagst du dann, dass du auf deiner Hochzeitsreise bist?"

Ich zögere und überlege, ob ich mich einem Fremden anvertrauen soll. Ich öffne mich Fremden gegenüber nicht so leicht, und es tut mir immer noch weh, darüber zu reden.

Ich hebe meine Hände und zwinge ein bisschen mehr Energie in meine Stimme. „Ich bin ein zäher Hund." Und dann zittert mein Kinn und zerstört meine Glaubwürdigkeit vollständig.

2

Lucas

„Wo kommst du her, zäher Hund?", frage ich, um sie von ihren Tränen abzulenken.

„Portland, Oregon, USA", sagt sie mutig und holt tief Luft. Sie versucht, nicht die Fassung zu verlieren. Ich kenne die Anzeichen. Man wird nicht zum begehrtesten adligen Junggesellen der Welt, wenn man keine Erfahrung mit Frauen hat.

Der Kontrast ihrer nerdigen Bibliothekarinnenbrille zu ihren blonden Haaren und üppigen Kurven ist mir durch das Flurfenster aufgefallen. Der Wind hat ihr lockeres Kleid um ihre großen Brüste und ihre Sanduhrfigur geweht. Unglaublich sexy. Wie Marilyn Monroe mit Nerdbrille. Erst als ich nach draußen gekommen bin, ist mir klar geworden, dass sie in einer Krise steckt. Ihre Stimme ist selbst in diesem Zustand sanft und satt und unleugbar sexy. Warum sollte sie allein auf Hochzeitsreise gehen? Das einzige, was mir als möglicher Grund einfällt, ist, dass sie bezahlt war und sie das Geld nicht verschwenden wollte. Eine pragmatische Frau.

Ich sehe mir die Tränensituation an. Noch keine, auch wenn ihre blauen Augen unter ihrer Brille glänzen. Die schwarze Ernsthaftigkeit der Brille wird durch kleine silberne Herzen an den Ecken des Rahmens gemildert. „Also bist du für eine Woche in der Suite?" Ich vermeide es absichtlich, sie unter den gegebenen Umständen als Flitterwochen- oder Hochzeitssuite zu bezeichnen.

„Zwei Wochen."

Ich achte darauf, meine Stimme fröhlich klingen zu lassen, gerade so, als könnte eine zweiwöchige Solo-Hochzeitsreise ein lustiges Abenteuer werden. „Vielleicht könntest du ein bisschen Sightseeing in Frankreich machen. Nantes ist ganz in der Nähe, und Paris ist auch nicht weit weg. Natürlich kannst du dich auch auf Villroy umsehen, auch wenn es abgesehen von Sand und Meer hier nicht all zu viel gibt."

Sie bemüht sich ihrerseits, optimistisch zu klingen. „Ja, das war mein Plan. Einfach alles in mich aufsaugen, mich inspirieren lassen und auf magische Weise mein nächstes Buch produzieren." Ihre Stimme wird am Ende leiser.

„Was schreibst du?"

Sie seufzt. „Historische Liebesromane. Liebesgeschichten aus der Regencyzeit in England. Naja, bisher zumindest. Vielleicht habe ich bald keinen Job mehr." Sie schüttelt langsam den Kopf. „Meiner Verlegerin hat meine Idee von der Dreiecksgeschichte nicht gefallen." Sie lächelt mich wehmütig an. „Ist ja auch genaugenommen mein wirkliches Leben."

„Tut mir leid."

Sie zieht die Beine unter sich, setzt sich im Schneidersitz hin und zieht ihr Kleid über ihren Knien glatt. „Genug über mich. Was treibst du so? Was macht ein Prinz im Palast?"

„Ich bin auf der Administrationsseite an unserem neuen Geschäft beteiligt. Wir bauen ein Day Spa auf der Ostseite der Insel und fangen gerade an, Kosmetik herzustellen, alles mit Zutaten aus der Gegend hier, die die Fischereiindustrie liefert." Ich spreche gerne über unser neues Geschäft.

Ihre Miene hellt sich auf. „Dann bist du also nicht nur ein Prinz, sondern auch ein Geschäftsmann?"

Vor Stolz setze ich mich etwas gerader hin, bis ich mich daran erinnere, wie schwer es mir gefallen ist, mich als der Position würdig zu erweisen. Ich bin der drittgeborene Sohn, was bedeutet, dass ich nicht auf den Thron vorbereitet wurde, und meine königlichen Pflichten beschränken sich in der

Regel auf ein paar Fototermine hier und da. Ich gebe voll und ganz zu, ein unbekümmerter Partymensch zu sein, der mit der A-Prominenz verkehrt, doch ich bin mehr als das. Ich möchte meinen Beitrag für das Königreich leisten, Teil seines Erbes sein. Ich sollte der CEO unseres neuen Unternehmens sein. Ich habe Erfahrung darin, nachdem ich ziemlich erfolgreich in andere Start-up-Unternehmen investiert habe und in deren Beiräten sitze – Angel Investing ist ein Hobby von mir –, doch hier zu Hause komme ich nicht vom Fleck. Der König und die Königin – mein ältester Bruder Gabriel und seine Frau Anna – haben diesen Weg für uns eingeschlagen und haben weiter das Heft in der Hand, was mir trotz meines unerschütterlichen Engagements sehr wenig zu tun lässt. Sie sollten sich mehr darauf konzentrieren, das Land zu regieren, und ihre Aufmerksamkeit nicht zwischen dem Königreich und geschäftlichen Angelegenheiten aufteilen. Anna wird in zwei Monaten ihr erstes Kind zur Welt bringen und danach in Elternzeit gehen, sofern man das in ihrem Fall als Elternzeit bezeichnen kann. Warum nicht mir die Zügel übergeben?

Es ist Gabriel, der das Problem ist. Er fährt mir bei jeder Gelegenheit in die Parade. Immer wieder mischt er sich bei Problemen ein, mit denen ich gut allein zurechtkomme, und wird dann ständig von seinen königlichen Pflichten davon abgehalten, Entscheidungen zu treffen, was zu Verzögerungen führt und dazu, dass die Handwerker auf der Baustelle herumsitzen und Däumchen drehen. Wenn es für mich eine klare Rolle, eine klare Arbeitsteilung gäbe, würde alles viel reibungsloser ablaufen. Es ist so verdammt frustrierend.

„Ja und nein", sage ich schließlich. „Ich arbeite daran, mehr Verantwortung auf der Unternehmensseite zu übernehmen."

Sie blickt in die Ferne. „Ich wünschte, ich hätte solche praktischen Fähigkeiten. Ich bin mir nicht sicher, was ich tun soll, wenn meine Karriere vorbei ist."

„Warum ist deine Karriere vorbei?"

Sie zuckt mit den Schultern. „Ich bin Schriftstellerin und kann nicht schreiben."

„Warum nicht?"

Sie dreht sich zu mir um und sagt sachlich: „Weil Mason die Muse getötet hat." Sie blickt wieder geradeaus. „Ich glaube nicht mehr an Romantik, also kann ich schlecht darüber schreiben. Aber ich will nicht darüber reden."

„Okay."

Sie schlägt sich mit der Hand auf den Oberschenkel. „Scheiß auf Mason! Warum hat er ein Happy End und ich bin allein in meinen Flitterwochen und starre den toten Kadaver meiner Karriere an?"

„Also reden wir darüber."

Sie schüttelt entschieden den Kopf. „Nein. Das tue ich nicht. Ich verschwende nicht meine Zeit damit, wieder aufzuwärmen, wofür ich bereits eine ganze Woche verschwendet habe. Ich habe alle Trauerphasen durchlaufen. Ich bin fertig damit." Sie macht eine Geste von sich weg. „Ich bin darüber hinweg."

„Das hört sich nicht gesun–"

„Ich meine, es ist nicht so, dass ich ihn jetzt noch heiraten will, weißt du?" Sie stößt einen Finger in die Luft. „Selbst wenn er jetzt auftauchen, auf Knien rutschend um Vergebung bitten und mich mit Schokolade, Rosenblättern und Diamanten überschütten würde, würde ich immer noch nein sagen."

Ich lache fast, weil Schokolade in ihrer Argumentation vor Diamanten kam, doch sie blickt finster drein und eindeutig nicht darüber hinweg. „Erzähl mir, was passiert ist."

Sie winkt ab. „Ich will mich nicht bei dir auskotzen. Ich habe dich gerade erst kennengelernt. Nimm's mir nicht übel."

„Aber das tue ich."

Ihr Kopf peitscht zu mir herum, ihre Augen weit aufgerissen. „Das tust du?"

„Ja. Du hast hier einen charmanten, gutaussehenden Mann, der bereit ist, dir zuzuhören, und du spuckst nur Bruchstücke der Geschichte aus. Das ist wie ein Cliffhanger, und du als Schriftstellerin solltest es besser wissen, als den begehrtesten adligen Junggesellen der Welt am ausgestreckten Arm verhungern zu lassen, ohne ihm das Ende der Geschichte zu erzählen."

Ihr Mund öffnet sich, während sie mich anstarrt. „Ich weiß gar nicht, wo ich anfangen soll, deine Bemerkung gerade auseinanderzunehmen. Und da ist so viel auseinanderzunehmen. Der Schriftstellerseitenhieb, dass du dich als charmant und gutaussehend beschreibst, die Tatsache, dass ..."

„Findest du mich nicht charmant und gutaussehend?" Ich lächele sie schief an, was bisher noch bei jeder Frau gezogen hat.

Sie errötet und streicht sich eine Haarsträhne hinters Ohr. Selbst eine Frau in Not kann diesem Lächeln nicht widerstehen.

„Also ...", sagt sie langsam, als würde sie überaus vorsichtig antworten wollen. Sie begegnet meinem Blick mit ernster Miene, und ich bin beeindruckt von dem scharfen Verstand, den ich in ihren Augen sehe. „Es war sehr nett von dir, hier mit mir zu sitzen, während ich meine existentielle Krise habe. Es ist nur so, dass einige Leute sagen – nicht ich, sondern *einige* –, dass sich als charmant und gutaussehend zu bezeichnen an Arroganz grenzt, ganz anders, als wenn es andere über einen sagen."

„Dann sag's doch einfach."

Sie verzieht ihre Lippen, und ihre blauen Augen tanzen vor Amüsement. „Du bist charmant und gutaussehend."

„Danke."

„Und du weißt es."

Ich grinse. „Jeder weiß das, und du bist intelligent und schön."

Sie schnappt nach Luft und reißt die Augen weit auf.

„Warum siehst du mich so überrascht an?" Ich beuge mich zu ihrem Ohr vor und senke meine Stimme zu einem heiseren Ton: „Du weißt das sicher auch."

Ihre Wangen glühen. Einfach süß. Sie fängt sich und sagt: „Natürlich weiß ich das, aber es ist schön zu hören, dass du es sagst. Vielen Dank."

Ich nicke. „Jetzt habe ich das Gefühl, dass Mason der Bösewicht in dieser Dreiecksgeschichte war, doch sag du's mir. War es so schlimm, dass du das Bedürfnis hattest, sein Foto zu verbrennen – oder sein Haus?“ Ich spüre, dass mehr Weinen ihr nicht helfen wird. Sie braucht Action, irgendwas Kathartisches.

Sie ringt die Hände. „Naja, sein Haus hat ja keine Schuld. Ich denke, ein Foto verbrennen reicht.“

„Dann lass es uns tun. Hast du Fotos von ihm, die wir verbrennen könnten?“

„Nur auf meinem Handy.“

Ich halte ihr meine offene Hand entgegen. „Lass sehen.“

„Warum?“

Ich seufze übertrieben. „Natürlich damit wir ihn verhexen können. Das kommt auf der Befriedigungsskala gleich nach dem Verbrennen eines Fotos.“

„Ein königlicher Geschäftsmann, der Hexerei betreibt“, sagt sie und zieht ihr Handy aus der Tasche ihres Kleides. „Damit habe ich *nicht* gerechnet. Ein Exorzismus würde aber wahrscheinlich besser funktionieren.“ Sie tippt auf ihrem Handy herum, scrollt und starrt das Display an.

Ich ziehe ihr Handy zu mir. Ein großer dünner Mann mit zerzaustem, braunem Haar, runder, rahmenloser Brille und einem vorstehenden Adamsapfel blickt für meinen Geschmack ein bisschen zu selbstgefällig in die Kamera.

„Sieht aus wie ein Geek“, sage ich, und das ist höflich ausgedrückt. Er sieht aus wie ein selbstgefälliger Arsch, und ich habe das Bedürfnis, ihn zu schlagen.

Sie legt ihr Handy mit dem Display nach unten auf die Bank. „Er ist Englischprofessor am Spire College in Oregon. Wir haben uns in einer Buchhandlung kennengelernt.“

„Immer noch ein Geek.“

„Als er seine Brille abgenommen hat, war das so eine Art Clark Kent-Superman-Moment. Er hat trainiert. Er war ein guter Fang, das kannst du mir glauben. Riley hat immer betont, wie viel Glück ich hatte. Riley ist meine beste Freundin.“ Sie hält abrupt inne. „*War* meine beste Freundin. Und jetzt halte ich sie für die Glückliche, da sie ineinander verliebt sind.“ Ihre Stimme bricht, und sie wendet den Kopf ab.

Da ist die Dreiecksgeschichte. Ich vermute, der Verrat

ihrer besten Freundin ist noch schlimmer als der Verrat des selbstgefälligen Arschlochs. Frauenfreundschaften gehen tief. Verdammt, ein doppelter Verrat. Kein Wunder, dass sie so aufgelöst ist. Sie versucht, sich zusammenzureißen, doch ich kann es sehen, direkt unter der Oberfläche.

„Du brauchst einen Exorzismus von ihm", sage ich. „Fang einfach neu an." Ihre beste Freundin zu exorzieren (sagt man das so?) überlasse ich besser einer anderen Frau. Vielleicht meiner Schwägerin Anna. Sie ist meiner Mutter und meinen Schwestern gegenüber sehr loyal. Frauenpower und all das gute Zeug. Sie stehen sich wirklich nah.

Sie begegnet meinem Blick und sagt leise: „Deshalb bin ich hergekommen, aber sie sind mir *gefolgt*."

„Wir müssen was kaputtmachen."

Sie richtet sich auf. „Ach so?"

„Absolut. Okay, vergiss sie. Wir müssen uns auf ihn konzentrieren. Er hat dir das Herz gebrochen."

Sie seufzt. „Es ist schwer, Riley zu vergessen. Ich kenne sie sehr lange, seit wir elf waren, als sie mich gegen einen fiesen Schulhoftyrannen verteidigt hat. Seitdem waren wir unzertrennlich."

Ich zucke zusammen. Das wird ja immer schlimmer. „Das hört sich furchtbar an, aber jetzt konzentrieren wir uns erst einmal darauf, dir deinen Ex auszutreiben, damit du deine Flitterwochen wie einen Urlaub genießen kannst. Was erinnert dich an ihn?"

Sie legt einen Finger an ihre Wange. „Er hat ein Grübchen – genau da–"

„Nein."

„Und widerspenstige Haare." Sie streicht mit einem wehmütigen Blick durch ihre Haare. „Am Wirbel stehen sie immer ein bisschen ab."

Du meine Güte. „Wenn man mal von dem Verrat absieht, was hast du sonst noch an ihm gehasst?"

Sie blinzelt mich an. „Ich habe nichts an ihm gehasst. Ich habe ihn geliebt." Sie liebt ihn immer noch nach dem, was dieser Kerl getan hat? Sie ist eindeutig nicht über ihn hinweg, und ich bin um ihretwillen wütend.

„Dann war er also perfekt. Nichts hat dich an ihm gestört."

Sie blickt zum Himmel auf und sagt dann leise: „Er hat mich immer gefragt, wann ich was Ernstzunehmendes schreiben würde. Er hat meine Bücher als Schmonzetten bezeichnet." Sie hebt das Kinn. „Meine Bücher sind wichtig für mich. Er hat nie eines gelesen. Ich habe eine Auszeichnung für meinen Debütroman bekommen; das zweite Buch ist ein Bestseller geworden. Sein Buch hat nie einen Preis bekommen oder mehr als ein paar hundert Exemplare verkauft."

Darauf stürze ich mich. „Er war neidisch. Lass uns sein Buch verbrennen."

„Oh, ich würde niemals ein Buch verbrennen."

„Ich besorge mir sein zweifellos hochtrabendes Buch, dann reißen wir sein Autorenfoto vom Cover und verbrennen es."

Ihr bleibt der Mund offenstehen, und sie klappt ihn abrupt wieder zu. „Das Buch heißt *Wurzeln in der Luft*. Es geht um das Gefühl, keine Wurzeln zu haben, weil es in der Generation moderner Nomaden, die dem Geld folgen, kein Zugehörigkeitsgefühl mehr gibt."

Aufgeblasener Arsch. „Lass mich raten, du hast sein Buch gelesen, obwohl er nie eins von deinen gelesen hat."

„Ja, es ist sehr gut geschrieben."

„Hat es dir gefallen?"

„Naja, da waren ein paar sehr gute–"

„Hat es dir gefallen?", dränge ich.

„Nein. Da war genau genommen keine Geschichte." Sie wedelt mit den Fingern in der Luft. „Es ist unkoordiniert. Zu viele lange Sätze, die poetisch sein sollen. Viele Charaktere, viele verschiedene Sichtweisen, und sie kommen nie zu einem Ergebnis."

„Für mich klingt das nach heißer Luft."

Sie lacht – ein musikalisches, entzücktes Lachen, das mich zum Lächeln bringt. Ich habe sie dazu gebracht. „Sehr ernste, schicke, heiße Luft."

Eine scharfe, autoritäre Stimme hallt durch den Hof. „Da bist du ja."

Ich rappele mich auf und straffe meine Schultern. Mist. Ich sollte mich mit Gabriel treffen, um ein Problem mit dem Bau des Spas zu besprechen, und habe mich von Alice' Problem ablenken lassen. „Ich war gerade auf dem Weg zu dir."

Von der offenen Tür aus schüttelt er den Kopf. „Schon erledigt. Du kannst gerne wie gewohnt weiter flirten."

„Ich habe nicht ... sie war ..." Ich verstumme, weil er schon wieder verschwunden ist.

Ich wende mich Alice zu. „Ich muss mit meinem Bruder reden."

„Natürlich. Danke, dass du mir zugehört hast." Sie nimmt ihr Handy und starrt auf das blöde Bild von ihrem blöden Ex auf dem Display.

Es ärgert mich. Ich nehme ihr das Handy aus der Hand, öffne ihre Kontakte und tippe meine Nummer ein. Dann gebe ich es zurück.

Sie starrt mich mit offenem Mund an.

Ich weiß nicht, ob sie überrascht oder beleidigt ist. „Für den Exorzismus", sage ich, bevor ich zurück ins Gebäude gehe.

Ich gehe in die Richtung, in die Gabriel verschwunden ist, doch er ist nirgends zu sehen. Ich bleibe stehen. Er würde mich wahrscheinlich sowieso nicht anhören. Er ist davon überzeugt, dass für mich alles ein Spiel ist. Was muss ich tun, um zu beweisen, dass ich es ernst meine?

3

Lucas

Ich gehe zum Seitenausgang. Ich will zur Baustelle fahren und selbst nach dem Rechten sehen. Mein Handy vibriert von einer Nachricht.

Test. Alice hier.

Ich hoffe, du hast meinetwegen keinen Ärger mit deinem Bruder.

War das der König?

Ich starre auf das Display und überlege, wie viel ich sagen soll. Ich sollte keine privaten Angelegenheiten mit Außenstehenden besprechen, obwohl mein Bauch sagt, dass ich ihr vertrauen kann, und ich weiß, dass sie als Gast im Palast vorab gescreent wurde.

Ich tippe eine schnelle Antwort: *Alles okay. Wir reden später.*

Ein paar Minuten später schnappe ich mir die Schlüssel für einen alten Renault auf dem Serviceparkplatz und fahre die lange, kurvenreiche Straße den Hügel hinunter. Gabriel würde darauf bestehen, dass ich einen Fahrer rufe, der mich in einer der Mercedes-Limousinen mit getönten Scheiben fährt, was auch heißen würde, dass ein Bodyguard mitkommen würde, doch das alles kratzt mich nicht. Bis zur Baustelle ist es nur eine kurze Fahrt, und ich habe mich auf der Insel immer sicher gefühlt. Die Leute hier sind es gewohnt, dass ich komme und gehe, und niemand hat je versucht, mir Schaden zuzufügen. Vielleicht ein bisschen aufgeregte Begeisterung hier und da, besonders von jungen Frauen, aber diese Art von Aufmerksamkeit hat mich nie gestört. Ich liebe Frauen.

Ich parke auf einer gekiesten Fläche neben dem Spa. Vor zwei Monaten haben wir mit dem Bau begonnen und sollten in weiteren sechs Wochen fertig sein. Leider sind wir hinter dem Zeitplan zurück, nicht nur wegen den Verzögerungen bei der Entscheidungsfindung aufgrund Gabriels anderen Verpflichtungen, sondern auch wegen wetterbedingten Schwierigkeiten bei der Beschaffung der benötigten Materialien auf der Insel und eines unerwarteten Mangels an einseitig verspiegeltem Glas, das Anna für die Fenster mit Blick auf das Meer haben will, damit niemand in das Spa spannen kann.

Ich öffne die Glastür des Gebäudes und gehe hinein. Auf dem Weg zum Rezeptionsbereich nehme ich einen Bauhelm von einem Regal. Im Augenblick ist eine Trockenbau-Mannschaft auf der Baustelle. Gabriel und Anna stehen an der zukünftigen Wasserwand. Er sieht mir ähnlich. Er hat die gleichen dunklen Haare und blaugrünen Augen, dieselbe Statur, nur, dass er immer glattrasiert ist. Anna ist groß für eine Frau, knapp unter eins achtzig, mit einem Mopp wilder dunkler Locken, braunen Augen und einem herzförmigen Gesicht. Sie ist auf unkonventionelle Weise hübsch, was zu ihr passt, da sie auch eine sehr unkonventionelle Persönlichkeit hat. Es war ein ziemliches Chaos, als Gabriel sie, eine Amerikanerin, geheiratet und sie zur Königin gemacht hat. Sie starren die Wand an, an der der Wasserfall lustlos vor sich hin tröpfelt. Einen Moment lang hat er einwandfrei funktioniert, bevor er angefangen hat zu spritzen und zu spucken. Jetzt ist er ausgeschaltet.

Ich trete zu ihnen. „Die Techniker, die die Wasserwand installiert haben, haben in den nächsten Wochen keine Zeit, um Reparaturen durchzuführen. Ich kann aber eine andere ..."

Gabriel fällt mir ins Wort. „Das Problem ist die Pumpe. Ich

habe bereits eine neue beim Hersteller bestellt. Einer der Hausmeister aus dem Palast wird sie installieren."

„Na dann", sage ich ruhig und halte mein Temperament im Zaum. Ich hatte ihm gesagt, dass ich mich darum kümmern werde. Er kann mir einfach nicht die Kontrolle überlassen, auch wenn er zugibt, dass meine Ideen Sinn ergeben. Es ist mehr als frustrierend. „Problem gelöst."

Anna lächelt mich an. „Hi Lucas. Danke, dass du vorbeigekommen bist."

Ich schlucke herunter, was ich eigentlich sagen möchte. Ich habe viel mehr getan, als nur vorbeizukommen. Ich wohne im Palast, seit wir Anfang April mit dem Bau angefangen haben. Ich bin fest entschlossen, meinen Beitrag zum Geschäft zu leisten. Es ist jetzt Juni, also ist es mir offensichtlich ernst. Dieses Spa und die dazugehörige Kosmetiklinie sind der Schlüssel zur Rettung der schwachen Wirtschaft von Villroy und werden Arbeitsplätze schaffen, die die jüngere Generation auf der Insel halten werden. Ein Königreich, das nur aus der Elterngeneration besteht, stirbt schnell aus. Ich weigere mich, das zuzulassen. Villroy bedeutet alles für mich.

Ich halte mich an ein sicheres Thema, eines von Annas Lieblingsthemen. „Wie geht's dir und dem Baby?"

Sie schenkt mir ein strahlendes Lächeln und streichelt mit einer Hand über ihren wachsenden Babybauch. Sie ist im siebten Monat schwanger. „Meinem kleinen Mädchen und mir geht's großartig."

„Schön."

Gabriel legt seine Hand auf ihren Bauch. „Anna, lass uns zurück in den Palast gehen. Ich will nicht, dass du zu lange hier bist, solange es noch so staubig ist und überall die Handwerker arbeiten."

Sie lächelt und legt eine Hand an seine Wange. Er dreht seinen Kopf und küsst ihre Handfläche fast ehrfürchtig, bevor er sie aus dem Spa führt, eine Hand auf ihrem unteren Rücken.

Ich folge ihnen und fühle mich wie das fünfte Rad am Wagen. So fühlt es sich für mich auch in jeder Hinsicht mit dem Geschäft an. Sie bilden eine einheitliche Front, die fröhlich ohne mich vorprescht.

„Es nimmt wirklich Formen an, nicht wahr?", fragt Anna.

„Ja, endlich", sagt Gabriel.

„Es war eine lange, teure Reise", stimme ich zu. „Diese Verzögerungen beim Bau waren kostspielig. Können wir einen Spaziergang machen und ein bisschen über die Finanzen reden?"

„Sicher", sagt Anna, was Gabriel dazu veranlasst, zustimmend zu brummen. Für sie ist er immer zugänglich. Zu sehen, wie sich mein Bruder von seinem früheren, steifen, autoritären Ich zu dieser neuen Version seiner selbst – einem lächelnden, hingebungsvollen Ehemann – entwickelt hat, hat mir die Augen geöffnet. Ich hätte nie gedacht, dass die Liebe einer Frau einen Menschen so sehr verändern könnte. In meiner Beziehung war das sicherlich nicht der Fall.

Wir verlassen das Gebäude und gehen über das ebene Stück Land hinter dem Spa. Hier gibt es Platz für eine Erweiterung, vielleicht ein Restaurant, doch das muss warten, bis das Spa genug Geld einbringt, um sich selbst zu tragen.

Ich komme sofort auf den Punkt. „Also, ich dachte, wir könnten Kapital aufbringen, um den Druck, der auf uns lastet, ein bisschen zu reduzieren. Jeder in der Familie hat großzügig dazu beigetragen, doch es wird immer mehr zu einer Belastung für unsere Finanzen, und wir müssen immer noch in die Kosmetikproduktion investieren."

„Ein Kapitalzufluss wäre gut", sagt Gabriel. „Aber wir wollen keine Außenseiter dabeihaben. Das ist von Anfang bis Ende unser Projekt. Die Rourkes stehen hinter der Wiederbelebung von Villroy. Wir müssen persönlich investiert sein."

„Und das sind wir auch", sage ich geduldig. „Jeder weiß, dass das Geld von uns kommt."

„Abgesehen von dem Beitrag aus meiner Junggesellenauktion", fügt Anna mit einem schelmischen Lächeln hinzu. „Lucas war da der absolute Schlager. Meine Freundinnen waren wild darauf, auf dich zu bieten." Anna hatte die Auktion hauptsächlich geplant, um ihren wohlhabenden Salon-Kundinnen das Gefühl zu geben, eine Beziehung zum

Spa zu haben, damit sie wiederkommen und andere Freundinnen mitbringen. Anna hat früher als Kosmetikerin gearbeitet. Natürlich war ich ein Hit, besonders nachdem ich mein Hemd aufgeknöpft und meinen Gürtel geöffnet habe.

Ich grinse. „War mir wie immer ein Vergnügen zu helfen."

Anna lächelt. „Das hat so viel Spaß gemacht. Leider haben wir nur genug Geld gesammelt, um das Bodengutachten und die Statik für das Spa und erste Marktanalysen für die Kosmetiklinie abzudecken. Das ist ein riesiges Projekt." Sie wendet sich Gabriel zu. „Lucas hat recht. Wir kommen an die Grenzen unserer Belastbarkeit und haben noch nicht einmal mit der Produktion angefangen."

Gabriel schüttelt den Kopf. „Ich sage nicht, dass er nicht recht hat. Ich sage, wir wollen keine Außenseiter bei dem Projekt."

Ich fange an, meine Idee zu erläutern. „Ich übernehme die Führung in dieser Sache. Ich werde sehen, ob wir einen Bankkredit bekommen können. Den werden wir dann abbezahlen und müssen keine weiteren Investoren aufnehmen. Externe Investoren würden einen prozentualen Anteil am Eigenkapital wollen."

„Glaubst du, dass wir in dieser Wirtschaftslage einigermaßen günstige Konditionen bekommen können?", fragt Anna.

„Ich habe einen Kontakt zu einer französischen Bank, der nützlich sein könnte", sagt Gabriel.

„Perfekt", nicke ich. „Mach mich zum CEO. Ich werde ihnen den Vorschlag unterbreiten und habe damit die Befugnis, die Verträge zu unterzeichnen."

„Anna und ich sind Co-CEOs", widerspricht Gabriel.

Ich schaffe es, trotz meiner Frustration in zivilisiertem Ton fortzufahren. Das ist nicht das erste Mal, dass wir dieses Gespräch führen. „Das ist nirgendwo in Stein gemeißelt. Wir müssen das alles hier mehr wie eine Firma führen und klar definierte Verantwortlichkeiten und Rollen festlegen. Im Moment ist es so viel wie ein Familienbetrieb."

„Es *ist* ein Familienbetrieb", sagt Gabriel. Das verräterische Zucken seiner Kiefermuskeln sagt mir, dass ihm schnell die Geduld ausgeht.

Ich rede weiter. „Wenn wir externes Kapital wollen, muss das Ganze professionell und transparent sein. Da muss alles bis aufs i-Tüpfelchen stimmen."

„Da ist kein I in Lucas", bemerkt Anna mit einem Lächeln. Bei meinem zweifellos angesäuerten Gesichtsausdruck hebt sie eine Hand. „Ich sage nicht, dass ich dir nicht zustimme, aber Fakt ist, dass Gabriel und ich uns und unserem Leben auf Villroy verpflichtet sind, was dieses Geschäft hier einschließt. Du hast die letzten zehn Jahre auf Reisen verbracht. Gabriel sagt, dass die letzten paar Monate seit deiner Kindheit die längste Zeit ist, die du auf Villroy verbracht hast."

„Du zweifelst an meinem Engagement für Villroy?", frage ich knapp. „Ich bin hier aufgewachsen; meine Familie ist hier. Es ist mein Zuhause, mein Geburtsrecht, mein Vermächtnis genauso wie das von Gabriel." Nur ich hatte das Pech, der drittgeborene Sohn zu sein und nicht der erstgeborene.

„Was hält dich hier, Lucas?", fragt sie nicht unfreundlich.

„Ich will dieses Unternehmen leiten, ihm meinen Stempel aufdrücken und einen echten Beitrag zum Königreich leisten."

„Bis das nächste hübsche Hollywoodsternchen dir den Kopf verdreht", fügt Gabriel hinzu. „Dann bis du weg und vergisst uns ganz schnell." Er spielt auf meine Ex, Nora, an, mit der ich eine Weile von Filmschauplatz zu Filmschauplatz gereist bin.

Ich stemme meine Hände in die Hüften. „Was muss ich tun, um euch zu beweisen, dass ich das hier will? Soll ich einen Blutschwur leisten?"

„Vielleicht könntest du dich mit einer einheimischen Frau verloben", sagt Anna mit einem Augenzwinkern. „Dann wären wir sicher, dass du bleibst."

Ich kann meinen Mangel an Begeisterung für diese Schnapsidee kaum verbergen. Ehe ist nichts für mich. Ich mag meinen Status als begehrtester adliger Junggeselle. Was ich nicht mag sind Beziehungsdramen. Meine Ex und ich haben uns durch Streitereien, Trennungen und Versöhnungen gequält. Es war anstrengend, schmerzhaft und letztendlich sinnlos.

Sie lacht. „Dein Gesicht spricht Bände. Wie auch immer, war nur ein Scherz. Wenn du heiratest, dann für nicht weniger als um der Liebe willen."

„Ich habe nicht vor zu heiraten."

„Das kann man nie wissen", trällert sie.

„Ich weiß es."

Gabriel verschränkt die Arme. „Das ist nur ein weiterer Grund, warum Anna und ich das Heft in der Hand behalten sollten. Wenn wir zu einer Bank gehen, kann unsere Stabilität als Paar und als Herrscher des Königreichs nur unser langfristiges Engagement für das Geschäft unterstreichen."

Ich hebe meine Hände. „Dann ist es mir wohl bestimmt, im Hintergrund zu bleiben."

„Wir wissen zu schätzen, was du tust", sagt Anna.

„Ja, natürlich", sagt Gabriel. „Wenn du präsent und konzentriert bist, bist du eine große Hilfe."

Seine Bemerkung trägt nicht gerade zu meiner Stimmung bei. Ich verneige mich vor meinem König und meiner Königin. „Wir sehen uns später. Ich gehe zum Hafen, um nach den Tests zu sehen." Im Hafen laufen kleine Tests für die Kosmetiklinie. Ich gehe, bevor ich die Beherrschung verliere.

„Danke, Lucas!", ruft Anna, als ich gehe. „Wir wissen zu schätzen, was du tust!"

Es ist das zweite Mal innerhalb weniger Minuten, dass sie das sagt. Das zeigt nur, dass sie weiß, wie wenig wertgeschätzt ich mich fühle.

Als ich in den Palast zurückkehre, wird mir klar, dass ich in die Ecke gedrängt wurde. Wenn ich meine Rolle hier aufgebe und das Projekt Gabriel und Anna überlasse, ist das nur der Beweis dafür, dass ich mich nicht für das Geschäft engagiere. Wenn ich bleibe, machen sie mir mit ihrem Mangel an Vertrauen und Autorität, den sie mir entgegenbringen, ständig einen Strich durch die Rechnung. Wie beweise ich, dass ich mich dem Leben hier auf Villroy verpflichtet fühle? Vielleicht, wenn ich derjenige bin, der das Geld bringt. Doch ich kann nicht einmal einen Kreditvertrag unterzeichnen, denn ich habe nicht einmal eine offizielle Rolle. Wieder in der Ecke. Wunderbar.

Wenn ich Villroy wirklich so wenig verbunden wäre, wie Gabriel behauptet, wäre ich bei Nora geblieben. Dabei haben wir genau deshalb Schluss gemacht. Sie wollte, dass ich auf unbestimmte Zeit weiter mit ihr von einem Drehort zum nächsten ziehe, und nach ein paar Monaten in Kanada und dann in Kalifornien habe ich Heimweh bekommen. Natürlich reise ich viel, doch Villroy liegt mir im Blut, und ich würde es nie ganz verlassen. Für niemanden. Vielleicht war das, was Nora und ich hatten, nie wirklich Liebe. Sicher, der Sex war fantastisch, aber meistens waren wir wie Katz und Maus. Ich dachte immer, dass unsere Streitereien ein Beweis für unsere Liebe waren, weil damit so starke Gefühle einher gegangen sind. Doch vielleicht weiß ich gar nicht, was Liebe ist.

Wen zum Teufel kümmert das? Ich bin glücklich. Ich habe alles, was ich brauche, außer das Vertrauen meines Bruders in meine Fähigkeit, dieses Projekt zu leiten.

Dabei ist das das einzige, was ich wirklich will.

4

Alice

Morgen stehen zwei Aktivitäten für mich auf dem Programm: Eine morgendliche Besichtigung des Palastes mit dem freundlichen Zimmermädchen Christina, das mir vorhin geholfen hat, mich zurechtzufinden, und ein Nachmittagstee mit dem König und der Königin im Salon. Danach gibt es diverse Optionen für den Rest meines zweiwöchigen Aufenthalts. Ich kann mich von der königlichen Jacht nach Frankreich bringen lassen, oder hier bleiben und ein Picknick am Strand genießen oder einen Fahrer oder ein Fahrrad zwecks Erkundung der Insel anfordern. Für die Flitterwochen hatte ich wenig geplant, da ich erwartet hatte, dass ich sie größtenteils im Bett verbringe, bevor ich mich nach Absage der Hoffnung in einem Anfall von wildem Optimismus entschieden habe, dass ich sie mit Schreiben verbringen will. Die Wahrscheinlichkeit, dass ich Letzteres tue, geht jedoch so ziemlich gegen Null.

Ich drücke eine Hand auf meinen knurrenden Bauch. Es ist Abend, und ich esse bei Kerzenschein im Speisesaal, der für meine erste Nacht auf der Insel reserviert ist. Dieser Speisesaal wird nur für besondere Anlässe des Hofs genutzt. Das ist alles Teil des Pakets – ein Abendessen im Speisesaal genauso wie eine Audienz beim König und der Königin. Ich überlege, in meinem Zimmer zu Abend zu essen. *Du bist ein zäher Hund, schon vergessen?* Wenn ich in meinem Zimmer bleibe, verfehlt die Reise hierher ihren Zweck. Denn das hier ist meine Ich-kann-mich-auch-wunderbar-ohne-dich-amüsieren-Reise. Ich freue mich zwar nicht gerade auf die Erinnerung an meine wenig romantischen Flitterwochen bei Kerzenschein, doch essen muss ich was. Damit wäre das geklärt.

Ich ziehe mein Handy aus der Tasche und schicke Lucas in einem weiteren Anfall von wildem Optimismus eine SMS. Warum auch nicht? Er hat mir seine Nummer gegeben. Ich weiß nicht warum. Vielleicht langweilt er sich. Vielleicht hat er Mitleid mit mir, nachdem er von meiner Solo-Flitterwochen-Situation erfahren hat. Ist mir egal. Er war in einer Zeit für mich da, als es mir nicht gutging, und jetzt schreibe ich ihm eine SMS in einer Zeit, in der ich ungern allein essen möchte.

Hi. Alice hier. Hast du Lust, was zu verbrennen, einen Exorzismus durchzuführen oder mit mir zu Abend zu essen? Bitte wählen Sie zwei oder mehr der oben genannten Optionen.

Lucas hat mich ermutigt, eine Art Exorzismus von Masons bösem Geist durchzuführen. Ich starre einen Moment auf das Display und frage mich, ob die SMS zu dreist war. Er hat wahrscheinlich irgendwelche Verpflichtungen, oder vielleicht ist er schon wieder weg, um sich mit einer seiner vielen wunderschönen Freundinnen zu treffen. Ich bin mir sicher, dass es ihm nie an Gesellschaft mangelt. Scheiß drauf. Ich gehe zu meinem Dinner bei Kerzenschein und betrachte es als Recherche für mein Buch. Immerhin haben sie in der Regencyzeit auch bei Kerzenlicht gegessen, und ich habe selbst nicht gerade oft bei Kerzenschein gegessen. Ich rufe in den Quartieren der Bediensteten an, um Bescheid zu geben, dass ich gleich zum Abendessen runterkomme.

Dann ziehe ich mich für diesen besonderen Anlass um. Ich habe für meine Flitterwochen eingekauft, einschließlich sexy Urlaubskleider, schicke Outfits und Dessous. Ich sollte die

Dessous verbrennen. Ich fühle mich fast böse bei dem Gedanken, etwas so Hübsches zu verbrennen. Das Einkaufen für die Flitterwochen war auf jeden Fall nur eines der vielen Dinge, die mich vom Schreiben abgelenkt haben. Ich will sagen, dass ich einen Verdacht in Bezug auf Riley und Mason hatte und mich das vom Schreiben abgehalten hat, aber ich hatte keine Ahnung, bis er die Karten auf den Tisch gelegt hat. Ich habe den beiden vertraut, und es gab keine offensichtlichen Anzeichen. Später erfuhr ich dank Masons ach-so-hilfreicher detaillierter Erklärung, dass er wirklich in sie verliebt war, dass sie die Vormittage zusammen verbrachten, bevor sie zur Arbeit musste (sie fängt erst später mit der Arbeit an, da sie Köchin ist), und spät am Abend, wenn er behauptet hat, an Fakultätsveranstaltungen teilzunehmen. Sie haben sogar ein paar Wochenenden zusammen verbracht, an denen ich angenommen hatte, er würde seinen Bruder in Wyoming besuchen. Und wenn schon.

Ich werde mich amüsieren.

Auch wenn ich bei jeder Erinnerung an ihn innerlich ein bisschen sterbe.

Ich ziehe für diesen Anlass mein neues hellblaues Maxikleid an. Jemand hat mir einmal gesagt, dass dieser Blauton das Blau in meinen Augen unterstreicht. Ich rücke den schulterfreien Ausschnitt mit den süßen Flügelärmelchen zurecht und binde den Gürtel locker um meine Taille. Vorne hat das Kleid einen tiefen V-Ausschnitt, der mein üppiges Dekolleté zur Schau stellt, und ist auch hinten tief ausgeschnitten. Sexy und romantisch. Ich setze mich an den Schminktisch, um meine goldenen Gladiatorsandalen mit Blockabsatz anzuziehen, die mich ein paar Zentimeter größer machen. Meine schulterlangen Haare brauchen nicht viel Zeit, da ich sie normalerweise offen trage und sie kerzengerade sind. Mit meinem Make-up lasse ich mir mehr Zeit. Eyeliner, Mascara, Rouge und ein rosaroter Lippenstift. Dann setze ich meine Brille auf, und die Linsen vergrößern meine geschminkten Augen. Mit Kontaktlinsen habe ich mich nie anfreunden können.

Zur verabredeten Zeit kommt Christina und begleitet

mich in den Speisesaal. Ich kann nicht anders, als mich zu fragen, wo die königliche Familie zu Abend isst. Ich bezweifele, dass sie alle mit einem bürgerlichen, wenn auch zahlenden Gast essen wollen.

Christina öffnet die Tür für mich. „Der Speisesaal, Ma'am. Genießen Sie das Essen."

Ich blicke in den leeren, von Kerzen erhellten Raum und sehe einen langen, glänzenden dunklen Holztisch, an dessen einem Ende ein einsamer Platz eingedeckt ist. *Geh rein, du musst was essen. Sei ein zäher Hund.*

„Danke", sage ich und gehe hinein.

Ich präge mir ein paar Details ein und konzentriere mich auf alles, nur nicht die einsame Umgebung. In der Mitte des Tisches befindet sich ein riesiges Gesteck fröhlicher gelber und weißer Blumen. Wirklich hübsch. Die Kerzen auf den silbernen Kandelabern auf beiden Seiten des Gestecks spenden nicht viel Licht, doch es ist schmeichelhaft (wenn noch jemand da wäre, der mich sehen könnte) und äußerst romantisch. Ich stelle mir sofort eine Verführungsszene vor, in der sich ein Paar gegenseitig füttert und am Ende die Heldin über den Tisch gebeugt liegt. Ihr Kleid ist zur Mitte ihres Rückens hochgeschoben, während der Held in sie eindringt und beide in die Ekstase treibt. Ich werde rot vor Hitze. Meine Vorstellungskraft ist einfach verdammt gut.

Naja, beruhigend ist das schon. Ich habe immer noch die Fantasie einer Liebesromanautorin, auch wenn es nicht wirklich eine Geschichte war. Ich suche an der Wand nach dem Lichtschalter im Raum, denn solo habe ich mein Limit an Romantik erreicht. *Na bitte, so ist's besser.* Das Licht des Kronleuchters erhellt den Raum. *Okay, und jetzt ran ans Recherchieren.* Das Zimmer ist sehr schön. Die Wände sind holzvertäfelt und bei näherer Betrachtung ist der Tisch definitiv eine Antiquität. Mein Platz ist mit dem königlichen Porzellan, glänzend poliertem Silberbesteck und Kristallgläsern aufwendig eingedeckt. Ich mache ein Foto mit meinem Handy und schlucke den Kloß in meinem Hals herunter. Es ist schwer, ein zäher Hund zu sein.

Vielleicht kann ich essen und dabei was auf meinem

Handy lesen. Ich habe einen London-Reiseführer heruntergeladen. Das ist meine nächste Station für eine Signierstunde. Mein Verleger hat den Flug dorthin gezahlt, so konnte ich mir die Flitterwochen leisten. Ja, ich habe die Flitterwochen selbst bezahlt und meinen Vorschuss für das Buch, das ich noch nicht geschrieben habe, dafür verwendet. Mason zahlt immer noch seine Studienkredite ab und konnte es sich nicht leisten. Zumindest hat er das gesagt. Doch jetzt bin ich nicht geneigt, noch irgendetwas zu glauben, was er je zu mir gesagt hat. Ich setze mich, lege mein Handy auf den Tisch und erstarre. Auf dem Display blinkt die Benachrichtigung über eine Voicemail von Mason. Ich schalte den Klingelton ein, damit ich es das nächste Mal höre und den Anruf sofort ablehnen kann. Eine SMS erscheint.

Mason: *Wo bist du? Ich will mit dir reden.*

Riley glaubt, du bist allein in die Flitterwochen geflogen. Hast du das wirklich gemacht?

Meine Brust zieht sich zusammen wie immer, wenn ich an sie denke. Ich wische mit einem zitternden Finger über die SMS und lösche sie. Dann lösche ich auch die Voicemail, ohne mir die Mühe zu machen, sie abzuhören. Es dauert, bis ich mich jemandem öffnen kann und ihm vertraue, und er hat dieses Vertrauen missbraucht. Riley auch. Am Tag, nachdem Mason die Hochzeit abgesagt hat, ist Riley in meiner Wohnung aufgetaucht, hat mich um Vergebung gebeten und sich tatsächlich eingebildet, dass wir Freunde bleiben können. Im Ernst! Ich habe ihr gesagt, dass ich nie wieder mit ihr reden will. Ihr Verrat geht nach einer zwölfjährigen Freundschaft noch tiefer als der von Mason. Sie hat mir noch diverse SMS geschickt, nachdem sie um Vergebung und mich gebeten hat, sie anzurufen. Einem gewissen kranken Teil von mir gefällt es, dass sie Gewissensbisse hat. Das sollte sie auch, und ich hoffe, sie bleiben wie eine eiternde Wunde. Was, bitter? Ich? Nein.

Ich schwöre, dass ich ab jetzt nur noch mit hundert Prozent ehrlichen Menschen verkehren werde. Ich werde neue Leute, die ich in mein Leben lasse, zwingen, so was wie einen Freundschaftsvertrag (einem Ehevertrag ähnlich) zu unterschreiben, bevor ich irgendeine Form der Beziehung offiziell mache.

Ich lasse meinen Kopf in meine Hand sinken. Das ist nur traurig. Seht ihr zwei, was ihr aus mir gemacht habt? Ich brauche einen Ehrlichkeitsvertrag, um irgendeine Art von Beziehung zu haben!

Eine weitere SMS erscheint auf dem Display und mein Herz schlägt ein bisschen schneller. Lucas!

Ich habe dich in meinen Kontakten gespeichert. Du musst nicht jedes Mal sagen, dass du es bist. Was verbrennen hört sich gut an. Wo bist du?

Vielleicht sollte ich einfach das Abendessen auslassen und gleich zum Verbrennen übergehen. Mir ist sowieso nicht nach Soloabendessen zumute. Ich kann mir später immer noch was zu essen holen. In diesem Moment kommt ein Diener herein, ein älterer Mann mit schütterem, weißem Haar. Er hat einen Krug Wasser mit Zitronenscheiben dabei. Ich lächele ihn an und schreibe schnell. *Ich bin im Speisesaal.*

Lucas: *Wer ist sonst noch da?*

Ich: *Ein älterer Herr. Er gießt mir gerade Wasser ein.*

Lucas: *Du isst allein mit den Dienern?*

Das liest sich so einsam, wie ich mich fühle. Meine Daumen fliegen über das Display. *Ich wollte gerade gehen. Das war ein Abendessen, das zu den Flitterwochen gehört. Ist schon okay. Ich bin nur zu meinem Glas Wasser gekommen.*

Lucas: *Bleib da. Ich komme.*

Oh! Mein Magen schlägt einen Purzelbaum. O mein Gott, was wäre, wenn ein Bild von mir und Lucas in den Klatsch-spalten auftauchen und Mason und Riley es sehen würden? #ZäherHund #DankeIhrLoser

Ich bin vielleicht etwas rachsüchtig. Aber da ist meine Fantasie wieder ein bisschen mit mir durchgegangen. Es ist ja nicht wirklich so, als wäre ein wunderschöner Prinz hinter mir her. Ich habe ihn vorhin ja quasi zum Abendessen einge-laden. Über meine Wertschätzung für seine Freundlichkeit und seine Unterarme hinaus stehe ich nicht auf ihn. Ich will nichts von Männern wissen, nichts von Beziehungen. Offensichtlich kann ich würdigen, dass er aussieht, als wäre er einem Liebesromancover entsprungen, ohne irgendwelche Erwartungen zu haben. Und definitiv ohne irgendwelche Baggerversuche meinerseits.

EIN PRINZ KOMMT HER, UM MIT MIR IM SPEISESAAL SEINES PALASTS ZU SPEISEN!

Das ist genau das, was ich meiner ehemaligen besten Freundin in eben diesen Großbuchstaben schreiben würde, doch stattdessen bleibt es in meinem Kopf. Was meine Aufregung in keiner Weise mindert. Tatsächlich macht es die Sache noch schlimmer, wenn es in meinem Kopf bleibt und kein Ventil hat.

Ich gehe auf und ab, zu nervös, um an meinem Platz zu bleiben.

„Ma'am, darf ich Ihnen den ersten Gang servieren?", fragt der freundliche ältere Mann.

„Ich warte auf Prinz Lucas. Könnten Sie bitte noch ein zweites Gedeck bringen?"

Er strafft abrupt seine Haltung (nicht, dass es da etwas zu straffen gegeben hätte). „Sehr wohl", sagt er, dreht sich um und geht.

Ein paar Minuten später deckt ein anderer Diener einen Platz gegenüber von meinem ein. Dann kommt ein weiterer Mann, der nicht weit vom Tisch entfernt stehenbleibt. Er ist groß und furchteinflößend, schwarz gekleidet und hat einen drahtlosen Knopf im Ohr. Ein Sicherheitsmann?

Oh-kay. Ich lächele den Diener an, der mit dem Tischdecken fertig ist, und er nickt kurz zurück. Ich lächele auch den Sicherheitsmann an, der mit der Wand verschmelzen zu wollen scheint, doch seine Miene bleibt versteinert.

„Ich bin harmlos", sage ich zu ihm. „Das einzige, was ich töte, sind Käfer, und das nur, wenn sie meine Wohnung betreten. Ich bin nur der festen Überzeugung, dass sie in ihrem natürlichen Lebensraum und außerhalb *meines* Lebensraums bleiben sollten." Ich plappere, weil es sich wirklich unbehaglich anfühlt, dass er hier ist, als wäre ich ein Risiko für die

Sicherheit des Prinzen. Ich, eine Gefahr? Ich weine bei Hundefutterwerbung. Doch wer würde nicht weinen, wenn man einen Welpen aufwachsen und ihn von Welpen- bis Seniorenfutter verschiedene Hundefutterarten zu sich nehmen sieht und weiß, dass er bald sterben und sein Besitzer furchtbar traurig sein wird? Ich habe ein tiefes Einfühlungsvermögen, was mich mal zu einer guten Schriftstellerin gemacht hat.

„Keine Sorge", versichere ich dem Sicherheitsmann, anstatt ihm die Hundefuttergeschichte zu erzählen.

„Ja, Ma'am", sagt er, wachsam und zurückhaltend.

Jetzt warten zwei Diener, der Sicherheitsmann und ich auf Lucas. Ich fühle mich unsicher und setze mich. Ich überlege mir, mein Handy wieder aus der Tasche zu holen, doch plötzlich scheint es mir deplatziert zu sein, jetzt, da das Abendessen eine förmlichere Angelegenheit mit zusätzlichem Personal geworden ist. Also trinke ich mein Wasser, fummele am Saum meiner Stoffserviette herum und warte. Tick-tack, Tick-tack. Viele schweigende Leute warten darauf, dass der Prinz kommt.

Peinlich.

Schließlich stürmt Lucas mit einem fröhlichen Lächeln in den Raum. „Da bin ich! Lasst die Party beginnen!"

Ich muss lachen. „Jetzt ist es eine Party." Er hat sich die Zeit genommen, sich zum Abendessen umzuziehen, und trägt jetzt einen schwarzen Blazer über einem weißen Hemd und einer offensichtlich maßgeschneiderten schwarzen Hose. Deshalb vergebe ich ihm, dass ich mit seinem Personal und seinem Sicherheitsmann warten musste. Nicht, dass ich jemals sauer auf einen so gutherzigen Prinzen sein könnte, der sich die Zeit genommen hat, mir in dieser schwierigen Zeit Gesellschaft zu leisten. Es gibt mir Hoffnung, dass meine Solo-Flitterwochen von Tag zu Tag einfacher werden. Bald werde ich wirklich ein zäher Hund sein.

Er nimmt mir gegenüber Platz, bittet den Diener, der hinter ihm auftaucht, um sein Getränk und wendet sich an den Sicherheitsmann. „Arthur, Sie können gehen. Ich kenne sie."

Arthur rührt sich nicht. „Sir, sie ist heute erst angekommen. Sie kennen sie nicht."

Lucas gibt sich stur. „Sie ist vor ihrer Anreise vom Büro der Königin überprüft worden, und ich habe heute bereits einige Zeit mit ihr verbracht. Alice hat eine Tortur hinter sich, und unser Gespräch ist privater Natur. Bitte geben Sie uns unsere Privatsphäre."

Oh-so-treffend ausgedrückt. Genau das war es – eine Tortur. Ich werde die Mason-Riley-Situation von nun an nur noch als Tortur bezeichnen. Das ist der perfekte Deskriptor und verpackt die Situation angemessen, bis ich irgendwann über die Tortur hinweggekommen bin. Man kann sich viel leichter von einem großgeschriebenen Objekt trennen als von zwei komplizierten Beziehungen zu realen Personen.

Arthur nickte. „Dann werde ich vor der Tür sein, Hoheit."

„Nicht notwendig, aber in Ordnung", antwortet Lucas.

Als der Wachmann geht, beugt sich Lucas über den Tisch und sagt leise: „Tut mir leid."

„Kein Problem. Danke, dass du mir beim Abendessen Gesellschaft leistest. Bevor du geschrieben hast, wollte ich schon fast wieder gehen, auch wenn ich zugeben muss, dass sich in meinem Zimmer zu essen angefühlt hätte, als würde ich aufgeben."

„Du bist eine Kämpferin. Das bewundere ich."

Meine Wangen erhitzen sich. „Ich habe mich noch nie als Kämpferin gesehen." Ich habe mich immer eher als sanftmütig betrachtet und der süßen Seite des Lebens zugetan. Zugegeben, der größte Teil dieser Süße existiert nur in meiner Fantasie, doch ich verbringe gerne Zeit dort. Es ist diese rosige Einstellung, die mir hilft, meine lebensbejahenden Geschichten zu schreiben.

Ein Mundwinkel hebt sich. „Vielleicht ist Kämpferin nicht das richtige Wort. Du bist stark. Nur eine starke Frau würde es wagen, nach dem, was du durchgemacht hast, allein auf Hochzeitsreise zu gehen."

Ich blinzele aufsteigende Tränen zurück. „Naja, mir wäre lieber, wenn wir nicht ausgerechnet darüber reden würden."

„Natürlich. Tut mir leid."

Mein Handy klingelt, und ich zucke zusammen. Ich lehne den Anruf schnell ab und schalte den Klingelton aus. Schon wieder Mason. Was könnte er von mir wollen? Lass mich in Ruhe! Eine SMS von ihm blinkt auf dem Display auf.

Du kannst mich nicht ewig ignorieren. Bitte ruf mich zurück. Es ist wichtig.

Ich beiße die Zähne zusammen und begegne Lucas' neugierigem Blick. „Das war mein Ex. Ist aus irgendeinem Grund ziemlich hartnäckig."

„Belästigt er dich?"

„Ich weiß nicht, was er will. Er schreibt immer wieder, dass wir reden müssen. Verdammt. Glaubst du, dass irgendwas passiert ist? Vielleicht ist er schwer verletzt im Krankenhaus." Ich will nicht bei ihm sein, aber ich möchte nicht, dass er tot ist. Ich war ein Jahr lang schwer in ihn verliebt. Gah! Deshalb brauche ich von jetzt an einen Ehrlichkeitsvertrag. Mein angeborenes Einfühlungsvermögen macht mein Herz zu verletzlich.

„Dann soll sich seine Freundin um ihn kümmern", sagt Lucas ruhig.

„Stimmt", murmele ich. Aber was ist, wenn es gebrannt hat oder er einen furchtbaren Autounfall hatte oder er sich eine Krankheit zugezogen hat, die hoch ansteckend ist und jeden Moment bei mir ausbrechen könnte? Wie heißt nochmal diese Affenkrankheit, die das Gehirn auffrisst und einen verrückt macht? Ich habe mal einen Film darüber gesehen. Meine Vorstellungskraft kann reichlich unangenehm sein, wenn sie Lücken mit Worst-Case-Szenarien füllt.

„Du bist doch nicht immer noch in ihn verliebt, oder?", fragt Lucas.

„Auf keinen Fall!"

Er schüttelt den Kopf.

„Bin ich nicht. Machst du Witze? Ich habe mir einen Moment lang Sorgen gemacht, aber jetzt nicht mehr."

Er sieht mich skeptisch an.

„Themenwechsel", sage ich fröhlich und schalte mein Handy aus.

Einer der Diener tritt vor und spricht leise mit Lucas, der

ebenso leise antwortet. Nachdem der Diener gegangen ist, sagt Lucas: „Ich habe ihm nur gesagt, dass wir alles nehmen, was der Koch sowieso bereits für dein Abendessen geplant hat. Es ist Sommersalat, Hummer und Schokoladensoufflé mit Kirschsauce. Ich hoffe, das ist okay für dich."

„Und ob es okay ist!" Meine Stimmung steigt. Das Abendessen klingt wunderbar, Mason und Riley können mich bei ausgeschaltetem Handy nicht erreichen, und jetzt, da ich Gesellschaft habe, fühle ich mich nicht mehr so ... naja, erbärmlich.

Ein paar Minuten später werden uns zwei Gläser Champagner gebracht. Plötzlich fühlt es sich an wie eine Party.

Lucas hält mir sein Glas zum Anstoßen entgegen. „Auf das Verbrennen von ... irgendwas."

Ich stoße mit meinem Glas an seines. „Hört, hört." Ich trinke einen Schluck, und die Luftbläschen und der süße Geschmack machen mich von einem Moment auf den anderen fröhlich.

„Ich hatte keine Zeit, das Buch dieses selbstgefälligen Arschlochs zu besorgen, also was sollen wir verbrennen?"

„Ich habe an meine Dessous gedacht. Nach dem Motto schade, dass du mich nie darin sehen wirst! Es sind alles brandneue Sachen, die ich für die Flitterwochen gekauft habe."

Er neigt den Kopf. „Bist du sicher? Vielleicht könntest du sie für einen anderen Mann tragen."

Ich wedele mit der Hand. „Auf keinen Fall. Ich habe der Männerwelt für immer abgeschworen."

Er schmunzelt und trinkt einen Schluck Champagner.

„Was? Du glaubst mir nicht?"

„Nein."

„Es ist wahr." Ich trinke noch einen großen Schluck Champagner. „Ich glaube nicht mehr an Happy Ends." Das macht mich so traurig, dass ich den Rest meines Glases in einem Zug leere. Ein Diener tritt sofort vor und füllt es wieder auf.

Lucas lehnt sich in seinem Stuhl zurück. „Das sagen alle nach einer Trennung. Und zwei Wochen später–"

„Zwei Wochen! Es dauert nur zwei Wochen bei dir? Also ich denke da eher an Jahre."

Er hebt träge eine Hand. „Okay."

Offensichtlich glaubt er mir nicht. „Hattest du jemals eine ernste Trennung?"

„Ja." Er klopft auf den Tisch. „Und der beste Weg, über jemanden hinwegzukommen, ist, einen anderen unter sich zu bringen. Oder einen anderen *über* sich, was auch immer du bevorzugst."

Mir bleibt der Mund offenstehen. „Ich kann nicht glauben, dass du das gerade gesagt hast."

Er zuckt mit den Schultern. „Wollte nur ehrlich sein."

„Schwein." Ich schlage mir die Hand vor den Mund. „Oh nein. Das ist mir jetzt einfach so rausgerutscht."

Er grinst mich frech an. „Nein, ist es nicht. Du hast es so gemeint. Ich entschuldige mich nicht dafür, dass ich Spaß habe. Aber hey, wenn du deine Dessous verbrennen willst, werden wir deine Dessous verbrennen."

„Was verbrennst du nach einer Trennung?"

„Ich behalte im Allgemeinen nichts, darum gibt es nichts zu verbrennen."

„Nichts?", hake ich nach. „Nicht einmal eine zurückgelassene Bluse oder einen Liebesbrief?" Mason hat ein paar Gedichte für mich geschrieben.

„O Gott, sie hat Liebesbriefe." Er schüttelt den Kopf. „Lass mich raten, es waren schlecht geschriebene Gedichte."

„So schlecht waren sie nicht." Ich gebe es nur ungern zu, aber ich war begeistert, als ich sie bekommen habe. Es kam mir außerordentlich romantisch vor, und noch nie hatte mir jemand etwas anderes als eine SMS geschrieben.

„Ich hoffe, du hast sie verbrannt."

Ich unterdrücke ein Lächeln. Es ist so schön, einen so überzeugten Unterstützer zu haben. „Nicht ganz. Ich habe sie durch den Aktenvernichter gejagt. Sie sind jetzt Konfetti."

„Schade, dass du sie nicht hier hast, sonst könnten wir sie auch ins Feuer werfen."

„Ja, schade."

Der erste Gang kommt, Salat mit frischem Oktopus. Nicht

paniert und nicht in Altöl frittiert. Ich kann die kleinen Saugnäpfe an den Tentakeln sehen. Widerlich.

Lucas macht sich begeistert über seine her.

Ich schiebe die Tentakel mit meiner Gabel zur Seite und versuche, sie nicht anzusehen.

„Was ist los?", fragt er. „Du magst keinen Tintenfisch?"

„Die hier sehen einfach so lebendig und gummiartig aus."

Er hebt einen Tentakel hoch, wedelt damit herum und schiebt ihn sich mit einem diabolischen Grinsen in den Mund.

Ich schneide eine Grimasse. „Igitt."

„Probier's einfach mal", sagt er, beugt sich über den Tisch, spießt einen von meinem Teller mit seiner Gabel auf und hebt ihn vor mein Gesicht, während er ihn wackeln lässt, als wäre er lebendig.

Ich presse die Lippen aufeinander und wende meinen Kopf ab.

Er schmunzelt. „Du verpasst was. Die sind fangfrisch und lecker. Meeresfrüchte sind unser Hauptexportgut."

Ich behalte meinen Salat im Auge. „Ja, also ich exportiere meine Tentakel dann einfach mal an den Rand meines Tellers."

Er lacht. „Erzähl mir mehr über das, was du schreibst. Du hast gesagt Geschichten aus der Regencyzeit. Wann war die?"

Ich bin einen Moment lang sprachlos. Männer wollen nie etwas über meine Arbeit hören. „Die Regencyzeit Englands dauerte von achtzehnhundertelf bis achtzehnhundertzwanzig, und sie war herrlich für die Oberschicht. Darüber schreibe ich, über Herzöge, Viscounts und so weiter. Jedenfalls war diese Zeit voll von gesellschaftlichen Ereignissen – Bälle und Tees sind mein Favorit – genau wie die Mode, jede Menge wunderschöne Kleider und Abendgarderobe." Ich seufze glücklich. „Es war eine vornehmere Zeit."

„Du hättest einen Urlaub in einem Schloss in England buchen sollen", sagt er. „Warum wolltest du hierherkommen?"

Meine Wangen erhitzen sich, und ich zwinge mich zu einem lockeren, fröhlichen Ton. „Ich habe in zwei Wochen eine Signierstunde in London, und es ist nicht weit von hier.

Die beiden Reisen zu kombinieren hat Sinn ergeben, weil der Verlag meinen Flug bezahlt. Und genau das hat alles möglich gemacht."

Er mustert mich einen Moment lang. „Trotzdem seltsam, dass du hierherkommen wolltest und nicht nach England, wenn man bedenkt, worüber du schreibst. Wie bist du auf uns gekommen?"

Ich überlege, ob ich sagen soll, dass ich in einem Brautmagazin über Villroy gelesen habe, was auch stimmt, doch ich war schon vorher von der Insel fasziniert gewesen. Die Artikel über die hier gefeierten Hochzeiten haben die Insel nicht gerade als Traumziel dargestellt. Es gab eine witzige Verwechslung einer doppelt gebuchten Hochzeit, darunter eine mit Furries, Leuten, die sich als riesige Plüschtiere verkleiden. Wahrscheinlich ein heikles Thema. Ich entscheide mich für die Wahrheit, auch wenn ich vielleicht ein bisschen stalkerisch klinge. Genau das ist der Grund, warum es mir ein bisschen peinlich ist, zuzugeben, warum ich hier bin. Doch ich sage es ihm, weil mir Ehrlichkeit wichtig ist.

„Ich habe mit deiner Schwester Silvia in Yale studiert."

„Im Ernst? Seid ihr befreundet?"

Ich lege meine Gabel ab. „Nein. Sie war ein Jahr über mir, und sie ist eine Prinzessin. Sie war hier oben, wenn du verstehst, was ich meine." Ich hebe meine Hand weit über meinen Kopf.

„Bin ich auch da?", fragt er in spielerischem Ton.

„Ganz kurz warst du da."

„Ha!"

Ich grinse. „Jedenfalls habe ich sie auf dem Campus gesehen. Jeder wusste, wer sie war, und ich gebe zu, dass ich von Villroy fasziniert war. Ich habe ein bisschen nachgeforscht und dachte, es wäre ein schöner Ort für einen Urlaub. Ich hoffe, du hältst mich jetzt nicht für einen Stalker. Ich habe nicht erwartet, dass sie hier ist. Wie auch immer, ich habe gehört, sie hat Cade geheiratet und lebt jetzt mit ihm in den USA."

Ein Diener löst sich aus dem Hintergrund und räumt

Lucas' Salatteller ab. Ich nicke, und er nimmt auch meinen mit.

„Ja, das tut sie", sagt Lucas in Bezug auf Silvia. „Also, was hast du über Villroy gelernt?"

„Jede Menge. Ich liebe Geschichte. Ich habe alles über die verschiedenen Leute gelesen, die einen Anspruch auf die Insel erhoben haben, sowie über eure traditionelle Fischerei, die es immer noch gibt, aber am Aussterben ist. Deshalb hat sich Villroy neuen Branchen zugewandt."

Er strafft seine Haltung, als er offensichtlich stolz antwortet: „Seit mehreren Jahrhunderten hat das rechtmäßige Herrscherhaus das Sagen. Die Rourkes stammen vom ursprünglichen Stamm der Wikinger ab."

„Die Wilden." Ich muss lächeln. Was für ein großartiger Name für diesen Stamm. „Ist das der Grund, warum du und deine Brüder dafür bekannt seid, ein bisschen wild zu sein?"

Er nickt. „Ein bisschen? Ich bin durch und durch wild."

Ich lache. „Noch immer der weltreisende Junggeselle, der eine Spur gebrochener Herzen hinter sich herzieht. Ich habe deine Fotos überall gesehen. Es muss anstrengend sein, so einen wilden Ruf aufrechtzuerhalten."

Er betrachtet sein Getränk, sein Gesichtsausdruck ist angespannt, und ich fürchte, ich habe etwas Falsches gesagt. *Oh nein*. Ich fühle mich furchtbar, nachdem er so nett zu mir gewesen ist.

„Lucas, das sollte ein Scherz sein. Ich bin mir sicher, dass du auch hier ernsthafte Arbeit leistest. Du hast gesagt, du unterstützt das neue Geschäftsvorhaben, nicht wahr?"

Er seufzt und begegnet meinem Blick. „Ich versuche es."

Ein Diener kommt mit einem Tablett mit zwei Schalen zurück und serviert eine kalte Melonensuppe. Ein erfrischender Zwischengang. Ich schiebe mir einen Löffel voll in den Mund und genieße den leichten Geschmack. Ich blicke auf und sehe, dass Lucas nicht isst. „Was ist? Läuft das Geschäft nicht gut?"

Er reibt sich den Nacken. „Es ist nur frustrierend. Ich nehme an, der weltreisende Junggeselle kriegt mich jetzt am Arsch. Ich bekomme nicht die Befugnisse oder Verantwortlichkeiten übertragen, die ich möchte, weil es hier Leute gibt, die meinen, dass ich nicht engagiert genug bin, als dass man sie mir anvertrauen könnte."

Ich glaube zu wissen, wer diese *Leute* sind. Nur der König und die Königin stehen über ihm, und in der Presse wird viel über ihr aktives Engagement für das neue Geschäft berichtet. „Wie kannst du dann dein Engagement unter Beweis stellen?"

„Ich weiß nicht, mit der Zeit vielleicht? Ich meine, ich bin schon ein paar Monate hier, aber solange sie mir nicht vertrauen, gibt es für mich nichts mehr zu tun. Ich will nur einen Beitrag leisten, der Sache meinen Stempel aufdrücken." Er schüttelt den Kopf und presst die Lippen aufeinander. „Vergiss, dass ich das alles gesagt habe. Ich sollte nicht darüber reden."

Ich winke ab. „Betrachte es als vergessen."

„Danke." Er isst einen Löffel Suppe. „Was steht noch auf deinem Plan? Hast du morgen irgendwas Nettes vor?"

Einen kurzen Moment lang denke ich, dass er vielleicht etwas mit mir unternehmen möchte, und ich bin ein bisschen aufgeregt bei dem Gedanken, seine Freundin und Vertraute zu sein, denn er war das mit Sicherheit für mich, doch dann wird mir bewusst, dass er nur das Thema wechseln wollte. „Ich mache einen Rundgang durch den Palast, und am Nach-mittag trinke ich Tee mit dem König und der Königin."

Er versteift sich. „Ach so? Ich wusste nicht, dass ein Gast eine Audienz beim König und der Königin hat."

„Ja, das gehört zum Paket. Aber nur das eine Treffen."

Er flucht leise vor sich hin. „Bitte verliere kein Wort über das, was ich gerade gesagt habe."

„Versprochen. Ich werde nichts sagen."

Er verzieht das Gesicht und bereut wahrscheinlich, sich mir gegenüber geöffnet zu haben.

„Wirklich. Keine Sorge. Ich werde wahrscheinlich sowieso zu nervös sein, um mehr als zwei zusammenhängende Worte herauszubringen."

Seine Lippen verziehen sich zu einem langsamen, schiefen Lächeln. Ich schwöre, er könnte einer alten Dame den letzten

Bissen Brot stehlen, wenn er sie dabei mit diesem entzückenden, super-sexy Lächeln ansieht. (Das war der Schriftsteller in mir, ich editiere meine eigenen Gedanken.) Der Mann strahlt sexuelles Selbstbewusstsein aus.

Seine Stimme ist seidig. „Du hast kein Problem damit, mehr als zwei Worte zu mir zu sagen."

Mir wird heiß. „Das ist wahr, wahrscheinlich, weil du heute mehr als einmal zu meiner Rettung geeilt bist." Ich schüttele die düstere Erinnerung ab, entschlossen, das Hier und Jetzt zu genießen. „Normalerweise bin ich introvertiert. Riley ist diejenige …" Ich verstumme, denn ein Kloß von Emotionen steckt plötzlich in meinem Hals. Riley ist diejenige, die über meine leise gemurmelten Witze gelacht hat, wenn sie sonst niemand gehört hat. Ich trinke einen Schluck Wasser, bevor ich sage: „Ich glaube, du hast mir mit deiner freundlichen Art Vertrauen eingeflößt."

Er grinst mich frech an. „Deshalb nennen sie mich einen Charmeur."

„Und bescheiden bist du auch." Ich lächele tatsächlich ein echtes, entzücktes Lächeln. Nach der Tortur, den Solo-Flitterwochen und der Schreibblockade hat Lucas mir mein Lächeln zurückgebracht.

„Diese Sünde hat man mir nie vorgeworfen."

Ich beuge mich vor. „Welcher Sünden hast du dich denn schuldig gemacht?"

„Ich belaste mich nicht mit Schuld."

Ich hebe die Brauen und warte auf eine Antwort.

Er schmunzelt und beugt sich vor. „Zu viele, um sie zu zählen. Ich bin wirklich ganz furchtbar."

Ich lache. „Ich denke, dann möchte ich auch ganz furchtbar sein. Klingt nach Spaß."

Er hebt eine Hand. „Ich bin froh, dass ich so einen positiven Einfluss auf dich ausüben konnte."

～

Lucas

Das Abendessen mit Alice war entspannter, als ich

erwartet hatte. Ich dachte, dass sie in einem ähnlich niedergeschlagenen Zustand sein würde wie am Mittag, doch sie ist unverwüstlich und stark. Ich kann nicht anders, als das zu bewundern, besonders, nachdem ich den Umfang des Verrats erfahren habe. Ihr Verlobter und ihre beste Freundin sind zusammen? Das ist wie einer dieser Heulfilme, auf die meine Ex so gestanden hat. Sie hat dabei hemmungslos geheult, gerade so, als ob das reale Geschichten wären. Alice hat es wirklich erlebt. Und sie kommt ziemlich gut zurecht, denke ich, auch wenn ich bemerkt habe, dass ihr Ex immer noch in Kontakt mit ihr ist und sie zu überlegen scheint, die Verbindung aufrechtzuerhalten. Ich? Ich würde niemals zurückblicken. Ich bin schon immer ein Realist gewesen. Alice ist eine Romantikerin. Sie musste einfach Liebesgeschichten schreiben.

Jetzt warte ich im Wohnzimmer der Gästesuite, während Alice die Dessous zusammensucht, die sie verbrennen will. Ich habe Streichhölzer und die Schlüssel für die Truhe in meiner Tasche, in der wir die Feuerschale und diverse Werkzeuge aufbewahren. Diese Suite sollte so sein, wie Gäste sich ein königliches Leben vorstellen, doch mit einem fantastischen Deckengemälde, vergoldeten Säulen mit Engeln und schrecklich viel Nippes ist sie ziemlich übertrieben. Meine eigene Suite ist schlichter: Ledersessel im Wohnzimmer, antike Mahagonimöbel im Schlafzimmer, kein Nippes, kein Kitsch und nichts Vergoldetes.

Sie taucht mit einer großen schwarzen Kunstledertasche über einer Schulter auf. „Okay, ich hab alles. Verbrennen wir es im Kamin oder irgendwo im Freien?"

„Wir machen ein Feuer am Strand. Wir haben eine Feuerschale, die ganz gut dafür geeignet sein dürfte."

„Cool. Was denkst du? Soll ich eine Jacke mitbringen?"

Ich betrachte ihr Kleid, das ihre glatten, nackten Schultern und ihr fantastisches Dekolleté betont, und fände es eine Schande, das alles zu verhüllen. Nein, ich bin nicht im Begriff, eine verletzliche Frau zu verführen, die gerade von ihrem Verlobten verlassen wurde. Ich bin kein notgeiler Hund, und das ist eine Situation, die die Art von Drama verursachen könnte, die ich wie die Pest meide. Ich sehe sie nur gern an. Sehr gern sogar. Anders als die Frauen, mit denen ich normalerweise ausgehe und die mit Personal Trainern hart für ihren schlanken, straffen Körper arbeiten, sieht Alice weich und sanft gerundet aus. *Üppig* ist das einzige Wort, das zu passen scheint. Üppig mit Kurven, unglaublich feminin, und sie duftet nach Blumen.

Ich trage ein Jackett über meinem weißen Hemd – denn üblicherweise machen wir uns zum Abendessen im Speisesaal schick. „Du kannst mein Jackett haben, falls dir kalt wird."

Ihre Wangen färben sich. „Was für eine noble Geste."

Ich hebe meine Hände. „Hast du etwas anderes erwartet?"

Ihre blauen Augen funkeln durch ihre Cateye-Brille, während sie lächelt. Jedes Mal, wenn ich sie zum Lächeln bringe, verspüre ich ein Triumphgefühl, weil ich weiß, wie es ihr gerade emotional geht. „Du wirst dem fürstlichen Hype gerecht", erklärt sie.

Ich verbeuge mich steif, bevor ich in Richtung Tür gestikuliere. „Wollen wir?"

„Wir wollen."

Sie streift mich im Vorbeigehen und schwankt ein bisschen. Ich ergreife sie am Ellbogen und stütze sie. Sie blickt zu mir auf. Ihre Augen strahlen, ihre Stimme ist ein bisschen atemlos. „Vielen Dank. Ich bin diese Absätze nicht gewohnt."

In ihren Augen ist etwas Einzigartiges, etwas, das ich nicht oft sehe, eine sanfte Verletzlichkeit, die unter ihrer Zähigkeit lauert. Ich habe das seltsame Bedürfnis, sie vor der Härte des Lebens zu schützen. Das ist so eine urzeitliche Höhlenmensch-Nummer, die da in mir erwacht ist. Woher kommt das nur?

Sie starrt meine Hand an, die immer noch unter ihrem Ellbogen liegt. Nur irgendwie haben sich meine Finger weiter gespreizt und berühren ihre weiche, samtige Haut.

Ich schüttele den Kopf, kehre in die Realität zurück und lasse sie los. „Auf geht's."

Sobald wir den Raum verlassen, folgt uns Arthur, einer meiner Bodyguards, der zuvor auf dem Flur Stellung bezogen hatte. Er vertraut niemandem. Ich weiß, es ist seine Aufgabe, doch was Alice und ich vorhaben, ist eine kathartische Erfahrung. Ich glaube nicht, dass sie ihre Wut rauslassen kann, wenn jemand Fremdes dabei ist.

„Einen Moment", sage ich zu Alice, bevor ich zu Arthur gehe. „Sie können gehen", sage ich zu ihm. „Ich gebe Ihnen den Rest des Abends frei."

Er nickt und verabschiedet sich.

Einen Moment später kehre ich zu Alice zurück. Sie sieht mich von der Seite an, als wir den Flur entlanggehen. „Nur wir beide, was?"

„Ich dachte, du hättest vielleicht gerne ein bisschen Privatsphäre."

Sie blickt geradeaus. „Oh ja, richtig. Dessous."

„Nicht wegen dessen, was wir verbrennen. Wegen des kathartischen Elements. Du kannst weinen oder toben oder auf der Asche tanzen, was du willst. Ich wollte dir die Freiheit geben, das zu tun, was du gerade brauchst."

Sie bleibt stehen und starrt mich mit offenem Mund an.

„Was ist?"

Sie schließt den Mund und neigt den Kopf. „Du hast ein ungewöhnliches Gespür für die emotionalen Bedürfnisse einer Frau."

Die Spitzen meiner Ohren brennen, und ich gehe weiter. Hat sie mich gerade sensibel genannt? Jeder männliche Knochen in meinem Körper protestiert. „Ich habe *reichlich* Erfahrung mit Frauen."

„Und ich mit Männern."

Ich stolpere fast. „Hast du?"

„Wie hört sich das aus meinem Mund an?"

„Schockierend."

„Und aus deinem hört es sich nach Prahlerei an."

„Touché."

„Ist nicht deine Schuld", sagt sie sachlich, als wir die Treppe hinunter gehen. „Es ist einfach Doppelmoral. Männer können herumspielen. Frauen sollen wählerisch sein. Aber mit wem sollen Männer rumspielen, wenn die Frauen wählerisch sind?"

Fasziniert kann ich nur fragen: „Hast du wirklich viel Erfahrung?"

Sie schnaubt und verdreht die Augen.

„Was?"

„Warum ist das wichtig?", fragt sie streitlustig.

Ich zucke mit den Schultern. „Ich weiß es nicht. Du bist jung. Du hast gesagt, du bist ein Jahr jünger als Silvia, darum bin ich einfach nur neugierig."

Sie schüttelt den Kopf. „Zuerst du. Du bist, was? Dreißig und ..."

„Ich bin neunundzwanzig", korrigiere ich. „Ich hatte letzte Woche Geburtstag."

„Oh, empfindlich. Wir hängen an unseren Zwanzigern, was?"

„Nein. Ist mir egal. Es ist nur eine Frage der Genauigkeit."

„Ja, ja."

„Das ist es", beharre ich, obwohl ich selbst hören kann, wie defensiv meine Stimme ist. Ich werde älter und Fakt ist, ich spüre es. Ich möchte nicht mehr so viel reisen. Und jetzt, da ich die Gelegenheit habe, meinen Beitrag im Königreich zu leisten, möchte ich mich hier in Villroy niederlassen und mich profilieren. Aber alle sehen mich nur, wie ich war – der Party-Typ, der auf der ganzen Welt unterwegs ist.

„Also bist du mit hundert Frauen zusammen gewesen, so plus, minus?", fragt sie.

„Ich habe nie gezählt."

„Überblick verloren?"

„So schlimm bin ich auch wieder nicht." Ich gehe voraus in Richtung Hof. „Ja, ich habe Frauen genossen. Ja, ich habe Erfahrung. Einmal ist es mir ernst gewesen, also bin ich durchaus zu einer Beziehung fähig." Ich fahre mir mit der Hand durchs Haar. „Warum reden wir überhaupt darüber?"

„Sensibel, sensibel, sensibel." Sie zeigt mit einem kleinen wissenden Lächeln auf mich. „Du, mein Lieber, bist ein Halunke."

Ich pruste vor Lachen. „Okay. Und was bist du dann?"

„Ein fröhliches, unverheiratetes Fräulein."

„Irgendwie sind wir gerade in der Zeit zurück nach Regency-England versetzt worden."

„Da lebe ich die meiste Zeit", sagt sie gut gelaunt.

„Heißt das, dass du mit Männern nicht so erfahren bist?"

„Oh, glaub mir, ich weiß über Männer Bescheid."

„Ach so? Was weißt du über Männer?" Ich rechne fest damit, dass sie erklärt, dass alle Männer Schweine seien, ich eingeschlossen. Sie hat mich beim Abendessen so genannt, doch sie überrascht mich schon wieder.

Sie tippt sich an die Schläfe. „Ich weiß, wie du denkst. Frag einfach meine Leser. Ich halte die männliche Sichtweise glaubwürdig fest."

Ich bleibe stehen. „Warte. Willst du mir damit sagen, dass deine Erfahrung mit Männern eine rein intellektuelle Übung ist?"

„Nein!" Ihre Wangen werden feuerrot.

Ist ihr ihr Mangel an Erfahrung peinlich? Das lässt sich leicht beheben. Jeder Mann würde sie wollen, und es ist nicht besonders schwierig, einen Mann dazu zu bringen, mit einer sexy Frau zu schlafen.

Ein Gentleman würde das Thema fallen lassen. Ich jedoch bin wirklich ein Halunke. „Du hast ja gerade gesagt, dass ich deine Leser fragen soll."

Sie zieht ein zartrosa Spitzenetwas aus der schwarzen Tasche. „Würde eine unerfahrene Frau so etwas besitzen?"

Mein Mund wird trocken. Es ist ein hauchzartes Hemdchen aus Spitze und Tüll mit halben Körbchen, die ihre üppigen Brüste wahrscheinlich gut ausfüllen würden. Es ist an so vielen Stellen durchsichtig, und meine Fantasie füllt es mit weicher, glatter Haut, der Rundung ihrer Hüfte und ... Am unteren Ende des Hemdchens hängen dünne Strapse, an denen Strümpfe befestigt werden sollen, wahrscheinlich durchsichtig weiß. Ich kann mir das alles viel zu deutlich vorstellen. Schweiß tritt auf meine Stirn.

Sie stopft es zurück in ihre Tasche. „Ich glaube nicht", sagt sie selbstgefällig.

Ich gehe weiter und versuche, an etwas anderes als dieses

sexy Dessous zu denken. Ich darf dieser Anziehung nicht nachgeben. Ich zähle die Gründe in meinem Kopf auf –

Sie ist eine verletzliche Frau, die eine Schulter zum Weinen braucht.

Sie ist nur vorübergehend zu Gast hier.

Sie hat gerade den Männern abgeschworen.

Ihr Ex ist nicht wirklich aus ihrem Leben verschwunden.

Auch wenn ich all das weiß, zeigt sich mein Schwanz der Situation *gewachsen*. Verdammt. Ich bin wirklich furchtbar.

5

____

Alice

Ich folge Lucas durch den Palasthof und genieße das Gras unter meinen Füßen. „Kannst du einen Moment warten? Ich will meine Sandalen ausziehen." Ich schwanke, als ich versuche, auf einem Fuß zu balancieren, und er hält mich fest am Oberarm und stützt mich. Wärme breitet sich von der Stelle aus, an der seine große Hand meinen bloßen Arm berührt. Ich ignoriere es. Eine biologische Reaktion auf Haut auf Haut, vielleicht auch chemisch? Keine Ahnung. Ich bin kein Wissenschaftler. Warum komme ich nicht aus dieser blöden Sandale raus? Das Riemchen ist zu eng. Ich muss die Schnalle öffnen. Ich halte mir innerlich einen ernsten Vortrag darüber, dass ich hier bin, um mich von der geplatzten Hochzeit zu erholen, und nicht, um chemische Reaktionen auf Menschen zu bemerken, die so nett sind, mir zu helfen. Ich brumme frustriert, während ich versuche, meinen Fuß zu befreien.

„Brauchst du Hilfe?", fragt er.

„Nein, ich komm schon klar", sage ich durch meine Zähne. Das Letzte, was ich will, sind seine Hände an einem anderen Teil meines Körpers. Meine Fähigkeit, chemische Reaktionen zu ignorieren, hat ihre Grenzen.

„Lass mich das machen", sagt er. „Es ist die Schnalle, oder?"

„Ich hab's schon." Endlich ist mein einer Fuß frei. Jetzt die andere Sandale loswerden. *Oh, komm schon!* Das kann doch nicht so schwer sein. Hitze steigt in meine Wangen, nur weil ich dringend etwas Abstand zwischen uns brauche. Er duftet unglaublich gut. Und das spielt keine Rolle. Jemand wie er – ein attraktiver Prinz, der mit Models und Filmstars verkehrt – könnte sich nie für ein einfaches, nerdiges Mädchen wie mich interessieren. Und ich habe sowieso kein Interesse daran, irgendwas mit irgendjemandem anzufangen. Ich schleppe Ballast hinter mir her, der über den Atlantik quer durch die USA und bis zurück nach Oregon reicht. So viel verdammter Ballast würde jeden Mann in meiner Nähe zerquetschen. Und ich bin sicher, Lucas hat seinen eigenen Ballast. Jeder hat irgendwas, und ich kann nicht mit all dem umgehen. Wirklich nicht.

Gnädigerweise kooperiert die Sandale, und ich bin endlich barfuß im Gras. Ich gehe weiter und halte den Mund, damit ich nichts Unangebrachtes plappere, das meine Gedanken verrät. Lucas schweigt auch. Ich kann mir nur vorstellen, was er denkt. Schriftsteller wie ich haben die Angewohnheit, gesprochene oder interne Dialoge für die Menschen um uns herum zu erfinden.

Lucas (geheime Gedanken): *Diese Frau ist eine einzige Katastrophe. Sie kann nicht einmal ihre eigenen Sandalen ausziehen.*

Selbstbewusste Alice (schießt telepathisch zurück): *Versuch du mal, eine Sandale auszuziehen, während der heißeste Mann, der dir jemals begegnet ist, deinen Arm hält (in deinem Fall solltest du Mann gegen Frau austauschen), und plötzlich klingt Trostsex wie eine fantastische Idee.*

Alice (schockiert und sehnsüchtig gesprochen, als er sich in Kussdistanz zu ihr herunterbeugt): *W-was tust du da?*

Ich beiße die Zähne zusammen. Schluss mit dem Wahnsinn!

Mein Gott, ich habe einen kranken Verstand. Und das alles von seiner Hand auf meinem Arm. Ich muss mich mit der Realität abfinden. Ich bin eine Katastrophe, und Lucas würde sich nicht für mich interessieren, selbst wenn ich das nicht wäre. Hallo! Er ist einer der begehrtesten Junggesellen der

Welt. Er könnte jede haben, und jeder, der jemals eine Boulevardzeitung, ein Magazin, eine Promisendung im Fernsehen oder das Internet gesehen hat, weiß, dass er immer mit den glamourösesten Frauen unterwegs ist. Manchmal entscheidet er sich anstatt für eine superscharfe Schauspielerin für ein superscharfes Model, doch garantiert nicht für eine überaus kurvige, nerdige Schriftstellerin.

Trost-Sex. *Klar, Alice, als ob du das jemals tun würdest.* Ich bin noch nie jemand gewesen, der Gelegenheitssex hat. Zumindest nicht mit Absicht. Der eine Typ, der danach aus meiner Wohnung gerannt ist, hat es dazu gemacht. Ich unterdrücke einen Seufzer. Meine romantischen Erwartungen sind bisher so selten erfüllt worden.

Ein paar Minuten später haben wir den Innenhof hinter uns gelassen und gehen durch den Garten. Die Anlage ist so atemberaubend, dass ich aufhöre zu versuchen, mir die Anziehung, die von Lucas ausgeht, auszureden. Der Garten wird von Wegen definiert, die mit Formschnitthecken und sorgfältig gestutzten Bäumen gesäumt sind — einige perfekt rund, andere gewellt. Vier lange Terrassen mit grasbewachsenen Hängen führen zum Meer hinunter. Der Beinahevollmond taucht alles in ein romantisches Licht. Schade, dass ich hier bin, um Romantik zu verbrennen. Prioritäten eines zähen Hundes.

„Ich muss unbedingt nochmal tagsüber hierher zurückkommen", sage ich zu ihm. „Der Garten ist wunderschön."

„Das solltest du. Das Personal gibt sich große Mühe, den Garten zu pflegen. Als wir Kinder waren, haben wir das natürlich nicht zu schätzen gewusst. Wir wollten viel lieber ein Gebüschlabyrinth."

Ich lache. „Das würde auch Spaß machen." Wir kommen zu einem Brunnen mit Marmorfischen, die in sich überkreuzenden Bögen Wasser speien. „Süßer Brunnen!"

„Eine der seltenen skurrilen Launen meiner Mutter. Sie hat ihn in Auftrag gegeben, als sie gerade nach Villroy gekommen war und meinen Vater geheiratet hat."

„Ich liebe ihn. So verspielt. Ist sie so?"

„Oh nein. Überhaupt nicht. Man muss ihr natürlich zugutehalten, dass sie die Königin war und Mutter von sieben Kindern ist, von denen fünf wilde Jungen waren. Meine Schwestern waren viel gehorsamer, wenn es darum ging, Regeln zu befolgen.“

„Vielleicht kann sie ja jetzt, da ihr alle erwachsen seid, diese Verspieltheit in sich wiederfinden.“

Er sieht mich von der Seite an. „Das ist vielleicht ein bisschen arg optimistisch.“

„Natürlich. Ich muss so sein. Meine Geschichten enden immer glücklich. Ich meine, als ich sie geschrieben habe. Jetzt–“

„Das wirst du wieder. Du musst nur den Müll loswerden, der dich bei deiner Arbeit behindert.“

Ich nicke. „Ich hoffe nur, dass du recht hast.“

„Natürlich habe ich recht. Du wirst schon noch sehen, dass ich immer recht habe.“

„Da ist wieder diese Bescheidenheit.“

Sein sexy schiefes Lächeln taucht auf und macht es schwer, ihm seine selbstgefälligen Bemerkungen übel zu nehmen. „Ich fürchte, Bescheidenheit liegt nicht in meinen Genen. Wenn du meine Brüder kennen würdest, würdest du es verstehen. Wir sind alle so.“

„Morgen habe ich die Audienz bei Gabriel.“

„Ah. Er ist die Ausnahme. Er ist furchtbar ernst.“ Er macht ein strenges Gesicht, runzelt die Stirn und presst die Lippen aufeinander. „Doch er ist weicher geworden, seit er Anna geheiratet hat.“

„Ich nehme an, das Gewicht des Königreichs auf den Schultern zu haben, würde jeden ernst machen. Es ist eine große Verantwortung.“

Er runzelt die Stirn. „Und genau darum sollte er die Geschäftsverantwortung an mich delegieren“, sagt er gereizt.

Ich blinzele, einen Moment lang erschrocken vom unerwartet harten Ton eines sonst so entspannten Mannes.

Er wendet sich ab und sagt im Gehen: „Ich hole die Feuerschale.“

Ich fahre weiter an den Strand. Meine Füße berühren den weichen, seidigen Sand. Etwas in mir entspannt sich. Es ist fast so, als wäre ich den ganzen Weg für diesen Moment gereist. Weicher Sand zwischen meinen Zehen, die beruhigenden Wellen, das Mondlicht über mir. Es ist wie etwas aus einer meiner Geschichten, nur, dass es real ist. Ich gehe weiter, angelockt von der hypnotischen Anziehungskraft des Meeres. Der Sand unter meinen Füßen ist jetzt nass und kühler, und ich gehe ins Wasser, lasse die sanften Wellen über meine Füße schwappen und fühle den Sog, wenn die Wellen zurück ins Meer laufen. Ein tiefes Gefühl der Zufriedenheit erfüllt mich. Alle meine Gedanken, mein ständiger innerer Dialog, beruhigen sich und zum ersten Mal seit einer Woche fühle ich mich mit mir und der Welt im Reinen.

Ein paar entspannte Minuten später ruft Lucas hinter mir: „Feuerschale ist hier."

Ich drehe mich um und sehe ihn mit einer großen Metallschale, die einem Wikingerschild ähnelt. „Sieht schwer aus."

„Ist aus massivem Stahl. Natürlich ist sie schwer."

„Ich muss die Dessous nicht verbrennen."

Er hält inne. „Musst du nicht?"

„Nein, allein hier am Wasser zu sein hat mir sehr geholfen."

Er hebt die Feuerstelle höher in die Luft und demonstriert damit seine beeindruckende Oberkörperkraft. „Was soll ich dann verbrennen?"

„Bring die Feuerschale zurück und komm zu mir in die Wellen. Das ist so entspannend."

Er brummt und bringt die Feuerschale zur Aufbewahrungstruhe, einer alten Metallkiste, die teilweise hinter einem niedrigen weißen Zaun und einer Düne versteckt ist.

Ich stecke meine Brille in meine Handtasche und stelle sie in den trockenen Sand, bevor ich zum Meer zurückkehre. Ich bin ziemlich kurzsichtig, darum leuchtet die gesamte Szene gedämpft auf. Am Privatstrand des Palastes sind wir die einzigen. Ich blicke zu den Sternen auf und spüre den Traumzustand, den ich so oft gespürt habe, bevor meine Welt zusammengebrochen ist. Ich verbringe viel Zeit in meinem Kopf und dort ist es in der Regel friedlich. Nach ein paar Augenblicken wage ich mich einen Schritt weiter ins Wasser und genieße das Plätschern der Wellen um meine Waden. Ich drehe mich um und sehe einen verschwommenen Lucas, der sein Jackett, dann seine Schuhe und Socken auszieht und sie ordentlich auf den Sand legt, bevor er seine Hose hochkrempelt.

Einen Moment später schließt er sich mir an und zuckt zusammen, als ihm das Wasser über die Füße schwappt. „Gott, ist das kalt! Und du gehst bis zur Wade rein?"

„Das Wasser ist erfrischend!"

Er dreht sich um. „Ich gehe wieder ins Trockene."

Ich schöpfe eine Handvoll Wasser und werfe sie ihm auf den Rücken. Er kreischt, und ich muss lachen. Er dreht sich um, schöpft eine riesige Handvoll Wasser und spritzt sie mir ins Gesicht. Ich spucke, schmecke Salz in meinem Mund, streiche meine Haare aus dem Gesicht und spritze wie verrückt mit Händen und Füßen. Er schlägt zurück, und im Nu sind wir in einen Spritzkrieg verwickelt. Ich kann nicht aufhören zu lachen.

Er springt zurück ins Trockene. „Okay! Waffenstillstand! Ich bin klatschnass!"

Ich blicke an mir hinab. Mein Kleid ist fast durchscheinend und klebt an mir. „Ich auch!"

Er starrt mein Kleid an und bleibt an meinen Brüsten hängen, wie alle Männer, bevor sein Blick zu meinen Augen zurückkehrt. Seine Stimme ist heiser. „Du bist ein schlechter Einfluss."

„Oh danke. Das ist was ganz Neues für mich."

„Komm raus aus dem Wasser." Er winkt mich zu sich und weicht einen Schritt zurück, doch ich bin mir nicht sicher, ob ich darauf vertraue, dass er mich nicht wieder nassspritzt, wenn ich näherkomme. Das traue ich ihm zu.

Ich strecke meinen Arm aus, um ihn abzuwehren, während ich um ihn herum und zurück in den Sand gehe. Eine Brise kühlt mich ab und lässt mich sofort frösteln.

Lucas hebt sein Jackett auf, schüttelt es aus und legt es mir über die Schultern. Die Geste überrascht mich, obwohl er es vorhin angeboten hat. Es ist nur so, dass wir beide klatschnass sind, und ich fürchte, dass er genauso friert wie ich.

„Danke", sage ich leise, überwältigt von seiner wunderschön romantischen Geste. *Nein, ich korrigiere: wunderschön fürsorglichen Geste eines Freundes.*

Er blickt mir ernst in die Augen und sagt mit rauer Stimme: „Du siehst ganz anders aus ohne deine Brille."

„Danke?" Ich bin mir nicht sicher, ob er anders gut oder anders komisch meint. Ich fand meine Brille immer süß.

Er wendet sich ab. „Wir sollten zurückgehen." Er nimmt seine Schuhe und reicht mir meine Handtasche.

Ich setze meine Brille auf und folge ihm entspannt und glücklich zurück zum Palast. Ich hätte nie gedacht, dass ich mich auf dieser Reise auch nur ansatzweise glücklich fühlen würde. Ich hatte vor, einen Tag nach dem anderen hinter mich zu bringen, meine Arbeit zu erledigen und das Beste daraus zu machen. Doch jetzt habe ich das plötzliche Bedürfnis, ihn zu umarmen, weil er meinen Aufenthalt hier so viel erträglicher macht. Das kann ich aber nicht. Dafür kennen wir uns nicht gut genug, und ich weiß, dass es unangebracht ist, einen Angehörigen der königlichen Familie zu berühren, ohne dass es von ihm oder ihr initiiert wurde, auch wenn es aus Zuneigung geschieht.

Er dreht sich zu mir um. „Bist du sicher, dass du nicht deine Wut rauslassen und was verbrennen willst?"

Ich schüttele den Kopf. „Ich weiß nicht, ob es das Meer ist, die Insel oder ..." Ich möchte nicht *du* sagen, weil es sich so anhören würde, als wäre ich an ihm interessiert, was ich nicht bin. Ich bin dankbar für ihn.

„Oder was?", fragt er.

Ich lächele, wirklich dankbar für seine Gesellschaft heute. „Oder deine Freundlichkeit. Ich fühle mich so richtig entspannt. Als könnte ich etwas von der Angst loslassen, an die ich mich geklammert habe. Glaub mir, ich habe reichlich Tränen und Wut zu Hause rausgelassen, so ziemlich rund um die Uhr, doch jetzt hat sich etwas in mir verändert." Ich bleibe stehen, plötzlich ernst, weil ich mich ihm nahe fühle. „Wenn du schwören kannst, mich niemals anzulügen, um immer hundertprozentig ehrlich zu sein, dann können wir offiziell Freunde sein."

Er sieht mich mit schief gelegtem Kopf an. „Ich muss einen Eid ablegen, um dein Freund zu sein? Mein Jackett ist nicht genug? Du weißt schon, dass ich bis auf die Knochen durchgefroren bin." Er verschränkt die Arme und täuscht ein Frösteln vor.

Ich lache ein bisschen. „Ich weiß, dass es sich verrückt anhört, aber ich bin durch die Hölle gegangen. Und ich brauche diese Sicherheit. Kann ich dir vertrauen? Bist du ein Ehrenmann?" Meine fiktiven Helden sind Ehrenmänner, aber ich habe im wirklichen Leben nur sehr wenige getroffen.

Er wird ernst und sieht mir in die Augen. „Ich schwöre es bei meinem Leben, Alice. Ich bin ein Ehrenmann."

Ich atme erleichtert auf. „Danke. Und ich verspreche, im Gegenzug immer ehrlich zu dir zu sein. Ich bin so froh, dass du mein Freund bist. Ich brauche jetzt wirklich einen."

Er verbeugt sich förmlich. „Nur ein weiterer meiner höfischen Dienste."

Ich versuche einen Knicks in meinem durchnässten Kleid. „Verbindlichsten Dank, Hoheit."

Unsere Blicke begegnen sich erneut, als ich mich aufrichte, und die Luft flirrt zwischen uns vor Bewusstsein. Mein Atem stockt, und plötzlich werden meine Knie weich. Es ist elementar – ein Mann und eine Frau begegnen sich auf einer ursprünglichen Ebene. Ein heißer Schauer durchläuft mich. Ich schreibe über diese Momente, doch ich selbst habe noch nie in meinem Leben einen erlebt.

Er schüttelt seinen Kopf und blinzelt ein paarmal, bevor er sagt: „Dir ist kalt. Lass uns rein gehen."

$$6$$

Alice

Mein Zimmermädchen Christina begleitet mich am
nächsten Nachmittag zum Tee mit dem König und der
Königin in den Salon. Ich sage mir immer wieder, dass sie nur
normale Menschen sind und jung, also ist es nicht so, als
wären sie langweilig und übermäßig korrekt, doch ich werde
meine Nervosität nicht los. Ich weiß, dass ich meinen Kopf
senken und einen Knicks machen und sie als Seine oder Ihre
Majestät oder zusammen als Majestäten ansprechen soll.
Darüber hinaus habe ich keine Ahnung. Ich bin furchtbar
schlecht, was Smalltalk angeht. Ich wünsche mir *so sehr*, dass
das nicht peinlich wird. Eigentlich habe ich mich darauf
gefreut, als ich vor der Tortur dachte, ich würde mit dem-
dessen-Name-nicht-erwähnt-werden-soll   hierherkommen.
Mit ein wenig Unterstützung kann ich mich viel besser
unterhalten.

Die Tür schließt sich hinter mir und ich bin allein im
Salon. Es ist ein heller Raum mit einer großen Fensterfront,
einem glänzenden Holztisch und antik aussehenden Holz-
stühlen mit dunkelroten Samtpolstersitzen. In der Mitte des
Tisches steht eine große Obstschale mit echten Früchten, nicht
das falsche Zeug, das manche Leute als Dekoration verwenden. Ein kleiner Sitzbereich mit vier Ohrensesseln und einem

runden Beistelltisch befindet sich ein bisschen abseits des großen Tischs. Ich bin mir nicht sicher, ob ich am großen Tisch oder zu den Sesseln gehen soll.

Ich wische meine feuchten Hände ab und gehe zum Fenster. Ich bewundere die Aussicht auf schroffe Klippen und kleine Buchten mit Sandstränden. Ich denke, dass Stehen meine beste Wahl ist und der einfachste Weg, einen richtigen Knicks hinzubekommen. Ich streiche die Falten meines marineblauen A-Linien-Kleides glatt. Es ist richtig süß mit einem schlichten, kurzärmeligen Oberteil und Taschen. Da kann ich wenigstens meine Hände verstecken. Dazu trage ich eine große blau-goldene Kette und neue schwarze Wedges mit aufgestickten Blumen.

Ich stecke meine Hände in die Taschen und gehe langsam durch den Raum, wobei ich mich sehr darum bemühe, ruhig zu bleiben. Kurz darauf öffnet sich die Tür erneut, und mein Herz beginnt zu rasen, doch es ist nur ein Diener, der einen Servierwagen mit einem Teeservice zu dem kleinen Sitzbereich schiebt. „Hallo."

Er sieht zu mir herüber. „Guten Tag, Ma'am. Die Königin wird in Kürze hier sein."

Ich nicke. „Gut. Okay. Danke." Ich kratze mich am Nacken. „Ihnen auch einen guten Tag."

Er verneigt sich kurz und geht.

Ich warte und starre auf die Etagère mit köstlich aussehenden winzigen Sandwiches, Mini-Quiches und Beerentörtchen. Mein Magen knurrt, und ich presse meine Hand darauf und befehle ihm, sich zu beherrschen.

Die Tür öffnet sich wieder, und ein Diener sagt: „Ihre Majestät, Königin Anna."

Ich starre, einen Moment sprachlos, als ich die Königin sehe. Sie ist so hübsch! Wie eine Fruchtbarkeitsgöttin, deren langes, dunkles, lockiges Haar sich über ihre nackten Schultern ergießt, in einem dunkelblauen, ärmellosen Strickkleid, das ihren runden, schwangeren Bauch umschmeichelt. Sie trägt eine große weiße Lederhandtasche.

„Schön, dich kennenzulernen, Alice!", ruft sie.

Ich zucke zusammen, senke meinen Kopf und mache einen Knicks. „Majestät."

Sie bleibt vor mir stehen, ihre braunen Augen strahlen. „Wir sind unter uns. Bitte nenn mich Anna. Gabriel hatte etwas zu erledigen, und ich wollte unsere Teestunde nicht verschieben. Bist du hungrig? Ich bin am Verhungern."

„Ja." Ich folge ihr zum Sitzbereich und setze mich in den Sessel ihr gegenüber. Es ist ein fest gepolsterter Sessel und lässt mich ein bisschen gerader sitzen.

Sie gießt den Tee ein. So viele Dinge kommen mir in den Sinn – sollte das nicht ein Diener tun? Soll ich das machen? Wir sind beide in Marineblau! Wie läuft deine Schwangerschaft? Doch nichts kommt aus meinem Mund. Ich bin sprachlos.

„Zucker?", fragt sie.

„Ja, bitte." Ich bin begeistert, dass ich meine Sprache wiedergefunden habe, und platze heraus. „Sollte ich nicht besser dich bedienen?"

Sie lacht, als sie mit einer Silberzange einen Würfel hellbraunen Zucker in meinen Tee fallen lässt. „Die Förmlichkeit spare ich mir heute. Die Dienstboten und Wachen bleiben vor dem Salon. Wir sind beide Amerikanerinnen und beide jung, darum dachte ich, wir könnten einfach rumhängen, wie ich es früher mit meinen Freundinnen zu Hause gemacht habe." Sie deutet auf das Essen. „Bedien dich."

Also nehme ich ein winziges Gurkensandwich und einen glänzenden Heidelbeerkuchen, während ich staune, dass die Königin von Villroy mit mir *rumhängen* möchte. Ich trinke einen Schluck Tee und suche nach einem nicht-förmlichen, amerikanischen und freundlichen Thema. Baseball? Apfelkuchen? Vierter Juli?

Sie beugt sich vor, und ihre braunen Augen funkeln. „Ich muss gestehen, dass ich ein Fan bin."

„Wovon?"

„Von dir! Ich habe *Die Mutprobe des Herzogs* und *Der Sieg des Viscount* gelesen."

Vor Überraschung bleibt mir der Mund offenstehen. Die Königin von Villroy hat meine Geschichten gelesen? Und dann erschreckt sie mich noch mehr, indem sie die Bücher aus ihrer Handtasche zieht und mir einen Stift reicht. „Würdest du sie für mich signieren?"

„Ähm … Natürlich!" Ich nehme ihr Stift und Bücher ab und signiere sie, als wäre sie eine ganz normale Leserin und keine Königin. Die erste Widmung für *Die Mutprobe des Herzogs* ist ein fröhliches „Anna, wage es, weiter zu gehen, als es sich ziemt!" Und die zweite Widmung ist „Der Sieg wartet auf die Wagemutigen!"

Sie nimmt die Bücher und den Stift zurück und lächelt, als sie die Widmungen liest, bevor sie alles wieder in ihre Handtasche packt. „Vielen Dank! Wann kommt Williams Geschichte? Schreibst du sie gerade?" Das ist das dritte Buch in der Trilogie. Er ist ein Herzog, ein Freund der beiden anderen Helden.

„Das war der Plan." Ich wende mich direkt dem Blaubeertörtchen zu und beiße herzhaft hinein, denn ich brauche dringend ein Zuckerhoch.

„War?"

Ich kaue und schlucke. „Es fällt mir schwer, nach *der Tortur* wieder glückliche Liebesgeschichten zu schreiben."

Sie begreift sofort. „Ich finde es großartig, dass du diesen Trip allein gemacht hast. Ich bin mir sicher, dass du in kürzester Zeit wieder schreiben wirst. Du brauchst nur ein bisschen Inspiration, oder?"

Ich nicke. „Ich habe gestern eine Idee gehabt, die erste seit Monaten, doch meine Verlegerin hasst sie."

Sie rümpft die Nase. „Das tut mir leid. Was war das für eine Idee?"

„Eine Dreiecksgeschichte, bei der die Männer am Ende vernichtet werden. Sie meint, ich sei zu verbittert." Ich zucke mit den Schultern. „Ich nehme an, sie hat recht."

Anna sieht mich mitfühlend an. „Jeder würde Zeit brauchen, um sich zu erholen, wenn er damit gerechnet hat zu heiraten, und dann passiert es nicht."

„Ja, naja, ich muss bis nächste Woche drei Kapitel einreichen und einen vollständigen Entwurf in zwei Wochen, und ich habe nichts. Ich habe schon die Deadline verschoben, damit ich Zeit hatte, meine Hochzeit zu planen." Ich seufze. „Ich sehe im Grunde genommen das Ende meiner Karriere vor mir. Ich werde meine treuen Leserinnen enttäuschen und werde mit eingezogenem Schwanz und hängendem Kopf zurück nach Hause fahren."

Sie lacht und überrascht mich. „So dramatisch. Kein Wunder, dass du Schriftstellerin bist."

„Anna, ich bin nicht dramatisch. Für mich geht's jetzt um alles oder nichts. Ich meine, ich wüsste nicht einmal, wer mich einstellen wollen sollte. Ich habe nur einen Bachelor in Geschichte und keine vermarktbaren Fähigkeiten."

„Mädchen, du bist eine preisgekrönte Bestseller-Autorin! Alles, was du brauchst, ist ein bisschen Inspiration. Vielleicht löst Villroy oder der Palast ja was für dich aus."

Ihr überschwängliches Lob beruhigt mich. Manchmal ist die Stimme in meinem Kopf zu laut mit ihren Worst-Case-Szenarien, die es schwer machen, vorwärts zu kommen.

Ich lächele. „Villroy hat sich schon positiv auf mich ausgewirkt. Gestern sind Lucas und ich an den Strand gegangen und ..."

„Moment. Lucas Rourke?"

„Ähm ja."

„Wie hast du denn Lucas kennengelernt?" Sie schiebt sich ein Stück Schinkensandwich in den Mund, und ihre Augen funkeln, als rechnet sie mit deftigem Klatsch.

Ich trinke einen Schluck Tee und erinnere mich an den schrecklichen Moment, als ich Lucas begegnet bin, und die wundervolle Art, wie der Tag mit ihm zu Ende gegangen ist. „Gestern war ich im Hof und habe mit meiner Verlegerin telefoniert und versucht, sie davon zu überzeugen, dass meine Idee für diese Dreiecksgeschichte funktionieren könnte. Er kam dazu und dachte, ich wäre selbst wegen einer Dreiecksgeschichte aufgewühlt, was ich ironischerweise auch bin. Das war der Grund, weswegen mein Verlobter und ich uns getrennt haben. Eine Dreiecksgeschichte mit meiner besten Freundin, die ich in meinem furchtbaren Entwurf unbewusst nachgebildet habe. Wie auch immer, Lucas war unglaublich nett und hat sich zu mir gesetzt und mir zugehört. Er ist sehr sensibel, was weibliche Gefühle angeht."

Sie reißt die Augen auf. „Lucas?" Sie deutet auf ihr Kinn. „Der mit dem Bart?"

„Ja. Lucas Rourke."

„Er ist sensibel?"

„Sehr." Ich beiße in mein Gurkensandwich und denke an all die Beispiele, in denen er sich meiner Qual gegenüber sensibel gezeigt hat. Er war wirklich wunderbar, und ohne Riley als Vertraute hatte ich nicht viel Unterstützung. Oh, meine Eltern waren um meinetwillen empört, doch Fakt ist, mein Freundeskreis ist klein. Abgesehen von ein paar Schriftstellerinnen aus der Gegend, mit denen ich mich gelegentlich treffe, habe ich die meiste Zeit mit Riley und Mason verbracht. Jetzt haben sie einander, und ich bin allein. Meine Nägel graben sich in meine Handfläche, und ich zwinge mich, mich zu entspannen. Die Tortur liegt jetzt hinter mir. Es war die Hölle, doch jetzt bin ich darüber hinweg.

Anna trinkt einen Schluck Tee und beobachtet mich über den Rand ihrer Tasse. „Also hat er mit dir gesprochen und was dann?"

Meine Stimmung hellt sich auf, jetzt, da ich wieder an Lucas denke. „Er hat mir seine Nummer gegeben, damit wir uns später treffen und ein Bild von meinem Ex oder sonst irgendein Andenken an ihn verbrennen können. Weißt du, sozusagen als Schlussstrich, um ihn aus dem Kopf zu bekommen. Außer meinen Flitterwochen-Dessous ist mir nichts eingefallen, was mich natürlich daran erinnert hat, wofür ich sie verwenden wollte – und das schien mir ein guter Kandidat für das Verbrennen zu sein." Ich beuge mich vor. „Du fragst dich vielleicht, warum ich die Dessous mitgebracht habe. Die Antwort ist, dass sie wunderschön sind, und ich dachte, dass ich sie einfach nur für mich selbst tragen könnte. Wie auch immer, als wir gestern Abend unter diesem wunderschönen, sternenklaren Himmel am Strand waren und die Wellen beruhigend gerauscht haben, war ich plötzlich so zufrieden, dass ich nicht mehr das Gefühl hatte, etwas verbrennen zu müssen. Lucas an meiner Seite zu haben, hat den Unterschied ausgemacht." Ich lächele und erinnere mich an seinen Eid. „Er ist ein Ehrenmann."

Sie blinzelt. „Das war ziemlich poetisch. War er, ähm ..."

„Was?"

„Er ist ein Charmeur."

„Oh, er ist viel mehr als das! Er ist warmherzig, einfühlsam und verständnisvoll. In nur einem Tag hat er mir geholfen, das Ruder herumzureißen, und ich fühle mich schon viel besser. Und eine erholsame Nachtruhe hat sicher auch geholfen."

Sie lächelt strahlend. „Freut mich, das zu hören."

„Er engagiert sich sehr für Villroys neues Geschäftsvorhaben. Ich hoffe, du weißt das auch über ihn." Ich presse meine Lippen aufeinander, als ich daran denke, was Lucas mir über seine Frustration mit Anna und Gabriel über seinen Platz im Geschäft erzählt hat. Verdammt, ich fürchte, ich habe schon zu viel gesagt.

„Vergiss bitte, dass ich das erwähnt habe", sage ich. „Ich meine nur, dass er viel mehr ist als ein globetrottender charmanter Junggeselle. Er ist tiefgründig, und seine Arbeit ist ihm sehr wichtig."

Anna versteckt ein Lächeln hinter ihrer Teetasse.

„Was?"

„Du hörst dich an, als ob du in ihn verliebt bist."

Ich schnaube. „Ich habe der Männerwelt abgeschworen."

Sie neigt ihren Kopf mit einem Lächeln. „Das kann sich ändern."

Ich breite meine Stoffserviette auf meinem Schoß aus, was ich in meinem nervösen Zustand völlig vergessen hatte. „Ich mache mir nicht vor, dass sich ein so gutaussehender Prinz jemals für mich interessieren könnte." *Und ich bin eine Katastrophe.* Doch das behalte ich für mich.

„Hast du sie noch alle? Wie kommst du denn darauf? Du bist intelligent, interessant und erfolgreich."

„Was mein Aussehen angeht, bin ich weit vom Ideal der Männer entfernt, und darüber hinaus bin ich ein Nerd." Als sie mich skeptisch ansieht, flüstere ich: „Er datet Filmstars. Und Models."

Sie winkt ab. „Doch er war nie lange mit diesen Filmstars zusammen. Was macht es schon, wenn du kein Filmstar bist? Wie viele von uns sind das schon? Du hast so viel zu bieten. Ich finde dich exquisit."

„Danke", bringe ich über den Kloß in meinem Hals heraus. Es hat lange gedauert, bis ich mein Selbstvertrauen wiederaufgebaut habe, nachdem ich von Mädchen in der Mittelschule gemobbt worden bin, die mich als Schlampe bezeichnet haben und bösartige Gerüchte über mich verbreitet haben, nur weil ich schon früh große Brüste hatte. Ich bin Stressesserin geworden, was auf der Highschool alles nur noch schlimmer gemacht hat, wo die beliebten hübschen Mädchen mich fett genannt haben. Riley hat getan, was sie konnte, um mir zu helfen, doch es war schwer, alles zu ignorieren. Ich weiß, dass ich noch an meinem Selbstvertrauen arbeiten muss. Doch eines Tages wird das schon werden.

Wir essen ein paar Momente in geselliger Stille, bevor sie sagt: „Ich mag Lucas. Er ist immer warmherzig und lustig, aber in der Vergangenheit ist er sprunghaft gewesen und von einem Tag auf den anderen um die Welt gejettet, um sich mit Freunden oder irgendwelchen Frauen zu treffen. Der globetrottende Partytyp, weißt du? Gabriels Meinung von ihm ist von der Vergangenheit geprägt, was ihn skeptisch macht, wenn es darum geht, ihm die Zügel für das Geschäft zu übergeben. Nachdem ich deine Sicht von ihm gehört habe, ist mir bewusst geworden, dass ich zu meinen eigenen Schlussfolgerungen über ihn und den Mann kommen muss, der er heute ist. Ich möchte ihm eine Chance geben." Sie tippt sich mit einem scharlachroten Fingernagel mit Strasssteinen (oder sind das echte Diamanten?) an ihre roten Lippen. „Vielleicht sollte Lucas bei dem Termin mit der Bank die Führung übernehmen."

„Ich bin sicher, dass er mit allem zurechtkommen wird, was du ihm anvertraust."

Sie lächelt mich verschlagen an. „Er hat dich schon nach einem Tag beeindruckt."

Meine Wangen werden rot, und ich schiebe mir den Rest

des Blaubeertörtchens in meinen Mund, damit ich nicht antworten muss.

Sie beugt sich vor und flüstert in verschwörerischem Ton: „Ich hatte gerade eine verrückte Idee."

Ich kaue und schlucke schnell, bevor ich mich ebenfalls vorbeuge.

„Bevor du nein sagst, denk bitte einfach darüber nach."

Ich richte mich langsam auf, und in mir schrillen alle Alarmglocken. „Deine verrückte Idee betrifft mich?"

„Ja. Du brauchst eine Geschichte, oder?"

„Ja", sage ich langsam.

„Und Lucas muss aussehen, als ob er sich unserer Sache verpflichtet fühlt."

Ich sitze am Rand meines Sessels. „Und?"

Sie wirft die Hände in die Höhe. „Eine fingierte Verlobung! Das ist das perfekte Material für ein Buch. Du tust so, als wärst du seine Verlobte und gehst mit ihm zu seinen Meetings. Das wird ihn aussehen lassen, als würde er sich niederlassen. Jeder kennt seinen Ruf als globetrottender Partylöwe. Mit dir an seiner Seite wird er so aussehen, wie er möchte, dass die Leute ihn sehen – anständig, solide, gebunden. Ganz ehrlich, ich würde ihn gerne auch so sehen."

Mein Atem geht schneller. „Bitte sag nicht gebunden." Gebunden und ich sind keine Freunde mehr.

„Okay, es lässt ihn *geerdet* aussehen. Wie jemand, bei dem man sich darauf verlassen kann, dass er durchzieht, was er angefangen hat. Es ist die perfekte Idee, zwei Fliegen mit einer Klappe zu schlagen."

„Bin ich die Fliege?"

Sie lacht. „Nein, Knalltüte, du bist die Autorin, die die Geschichte lebt. Dann musst du sie nur noch aufschreiben. Ich bin brillant! Ich habe gerade dein nächstes Buch für dich geschrieben! Dafür möchte ich aber bitte in den Danksagungen erscheinen. Oh! Oder vielleicht könntest du es mir widmen? Mir hat noch nie jemand ein Buch gewidmet." Sie gestikuliert in der Luft. „*Von einer fingierten Verlobung zur königlichen Romanze. Gern geschehen.*"

Ich bin eine ganze Minute lang vollkommen sprachlos. Schließlich sage ich: „Aber es ist eine Lüge."

Sie winkt ab. „Es ist eine kreative Interpretation der Umstände für einen guten Zweck. Niemand wird dabei zu Schaden kommen, und Verlobungen werden dauernd gelöst." Sie zieht ihre Brauen hoch, und ihre braunen Augen funkeln. „Du könntest mit Lucas auch zu anderen Veranstaltungen gehen, nicht nur zu langweiligen Bankterminen. Auf einen Ball zum Beispiel oder ein Benefiz-Dinner. Dann fließt alles in deine Geschichte ein, nur, dass du alles in die Regencyzeit verlegst. Es ist perfekt!"

Eine kreative Interpretation. Als Schriftstellerin mache ich das die ganze Zeit. Plötzlich kann ich mir alles klar vorstellen. Ich als Heldin, Lucas als Herzog, der den ermüdenden Avancen anderer junger Frauen, die ihn unbedingt verführen wollen, aus dem Weg geht. Ich könnte die Gouvernante seines Mündels sein und dann mit Hilfe seiner verwitweten Tante zur Ballkönigin verwandelt werden. Ich bin seine vorge-täuschte Verlobte, die ihm etwas Luft zum Atmen verschafft, und er wird von mir besessen sein, äh, von ihr. Der Öffent-lichkeit spielen sie bei Bällen und Tees das erwartete Liebes-werben vor. Alles nur für die Öffentlichkeit, weil die Heldin ihre eigenen Gründe hat – sie kämpft verzweifelt um ihren Familiensitz auf dem Land. Der Herzog wird die Schulden für sie begleichen als Dank für die Scharade. Es ist alles da. Der Anfang und die Mitte der Geschichte – ich muss nur noch ein Ende finden. Vielleicht kommt sie am Ende mit dem Herzog zusammen, oder vielleicht finden beide eine andere Liebe, nachdem sie beide von ihrer kurzen Verbindung profi-tiert und daraus gelernt haben.

Ich begegne Annas Blick, und wir sind uns einig. Das könnte funktionieren.

In diesem Moment geht die Tür auf, und er kommt herein. Ich quietsche und springe beinahe auf. Meine Wangen glühen.

„Hab ich was verpasst?", fragt Lucas und kommt zu uns.

„Hey, Lucas!", ruft Anna fröhlich. „Wir haben gerade über dich gesprochen. Setz dich zu uns."

7

Lucas

Ich setze mich zwischen die beiden Frauen und sehe mich um. „Wo ist Gabriel?“

Anna lächelt, ein geheimes Wissen in ihren Augen. Was geht hier vor? „Er hat keine Zeit gehabt.“

Alice ist sehr mit einem Kirschtörtchen beschäftigt und schneidet es in ordentliche Viertel. Ihre Wangen und ihr Nacken glühen pink. Was hat sie über mich gesagt? Ich habe ihr gestern Abend mehr über meine Frustration mit Gabriel und Anna erzählt, als gut war. Deshalb bin ich jetzt hier. Schadenskontrolle.

Anna gießt mir eine Tasse Tee ein, immer noch mit diesem geheimnisvollen, wissenden Blick.

Ich kann die Spannung nicht aushalten. „Was hast du über mich gesagt?“

„Alice hatte viel zu sagen“, sagt Anna.

Alice hebt abrupt den Kopf. In ihrem Mundwinkel hängt ein bisschen Kirschmarmelade, und ihre rosa Zunge schießt heraus, um sie wegzulecken. Ich kann den Blick nicht abwenden. „Ich habe nicht viel gesagt“, protestiert sie.

„Doch, das hast du“, sagt Anna fröhlich. „Sei nicht schüchtern. Erzähl Lucas von deiner genialen Idee.“

Alice bleibt der Mund offenstehen. Anna wirft ihr einen Blick zu und nickt in meine Richtung.

„Was für eine geniale Idee?", frage ich, da ich mich ein wenig außen vor fühle. „Alice?"

Ihre Hand wandert an ihren Hals. „Ich-ich habe ihr erzählt, wie nett du zu mir warst." Sie lässt ihre Hand sinken, nimmt ihre Teetasse und prostet mir damit zu. „Und dass ich mich schon ein bisschen besser fühle." Sie trinkt einen Schluck Tee.

„Oh." Ich entspanne mich, lehne mich in meinem Sessel zurück und strecke meine Beine aus.

„Das ist noch nicht alles", sagt Anna, die sich köstlich zu amüsieren scheint.

Ich sehe sie mit zusammengekniffenen Augen an. „Worüber auch immer du so begeistert bist, sag es einfach."

Sie nippt an ihrem Tee, und ihre Augen funkeln fröhlich. „Alice hatte die geniale Idee einer fingierten Verlobung mit dir."

Alice schüttelt heftig den Kopf. Es muss eine weitere von Annas hanebüchenen Ideen sein. Ihre letzte – die königliche Junggesellenauktion – war allerdings ein Knaller.

Ich wende mich Anna zu. „Wovon in aller Welt redest du?"

Anna strahlt. „Es ist perfekt. Ihr gibt es Inspiration für die Geschichte, die sie nicht schreiben konnte – vorgetäuschte Verlobungen sind der letzte Schrei –, und dir würde es Legitimität verleihen, wenn du zu deinen Meetings mit den Bankern gehst."

Meine Gedanken stürzen sich auf den letzten Teil. Meetings mit den Bankern? Sie vertraut mir die Kapitalbeschaffung an? „Als CEO?" Ich will die Autorität und die Macht hinter dem Titel, aber auch, dass ich als einer derer gesehen werde, die Villroy in die Zukunft führen. Ich habe Ideen für eine weitere Expansion.

„Ich werde dich erst einmal zum CFO machen, und dann mache ich mich daran, dir den anderen Titel zu verschaffen. Ich denke, wenn erst einmal das Baby da ist, könnten sich Gabriels Prioritäten verschieben, und ich kann ihn eher davon überzeugen, Verantwortung zu delegieren." Sie streichelt mit einer Hand über ihren Bauch und lächelt versonnen.

Ich bin hin- und hergerissen. Natürlich möchte ich diese Gelegenheit, aber warum brauche ich eine Verlobte dazu? Anna glaubt offensichtlich nicht, dass ich es allein schaffen kann. Ich sehe Alice an. Ihre blauen Augen sind groß und hoffnungsvoll, und sie kaut auf ihrer Unterlippe herum. Was soll's. Sie braucht diese fingierte Verlobung für ihre Geschichte, und nach allem, was sie durchgemacht hat, will ich nicht der nächste sein, der sie enttäuscht.

Ich strecke Anna meine Hand entgegen. „Deal."

Sie nimmt sie und sieht sehr zufrieden aus.

Ich weiß nicht wirklich, was ich davon halten soll, doch ich sage mir, dass der Zweck die Mittel nun einmal heiligt. Ich möchte als Mann gesehen werden, der mehr ist als sein Ruf. Ich möchte ein Mann von Substanz sein. Die Gesellschaft diktiert, dass Ehe gleichbedeutend mit Seriosität ist. Ich habe die Regeln nicht gemacht. Ich spiele nur das Spiel.

Und es ist nicht so, als würde ich mich in eine echte Beziehung stürzen. Ich habe Alice geschworen, dass ich ein Ehrenmann bin, was bedeutet, dass ich die Grenze mit ihr nicht überschreiten werde, egal wie groß die Versuchung sein mag. Außerdem ist klar, dass sie noch nicht über ihren Ex hinweg ist. Und sie ist die ungeeignetste Person für eine Beziehung mit mir – zartbesaitet, verletzlich, extrem romantisch. Mein harter Realismus würde bei ihr auf Dauer nicht gut ankommen, und ich tue mein Bestes, um Dramen und unangenehmen Verwicklungen vorzubeugen. Trotzdem können wir Freunde sein.

Ich schenke Alice ein Lächeln, und sie erwidert es. Meine Brust schwillt vor Stolz an. Es fühlt sich jedes Mal wie ein Triumph an, da ich weiß, in welchem Zustand sie war, als sie hier angekommen ist. Ich kann Annas Blick auf mir spüren, aber ich kann meinen nicht von Alice' süßem Lächeln abwenden.

„Bist du bereit, das verlobte Paar mit mir zu spielen?", frage ich.

„Ja", sagt sie leise.

„Okay."

Sie holt tief Luft, und ihre Brüste heben sich sichtlich in ihrem figurbetonten Kleid.

Ich konzentriere mich darauf, meinen Tee zu trinken, und wende meinen Blick ab.

„Gehen wir tanzen?", fragt sie.

Will sie wirklich Körperkontakt? Die süße Alice? „Warum nicht", antworte ich.

„Großartig!", freut sie sich. „Das würde meiner Geschichte wirklich helfen."

Vielleicht muss ich doch nicht gegen die Anziehungskraft ankämpfen. Vielleicht können wir ja wirklich Spaß haben.

Ich schenke ihr mein schiefes, sexy Lächeln.

„Sie meint einen Ball, Prince Charming", mischt sich Anna ein.

Ich sehe sie angesäuert an und versuche, meine Enttäuschung zu verbergen. „Das wusste ich." Ich wende mich zu Alice, und sie wird rot.

Sie beugt sich vor und flüstert: „Hast du was anderes gedacht?"

„Mein Verstand bewegt sich auf einem ausgetretenen, schmutzigen Pfad", sage ich und wende mich geschickt von der Versuchung ab. „Ich glaube nicht, dass in nächster Zeit ein Ball ansteht. Wahrscheinlich eher ein Abendessen. Ist das ein Dealbreaker?"

„Kein Ball?", fragt sie. „Ich würde wirklich gerne einen königlichen Ball erleben."

Und plötzlich möchte ich ihr das ermöglichen. Sie hilft mir, indem sie für geschäftliche Zwecke als meine Verlobte auftritt, und ich möchte meinen Teil dazu beitragen, ihr bei ihrer Geschichte zu helfen. „Ich könnte mich umhören. Vielleicht gibt es einen in einem anderen Königreich."

„Großartig", sagt Alice und klingt ungemein erfreut. „Da das für meine Geschichte ist, die unbedingt romantisch sein muss, würdest du die Rolle spielen und alle Register ziehen?"

Anna tritt mich unter dem Tisch, und ich werfe ihr einen finsteren Blick zu, bevor ich mich wieder Alice zuwende. „Welche Register meinst du? Blumen?"

Sie schüttelt den Kopf. „Du weißt schon, so was wie Handküsse." Sie demonstriert es, indem sie ihre Hand hebt und einen Kuss auf ihren Handrücken drückt, während sie mir in die Augen sieht. Plötzlich bin ich mir aller meiner Nervenenden bewusst, als sie ihre sinnlichen Lippen verzieht. Sie lässt ihre Hand sinken. „Galante Verbeugungen und deinen Umhang über eine Pfütze legen, damit ich darübersteigen kann. So was in der Art."

Meint sie das ernst? Sie hört sich ernst an.

„Äh ... Umhang? Ich trage keinen Umhang." Soll ich mich auch noch wie ein Relikt aus Regency England verkleiden? Ich habe Angst zu fragen.

Sie schnaubt. „Wenn ich dir beibringen muss, wie man ein richtiger romantischer Prinz ist, funktioniert das nicht." Sie schüttelt den Kopf. „Irgendwas scheint in deiner prinzlichen Ausbildung ausgelassen worden zu sein."

Ich unterdrücke ein Schmunzeln. „Vielleicht solltest du das mit meiner Mutter, der ehemaligen Königin, diskutieren."

„Oh! Ich würde niemals ..." Sie wird rot und sieht Anna an, die aussieht, als würde sie einen faszinierenden Dokumentarfilm mit dem Titel „Wie schlecht Lucas als Verlobter der Regencyzeit ist" sehen. Zu meiner Verteidigung: In dieser Dokumentation würde jeder Mann schlecht aussehen.

Ich deute auf die Tür. „Komm, wir gehen sie besuchen."

Alice beugt sich so weit zu mir vor, dass ich ihren blumigen Duft wahrnehme. „Lucas. *Bitte.* Du bringst mich vor der Königin in Verlegenheit."

Anna hält mir ein Buch entgegen. Auf der Titelseite ist ein Mann in einem schwarzen Anzug abgebildet, der den Arm um eine Frau in einem roten Kleid gelegt hat. Der Titel ist *Die Mutprobe des Herzogs,* in geschwungener Schreibschrift geschrieben. Es ist Alice' Buch. „Lies das", sagt sie. „Es erklärt alles, was du über das Ziehen aller Register wissen musst. Und verknick bloß die Seiten oder den Schutzumschlag nicht. Das ist mein wertvolles, signiertes Exemplar."

Das Buch sieht für meinen Geschmack viel zu romantisch und mädchenhaft aus. Ich kann spüren, wie Alice mich mit ihrem Blick durchbohrt. Dann erinnere ich mich, dass sie mir erzählt hat, dass ihr Ex ihr Buch kritisiert und es nie gelesen hat. Und sie ist eine preisgekrönte Bestseller-Autorin. Das steht sogar auf dem Cover. Sicherlich kann ein Ehrenmann es besser machen als ihr Ex und das verdammte Ding lesen. Solange mich meine Brüder nicht damit erwischen …

Ich nehme das Buch. „Danke. Ich bin sicher, dass es eine interessante Lektüre wird."

Alice lächelt mich süß an, und mein Herz schlägt ein bisschen heftiger.

Anna stößt mich an der Schulter an. „Übrigens, deine Mutter ist auf dem Weg in die USA, also bist du vom Haken, was deinen Mangel an prinzlicher Ausbildung angeht." Sie lächelt. „Deine Mutter wird ein paar Tage bei Silvia verbringen, und dann wird sie ein Spa für Krebspatienten besuchen, um zu sehen, ob wir in unserem Spa auch solche therapeutischen Massagen anbieten sollen. Davon hätte sowohl dein als auch mein Vater profitieren können. Wir beide haben unsere Väter durch Krebs verloren."

Ich trinke einen Schluck Tee und spüle damit das Engegefühl in meinem Hals herunter. „Das wäre eine schöne Ergänzung."

Anna ist einen Moment lang still, und ihre Augen leuchten. Ihr Verlust ist frischer. Mike war ihr Pflegevater, und sie hat sich hingebungsvoll um ihn gekümmert. Sie nippt an ihrem Tee und stellt die Tasse ab. „Es ist in ihrer beider Gedenken."

„Einverstanden", sage ich.

Sie wendet sich Alice zu und wechselt das Thema. „Irgendwelche Ideen für deine Geschichte?"

Alice blickt ein paar Sekunden an die Decke und sagt dann: „Den Held mit seinen kohlschwarzen Haaren und glitzernden blauen Augen kennen wir schon. Die Heldin wird lange goldene Haare, lebhafte grüne Augen und einen hellen Teint mit zartrosa Wangen haben. Diana ist die Gouvernante seines Mündels."

Anna beugt sich vor und flüstert mir zu: „Sie hört sich britisch an."

„Schh, unterbrich sie nicht", schelte ich sie. „Sie hat gesagt, dass sie schon eine Weile eine Schreibblockade hat."

Anna redet trotzdem weiter und macht wie gewohnt ihr eigenes Ding. „Alice, findest du nicht, dass Lucas' aquamarinblaue Augen atemberaubend sind?"

Beide Frauen starren mich an, und ich versuche nicht zu blinzeln. Und ja, meine Augen sind atemberaubend. Das sagen mir dauernd irgendwelche Frauen. Ich warte ungeduldig darauf, dass Alice zustimmt, doch sie sieht mich ruhig an.

Anna fährt fort und starrt mir in die Augen. „Wir wissen, dass Williams Augen blau sind, aber könnten sie nicht aus der Nähe aquamarinblau sein? Ich habe immer über Gabriels Augen gestaunt. Es ist ein Familienmerkmal. Sie passen hier zum Meer."

Alice wendet langsam den Blick von meinen Augen ab und sagt zu Anna: „Sie sind auf jeden Fall auffällig, aber ich schreibe keine Memoiren. Es muss ein Alice Segal-Original sein, das auf der Welt basiert, die ich schon erschaffen habe und die lose von unserer Prämisse der fingierten Verlobung abgeleitet ist."

Anna formt „britisch" mit den Lippen, bevor sie laut sagt: „Okay, dann legt mal los."

Alice steht abrupt auf. „Du hast recht. Danke für alles, Anna. Ich werde dieses Buch allein dir widmen."

Anna strahlt. „Wunderbar."

„Was bin ich, ein Möbelstück?", frage ich in einem gespielt beleidigten Ton. „Der Verlobte wird nicht einmal erwähnt?"

Alice ist schon auf halbem Weg zur Tür und murmelt etwas vor sich hin. Ich verabschiede mich von Anna, bevor ich Alice einhole.

„Wann musst du dieses Alice Segal-Original abliefern?", ruft Anna, als wir schon an der Tür sind.

Alice bleibt stehen und lässt die Schultern hängen. Sie dreht sich um. „Erster Entwurf in zwei Wochen. Das endgültige Manuskript in sechs Wochen."

Anna wedelt mit der Hand in der Luft, als würde sie einen

Zauber bewirken. „Dann hast du hiermit für die nächsten sechs Wochen kostenlose Kost und Logis in der Gästesuite."

Mein Blick begegnet dem von Alice. Der Raum ist mit einem Schlag luftleer, als mich der erste Anflug von Panik trifft. Ich reiße meinen Blick von ihr los. Sechs Wochen.

Das reicht aus, um eine echte Beziehung zu entwickeln.

Ich meine, nicht für mich. Ich komme schon klar. Ich entwickele diese Art von Gefühlen nicht. Nicht seit ... Ja. Nein, es ist Alice, um die ich mir Sorgen mache. Sie hat gerade eine brutale Trennung hinter sich. Ich kann bereits das Drama vorhersehen, das kommen muss, sollte sie Gefühle für mich entwickeln, und ich möchte es mir wirklich nicht vorstellen. Es muss glasklar sein, dass wir ein Spiel spielen. Nur so bleibt es unbeschwert.

„Danke!", ruft Alice Anna zu, dann geht sie und murmelt: „Gut, dass ich mir keine Katze zugelegt habe."

Katze? Vielleicht meint sie, dass sie niemanden hat, der eine Katze füttern würde, wenn sie sechs Wochen hierbleibt. Ihr Verstand arbeitet auf ungewöhnliche, faszinierende Weise.

Ich wende mich langsam wieder Anna zu, zum ersten Mal misstrauisch. War diese ganze Sache etwa keine gutgemeinte Hilfe, damit ich meine Fähigkeiten als Geschäftsmann unter Beweis stellen kann, sondern ein Kuppelversuch?

Sie lächelt mich süß an. „Du solltest dich beeilen und deiner Braut einen Verlobungsring besorgen."

Ich öffne meinen Mund und schließe ihn dann wieder. Einem geschenkten Gaul schaut man nicht ins Maul – oder in diesem Fall einer unkonventionellen Königin mit mysteriösen Methoden, ihren Willen durchzusetzen. Ich bin CFO. Es ist ein Schritt in die richtige Richtung, und das ist alles, was zählt.

Alice

In meinem Kopf dreht sich alles um die Gouvernante und den Herzog, Diana und William in ihren frühen Begegnungen. Sie – respektvoll mit einer Schönheit, die meistens unter ihrer tristen Kleidung und Haube verborgen bleibt. Er – schneidig, sich der Gouvernante nur in der Hinsicht bewusst, dass sie sich um sein Mündel kümmert, ein siebenjähriges Mädchen, von dem hinter vorgehaltener Hand getuschelt wird, dass es sein Bastard sei, das jedoch tatsächlich die Tochter seines verstorbenen Cousins ist. Er interessiert sich nicht für das, was die Gesellschaft denkt, doch er nähert sich dem Alter, in dem er einen Erben produzieren muss. Und er findet den Eheanbahnungsmarkt in London unerträglich.

Plötzlich finde ich mich in einer unerwarteten Sackgasse im Palast wieder, genau dort, wo ich geglaubt habe, die Treppe zu finden. Mist. Ich dachte, es wäre links, den langen Gang runter, dann rechts, direkt zur Treppe. Wo bin ich? Sie sollten hier wirklich Wegweiser aufhängen. Natürlich kann ich jetzt, da ich so schnell wie möglich an meinen Laptop will, um all diese Gedanken festzuhalten, nirgendwo auch nur einen Dienstboten finden, der mir helfen kann. Ich könnte in mein Handy diktieren, aber ich weiß, dass mehr aus mir herausfließt, wenn ich es aufschreibe – wenn ich nur an meinen Laptop kommen und die Inspiration fließen lassen könnte. Das könnte schon das ganze erste Kapitel sein.

Ich ziehe mein Handy aus der Tasche und schicke Lucas einen Hilferuf per SMS: *Ich hab mich verlaufen und muss dringend in mein Zimmer zurück.*

Einen Moment später pingt die Antwort. *Wo bist du?*

Keine Ahnung! Wenn ich es wüsste, würde ich nicht sagen, dass ich mich verlaufen habe. Ich bin nach links gegangen und dann nach rechts.

Ich sehe mich um und schreibe noch einmal. *An der Wand hängt ein Wikingerschild. Ich bin in einer Sackgasse. Immer noch im ersten Stock.*

Bleib, wo du bist.

Ich öffne die Notizen-App auf meinem Handy und tippe so schnell ich kann ein paar Sätze für das erste Kapitel.

„Hab dich!", ruft Lucas. „Du bist im Westflügel, doch du wolltest in den Ostflügel."

„Oh, okay. Danke. Dann lass uns gehen."

Er bietet mir in einer galanten Geste seinen Arm an, die

meinen Verstand für einen Moment zum Stillstand bringt. Ich starre seinen Arm an. Sein graues Hemd spannt über seinem wohlgeformten Bizeps, nahe genug, um ihn zu berühren. Er möchte, dass ich ihn berühre. Mit seinen aquamarinblauen Augen begegnet er meinem Blick – sie sind in der Tat atemberaubend –, der Hauch eines Lächelns auf seinen Lippen. „Du wolltest doch, dass ich alle Register ziehe, oder? Als Inspiration für deinen Herzog." Er spielt das fingierte Regency-Verlobungsspiel für mich!

Ich senke den Blick, und Wärme stiehlt sich durch mich hindurch. „Ja, danke." Ich lege meine Hand auf seinen Unterarm und spüre sofort seine Wärme durch den weichen Stoff seines Hemdes, als er uns aus der Sackgasse führt. Mein Mund ist trocken, mein Verstand wird zu Brei. Ich lebe meine Geschichte, und sie ist surreal. Es ist ein Spiel. Das darf ich nicht vergessen.

Er geht mit selbstbewusster, majestätischer Miene und wirkt noch viel mehr wie der adlige Verlobte. „Es ist mir ein Vergnügen, Miss Segal." Sogar seine Stimme ist trockener und standesgemäßer und erinnert mich in meinen Gedanken an den Herzog.

„Danke, Hoheit." Und dann bin ich so aufgeregt, dass ich aus meiner Rolle falle. „Das hat meinen Verstand schon in Schwung gebracht! Ich habe den Anfang und die Mitte." *Obwohl ich ihn angesichts deiner Nähe schnell verliere*, füge ich in Gedanken hinzu.

„Das sind gute Neuigkeiten, Miss Segal."

„Bitte nenn mich Alice."

„Nur, wenn Sie mich mit meinem Vornamen anreden, meine Liebe."

„Ja, natürlich, Lucas", flüstere ich, und dann werde ich still. Ich bin mir sehr bewusst, wie nah er ist, wie warm sich sein Arm anfühlt, wie gut er duftet, nach würziger Seife. So wird der Herzog in meiner Geschichte duften.

„Also, Alice, wie wird sie enden?"

„Glücklich", sage ich abwesend. „Meine Geschichten enden immer glücklich." Aber wie genau? Ich weiß es nicht.

„Ich meine unsere Verlobung. Nicht die Geschichte."

„Ich weiß es nicht. Was denkst du?"

„Wir haben festgestellt, dass wir doch nicht kompatibel sind."

„Wir brauchen einen besseren Grund." Ich denke darüber nach. „Ich würde es wirklich vorziehen, wenn es keine andere Frau wäre. Meine Leser wissen bereits, dass meine Hochzeit abgesagt worden ist, weil mein Verlobter mich betrogen hat."

Seine Brauen schießen in die Höhe. „Du hast deinen Lesern davon erzählt?"

„Ich habe monatelang auf Social Media über die Hochzeitsplanungen geschrieben. Es war romantisch und brandneu für mich. Ich musste erklären, warum die Hochzeit abgesagt wurde."

„Wird es nicht irgendwie seltsam aussehen, dass du so bald wieder verlobt bist?"

„Ich werde es niemandem erzählen. Ich habe meinen Lesern gesagt, dass ich eine Social Media-Auszeit nehme, bis es mir wieder besser geht. Aber realistisch gesehen hast du recht, da du bist, wer du bist – Prinz Lucas Rourke, der begehrteste adelige Junggeselle der Welt –, wird es wahrscheinlich schon irgendwann durchsickern. Darum sollten wir uns einigen, wie die Verlobung endet, um die Medien im Griff zu behalten."

Er sieht nachdenklich aus. „Vielleicht bekommst du ein Jobangebot in Übersee, und ich kann nicht mit, weil mein Platz hier ist. Das ist mir im wirklichen Leben schon einmal passiert, nur ein weiteres Beispiel dafür, wie tief ich in Villroy verwurzelt bin."

„Das würde funktionieren, nur, dass ich es darstellen würde, als ob das Abenteuer ruft. Ein neues lukratives Geschäftsvorhaben in Amerika. Nach dem Krieg von 1812 in Amerika gab es einen enormen Schub für die amerikanische Produktion und den Bau eines Transportsystems."

„Ah, Miss Segal, scheint, als wären wir zurück in der Regencyzeit."

„Ich muss wirklich an meinen Laptop." Ich lasse meine Hand sinken und schlüpfe aus meinen Highheels, um mich darauf vorzubereiten zu rennen. „Die Treppe ist vor mir, und dann ist es nur noch zweimal links, oder?"

„Lässt du deinen neuen Verlobten so schnell sitzen?", fragt er in neckendem Ton.

„Ich muss schreiben. Danke für deine Hilfe. Ich bin dann mal weg."

„Nein."

„Nein?"

Er sieht mich mit seinem sexy schiefen Lächeln an. „Sicher weißt du, dass Frauen nicht vor mir *davon*laufen. Sie laufen *zu* mir. Ich bin unwiderstehlich charmant."

Ich zögere. Dieser trockene, selbstbewusste Humor hat eine unglaubliche Wirkung auf mich.

Er fährt fort. „Zurück zu unserem vorherigen Thema, die Verlobung endet, wenn du aus beruflichen Gründen in die USA zurückkehren musst. Vielleicht ist dein nächstes Buch teilweise in Amerika angesiedelt, und du musst in die Recherchen eintauchen."

„Buch", wiederhole ich, und Adrenalin durchströmt mich. Ich muss mich an die Arbeit machen. „Perfekt. Ich muss rennen!"

Ich mache einen Schritt, komme aber nicht weit. Er hat sich mir in den Weg gestellt. „Lucas!"

Seine Augen tanzen amüsiert. „Alice!" Ich renne um ihn herum, und er verfolgt mich durch den Palast. Ich bin atemlos und fühle mich berauscht.

„Da bist du ja", sagt er, selbst ein bisschen außer Atem, als wir endlich mein Zimmer erreichen. „Technisch gesehen sind wir zusammengelaufen, darum hat sich an meiner Reputation nichts geändert – keine Frau ist mir jemals davongelaufen."

Außer Atem lege ich eine Hand auf meine Brust. „Du bist bereit, eine Menge für deine Reputation zu tun." Ich halte inne und ringe nach Luft. „Woo! Das hat das Blut ins Wallen gebracht, und mein Gehirn schlägt kreative Purzelbäume."

Er nimmt meine Hand und hebt sie an seine Lippen, während er mit seinen Aquamarinaugen in meine blickt. Mein Herz donnert in meiner Brust. Das kommt genauso in mein Buch! Aber dann küsst er sie nicht, sondern hält unsere

Hände hoch, Handfläche an Handfläche, betrachtet unsere Finger und streichelt dann mit einer seltsam sinnlichen Bewegung über meinen Ringfinger.

„Was war das?", hauche ich.

„Ich schätze deine Ringgröße, um einen angemessenen Verlobungsring für dich zu finden." Seine Stimme ist seidig weich. „Müssen schließlich den Schein wahren."

Ich klopfe mit der Hand auf mein Herz. „Das waren ein paar ordentliche Register, die du da gerade für mich gezogen hast. Danke für die Inspiration. Lass es mich dir leicht machen. Ich habe Ringgröße sechs, und das weiß ich, weil ich vor Kurzem meinen Ring habe enger machen lassen, nachdem ich für mein Hochzeitskleid abgenommen habe und ..." Ich verstumme. Es war Masons Idee, dass ich abnehmen sollte, damit ich auf den Hochzeitsbildern gut aussehen würde. Er hat das Thema einen Tag, nachdem er mir den Antrag gemacht hat, angesprochen. Die Implikation, dass ich momentan nicht gut aussehe, hat mich in einen Schamzyklus von Crash-Diäten und Schokoladenessen geworfen, aus dem ich mich gerade befreie. Der Gedanke holt mich auf den Boden der Tatsachen zurück. Ich habe mich so sehr verändert, um Mason zu gefallen, dass ich fast nicht mehr wusste, wer ich war. Kein Wunder, dass ich nicht mehr schreiben konnte. Es hatte nicht nur mit den Hochzeitsvorbereitungen zu tun. Ich hatte mich verloren.

„Alice?"

Ich atme scharf aus. „Du musst mir keinen Ring kaufen."

„Natürlich muss ich das. Jede Verlobte braucht einen Ring."

Ich schüttele den Kopf, und er nickt. Er ist ein Mann, der es gewohnt ist, sich durchzusetzen, ein charmanter, gutaussehender Prinz, dem die Frauen zu Füßen liegen. Auch, wenn ich das weiß, gebe ich nach. „Aber bitte gib nicht zu viel aus. Ich meine, was ist, wenn deine echte zukünftige Verlobte eine andere Ringgröße hat?"

„Lass das meine Sorge sein. Würde dir ein Ring aus der Regencyzeit gefallen?"

Mein Herz zieht sich zusammen. „Das ist so aufmerksam

von dir. Eigentlich war es damals nicht üblich, einen Verlobungsring zu tragen, auch wenn der Mann manchmal einen Ring getragen hat, der aus dem Haar seiner Geliebten geflochten war."

Er verzieht das Gesicht. „Auf den Haarring würde ich gerne verzichten."

Ich nehme eine Haarsträhne zwischen meine Finger und wedele damit. „Bist du sicher? Es ist schön und weich."

„Ist es das?"

Ein angespannter Moment verstreicht, in dem er mir in die Augen sieht.

Mein Atem beschleunigt sich. „Ja." Will er mit meinen Haaren spielen? Ich liebe das.

Er wendet den Blick ab und murmelt: „Das werde ich dir dann einfach mal glauben." Er vergräbt seine Hände in seinen Hosentaschen und tritt einen Schritt zurück. „Viel Erfolg beim Schreiben."

„Danke."

Ich sehe zu, wie er sich umdreht und mit steifer Haltung geht. Es ist seltsam, wie angespannt er plötzlich war, nachdem wir so unbeschwert waren. Das ist nicht gut. Wir müssen uns zusammen wohlfühlen, um ein glaubwürdiges Paar abzugeben.

„Warte!" Ich laufe ihm nach.

Er dreht sich um und grinst. „Ich habe dir ja gesagt, dass Frauen mir nachlaufen."

Ich lache, froh, dass er zu seinem entspannten, charmanten Selbst zurückgekehrt ist. „Scheint, als wäre dir ein bisschen unbehaglich gewesen, als ich angeboten habe, meine Haare zu fühlen, was für einen falschen Verlobten absolut *nicht* erforderlich ist, doch die Leute werden eine gewisse behagliche Intimität zwischen uns erwarten."

Er versteift sich, und sein Blick schweift zur Seite. „Was genau meinst du?"

Ich weiß nicht, woher das kommt, aber irgendwie erscheint es mir logisch. Wir müssen über jedes Unbehagen hinwegkommen, um glaubwürdig zu sein. „Wir sollten das Küssen üben, damit es natürlich aussieht, findest du nicht?"

Er räuspert sich. „Ich ... also, mir scheint ..." Seine Augen wandern unsicher, und sein Blick begegnet meinem nicht ganz.

Ich unterdrücke ein Seufzen. Das läuft nicht, wie ich es mir erhofft hatte. Ich scheine ihn so gar nicht in Versuchung zu führen.

Ich trete auf Kussdistanz an ihn heran und entscheide, dass wir es einfach tun müssen. „Du willst glaubwürdig sein, oder? Küss mich einfach."

„Auf die Lippen?"

Ich schnaube. „Wo sonst würdest du mich küssen? Warte. Nein. Du weißt, was ich meine. Wo liegt das Problem? Du willst deine Verlobte nicht küssen?"

Er schluckt. „Nein, ich meine ja, natürlich sollten wir üben."

Ich schließe die Augen und warte ungeduldig.

Nichts.

Ich öffne ein Auge. Er wirkt noch steifer als zuvor, seine Arme gerade an seine Flanken gepresst, sein Blick geht direkt an meinem Ohr vorbei. „Lucas!", zische ich.

Er beugt sich vor und gibt mir einen Schmatz auf die Lippen. Und bevor ich uns auf echtes Kussterritorium bewegen kann, legt er seine Hände auf meine Schultern, dreht mich um und stößt mich sanft zurück in Richtung meines Zimmers. „Geh schreiben."

Mit brennenden Wangen eile ich zurück in mein Zimmer, zu gleichen Teilen enttäuscht und verlegen. Ich muss mich auf meine Vorstellungskraft stützen, um die guten Teile zu ergänzen.

8

____

Lucas

Am nächsten Nachmittag gehe ich in meinem Arbeitszimmer die Finanzen durch, um mich auf das Treffen mit den Bankern vorzubereiten, als es an der Tür klopft. „Herein."

Gabriel betritt das Zimmer und bleibt vor meinem Schreibtisch stehen. „Eine fingierte Verlobung. Kühn, aber unangebracht."

Ich schließe meinen Laptop und unterdrücke ein Seufzen.

Ich habe den Eindruck, dass Anna nicht zugegeben hat, dass die Idee von ihr stammt. Sie behauptet wahrscheinlich steif und fest, dass es Alice' Idee war, und ich nehme an, dass Gabriel denkt, dass ich damit einverstanden bin, weil ich das Denken wie üblich meinem Schwanz überlasse. Aber ich werde Anna nicht bloßstellen. Ich werde nichts tun, was zwischen ihr und Gabriel zu einer Kluft führen könnte.

Ich fahre mir mit einer Hand durch meine Haare. „Schau, das ist keine große Sache. Ich habe es von allen Seiten betrachtet, und es gibt buchstäblich keinen Nachteil."

Er schüttelt den Kopf. „Ich verstehe, dass du Zeit mit Alice verbringen willst, aber das ist nicht der Weg. Das geht zu weit. Die Lüge wird herauskommen, und dann wird uns niemand mehr vertrauen." Er seufzt. „Wir haben endlich die Wogen geglättet, nachdem Emma von ihrer eigenen Hochzeit davongelaufen ist und ihr jämmerlicher Exverlobter jedem, der es hören wollte, erzählt hat, dass unsere Familie ein Haufen unehrenhafter, betrügerischer Lügner sei. Du würdest nur Benzin ins Feuer gießen. Und es würde sich ausbreiten wie ein Lauffeuer. Der Ruf unserer Familie würde irreparabel ruiniert. Keine Bank würde uns auch nur anhören, wenn die Täuschung auffliegen würde." Emma ist unsere jüngere Schwester, und sie hatte recht, die Hochzeit platzen zu lassen.

„Es wird nicht auffliegen. Du übertreibst. Das hier ist nicht wie das, was mit Emma passiert ist. Es ist eine harmlose Notlüge."

Er beißt die Zähne zusammen. „Du hast recht, das ist nicht mit Emmas Situation gleichzusetzen. Es ist schlimmer. Du willst absichtlich jemanden in die Irre führen. Ich bitte dich aufzuhören. Verbring auf eine andere Weise Zeit mit Alice."

Wie kann ich Alice enttäuschen, indem ich unseren Verlobungsplan storniere, wenn sie so begeistert von der Inspiration ist? Nur, um die unbegründeten Sorgen meines Bruders zu beruhigen? Nein, ich weigere mich, das zu tun.

„Es kann mir nur bei den Bankern helfen", sage ich. „Ich sehe nicht mehr aus wie ein Playboy, sondern ernstzunehmend und engagiert, was im Übrigen zutrifft. Ich bin der Sache voll und ganz verschrieben. Ich muss nur ein neues Image präsentieren."

„Lucas, wenn du das durchziehst und es – was ich für unvermeidlich halte – auffliegt, bleibt uns nichts anderes übrig, als uns von dir und deiner Unehrlichkeit zu distanzieren. Du könntest nie wieder etwas mit unserem Geschäft zu tun haben, und keiner von uns will das."

Ich koche innerlich, wütend angesichts der Drohung, mich für immer aus dem Geschäft auszusperren, doch ich traue mich nicht, etwas zu sagen.

Er dreht sich um, geht zur Tür und bleibt mit der Hand am Knauf stehen. „Ich verstehe, welchen Reiz sie auf dich ausübt. Anna ist auch begeistert von ihr. Schau einfach, dass du Geschäft und Vergnügen getrennt hältst. Ich bin mir sicher, dass du die Banker mit deiner Erfahrung als Angel-Investor auch ohne sie überzeugen kannst."

„Danke." Ich weiß das Vertrauensvotum zu schätzen, auch wenn ich nicht damit einverstanden bin, die gefälschte Verlobung zu canceln. Mein Image zu verbessern, indem ich wie jemand aussehe, der sich binden kann, kann nur helfen.

Er geht.

Ich starre auf den Schreibtisch. Bin ich bereit, meinen Platz im Geschäft zu riskieren, um die fingierte Verlobung durchzuziehen? Ja. Als CFO will ich, dass dieses Bankdarlehen so schnell wie möglich genehmigt wird. Dann werde ich mich für mein ultimatives Ziel, CEO zu werden, bewiesen haben. Sogar Gabriel sieht mich immer noch als globetrottender Playboy. Deshalb gibt er mir keine wirkliche Autorität. Der Zweck rechtfertigt die Mittel. Und ich kann Alice nicht im Stich lassen.

Was Gabriel nicht weiß, macht ihn nicht heiß.

Ich habe gestern Abend auf ihre Bitte hin mit Alice zu Abend gegessen, wenn auch widerwillig. Die Anziehung, die sie auf mich ausübt, wird mit jedem Mal, das ich sie sehe, größer, und ich möchte ihr nicht zu nahe kommen. Ich gebe zu, dass ich aus Pflichtgefühl dem Abendessen zugestimmt habe, damit wir die Informationen austauschen konnten, die ein verlobtes Paar übereinander wissen sollte. Unmittelbar danach ist sie verschwunden, um mehr von ihrer längst überfälligen Geschichte zu schreiben. Es war ein ziemlicher Schlag für mein Ego, dass sie ihren Laptop mir vorzieht, aber es ist wahrscheinlich besser so.

Ihre von Natur aus gute Laune macht es leicht, dem heutigen Abendessen zuzustimmen. Das Gespräch ist entspannt, und solange wir einen gewissen Abstand halten, macht unsere gemeinsame Zeit viel Spaß. Ich beobachte, wie sie mit entzücktem Gesichtsausdruck ihre Schokoladenmousse genießt. Sie liebt Schokolade über alles.

Morgen Abend, Freitag, treffen wir uns mit Gabriels

Freund, dem Bankier Jules Marchand, und seiner Frau Celeste zum Abendessen in Paris. Gabriel kennt sie aus dem Wohltätigkeitsdinner-Zirkel. Ich habe Jules in unserem kurzen Telefonat gesagt, dass ich meine Verlobte, die Bestsellerautorin, mitbringen werde, und es stellte sich heraus, dass seine Frau ein großer Fan ist. Diese fingierte Verlobung funktioniert noch besser, als ich dachte, und ich bin froh, dass ich dabei geblieben bin. Alice wird sich mir beim Abendessen als Segen erweisen, daher habe ich dafür gesorgt, dass wir das Wochenende in Paris verbringen. Sie ist noch nie in Paris gewesen.

Ich habe Anna nicht gesagt, dass ich immer noch vorhabe, Alice zu diesem Dinner mitzubringen, da ich keine Zwietracht zwischen ihr und Gabriel säen will. Ich habe Alice auch nicht gesagt, dass Gabriel mich gebeten hat, nicht ihren falschen Verlobten zu spielen. Doch es ist nur ein Meeting. Bevor überhaupt jemand merkt, dass Alice und ich nicht hier sind, wird der Deal auch schon abgeschlossen sein.

Ich trinke einen Schluck Brandy und denke darüber nach, was in Alice' kreativem Verstand vor sich geht. Ich habe ihr Buch *Die Mutprobe des Herzogs* in derselben Nacht, als Anna es mir gegeben hat, gelesen, um mich davon abzulenken, über unseren Übungskuss nachzudenken. Ich habe mich bei diesem Kuss zurückgehalten und versucht, Abstand zu halten, doch mir ist nicht entgangen, wie weich ihre Lippen waren, wie sexy sie geduftet hat und wie gerötet ihre Wangen waren. Auf jeden Fall war die Geschichte klug, witzig, emotional und extrem sexy. Ihr Herzog mochte höfische Manieren haben, doch im Bett war er alles andere als ein Weichei. Auch wenn er ein paar blumige Worte benutzt hat, die kein Mann jemals in der Hitze der Leidenschaft ausstoßen würde. Ich kann nur schlussfolgern, dass Alice nie wirklich die Hitze der Leidenschaft gespürt hat. Was sollte man auch erwarten, wenn sie Freaks wie ihren Ex gedatet hat?

Nicht, dass mich das etwas anginge.

Aber verdammt, es *geht* mich etwas an. Ihr Ex hinterlässt ihr immer wieder Voicemails und schickt ihr SMS, in denen er sie anfleht, mit ihm zu reden. Sie sagt, dass er sich wahrscheinlich entschuldigen will. Als ob er wiedergutmachen könnte, was er getan hat. *Mach Schluss und vergiss sie!* Eine gute Erinnerung, dass ich die Komplikation, mich in ihr Drama ziehen zu lassen, nicht gebrauchen kann. Ich habe allein schon genug Probleme damit, meinen rechtmäßigen Platz im Geschäft meiner Familie einzunehmen.

Kurze Zeit später begleite ich Alice zurück in ihr Zimmer und halte ihre Hand da, wo sie sich bei mir untergehakt hat. Ich habe gelernt, dass das der einzige Weg ist, zu verhindern, dass sie sofort zu ihrem Laptop sprintet. Als sie letzte Nacht davon gesprintet ist, hätte sie fast unseren ältesten Diener umgerannt. Albert hat sich an ihren Armen festgehalten, um sich zu fangen, und dann so getan, als ob er ihr helfen wollte, und gesagt: „Oh, nicht stolpern, Ma'am."

Meine Gedanken wandern zum morgigen Geschäftsessen in Paris. Ich sollte die Zahlen heute Abend noch einmal durchgehen, um sicherzugehen, dass ich sie wirklich im Kopf habe.

Alice dreht sich zu mir um. „Bist du supernervös wegen morgen Abend oder nur ein bisschen?" Komisch, wie sie spürt, was ich denke. Bemerkenswert, wie sehr sie auf derselben Wellenlänge ist wie ich. Die meisten Leute sehen nur mein entspanntes Lächeln und glauben, dass nichts darunter liegt.

„Über welchen Teil sollte ich nervös sein? Den Banker davon zu überzeugen, mit einer Frau verlobt zu sein, die ich erst vor drei Tagen kennengelernt habe, oder mich Gabriel gegenüber zu beweisen?"

Sie lächelt mich sanft an. „Aww, du bist supernervös." Sie bleibt stehen, blickt zu mir auf und sieht mir tief in die Augen. Ich habe das plötzliche Gefühl, dass sie mein wahres Ich hinter meiner charmanten, prinzlichen Maske sehen kann. „Hör zu, du und ich sind als Paar absolut glaubwürdig. Wir wissen alles übereinander, was wichtig ist, und ich habe den Ring." Sie hält ihre Hand hoch und zeigt den runden Rubin, der in einem Kreis kleinerer Diamanten gefasst ist. Er ist aus der königlichen Schatzkammer. Sie weiß nicht, was er wert ist oder dass es der Ring meiner Großmutter war. Ich habe ihr gesagt, dass ich ihn von einem Online-Juwelier habe und dass er ein Schnäppchen war, weil der Rubin unvollkommen ist. Nur so konnte ich sie dazu bringen, ihn zu tragen.

Sie wird vom Ring abgelenkt und dreht ihn hin und her. „Man braucht ein Mikroskop, um die Unreinheit in diesem Rubin zu sehen. Für mich sieht er perfekt aus. Ich kann nicht fassen, dass du ihn zu einem Schnäppchenpreis bekommen hast. Was für ein Glücksgriff!"

Ich lächele unverbindlich.

Sie begegnet wieder meinem Blick, scheint sich zu erinnern und sagt entschlossen: „Du bist ein tougher Geschäftsmann. Du schaffst das. Du hast deine Due-Diligence-Prüfung gemacht, und alles wird ganz großartig laufen. Stell dir einfach vor, wie wir später mit Champagner feiern werden, okay?" Sie lächelt, und mein Herz klopft heftiger. Ihr Lächeln schafft das immer wieder. Am Anfang hat es sich wie ein Triumph angefühlt, es zu sehen. Jetzt fühlt es sich an wie ein Geschenk.

Ich blicke in ihre strahlend blauen Augen, einen Moment lang benommen. Es ist nicht nur ihr Lächeln. Es ist, dass sie nicht den Ruf sieht, den ich kultiviert habe. Sie glaubt an mich. Das bedeutet etwas, besonders jetzt, da ich so hart arbeite, um mich im Familienunternehmen zu beweisen.

Ich reiße meinen Blick los. „Danke für dein Vertrauensvotum." Ich lege ihre Hand in meine Armbeuge und gehe weiter zu ihrer Suite. „Es ist leider nicht garantiert, und Gabriel ist noch eine ganz andere Sache. Ich weiß nicht, was ich tun muss, damit er sieht, wozu ich in der Lage bin."

„Vielleicht muss er es sehen, um es zu glauben. Also zeigst du es ihm. Du schaffst das, Tiger!" Sie nimmt ihre Hand von meinem Ellbogen und versetzt mir einen Knuff gegen den Bizeps. Sie benimmt sich ungezwungen mit mir. Normalerweise sind Royals weitgehend unantastbar.

„Sei gewarnt", sagt sie, „ich bin nicht gut, was Smalltalk angeht. Ich folge einfach deiner Führung und lächele im Hintergrund als deine Verlobte."

„Na großartig", necke ich. „Jetzt sagst du mir, dass ich all die harte Arbeit machen muss."

Sie schnippt mit den Fingern. „Schnell, sag mir, was mein Lieblingsessen ist."

„Alles mit Schokolade. Wie heißen meine Geschwister?"

„Oh, das weiß ich! Nach dem Alter: Gabriel, Phillip, dann du, Oscar, Emma, Adrian und Silvia. Adrian und Silvia sind Zwillinge. Die jüngeren Söhne sind lockerer als der Thronerbe und der Ersatzerbe, weil sie mit anderen Erwartungen erzogen worden sind–"

„Und weil wir von Natur aus wunderbar sind."

„Ja, natürlich", sagt sie fröhlich, und mir fällt ein, dass sie mich vielleicht tatsächlich für wunderbar hält. Sie hat Oscar und Adrian noch nicht kennengelernt. Es ist, als ob sich ein Schalter umlegt, und eine Wärme strahlt durch meine Brust, als sie willkürliche Fakten über meine Familie herunterrattert. „Emma ist mit Jackson Walker verheiratet." Sie macht eine Pause. „Ihr habt eine Menge glamouröse Leute in eurer Familie."

„Nur Jackson. Er ist eine Rocklegende. Schade, dass du ihn verpasst hast. Er und Emma sind am Tag vor deiner Ankunft in die Flitterwochen abgereist."

„Schade. Aber ich meine nicht nur ihn, ihr alle seid glamourös. Du weißt schon, königliche Familie und so weiter."

„Ja, das könnte man wahrscheinlich schon so sehen, doch wenn man es lebt ... eher weniger."

Sie schüttelt den Kopf. „Was immer du sagst."

Ich erwähne die weiteren Nachteile nicht – den Mangel an Privatsphäre, die Wachen, die einem wie ein Schatten folgen, die übereifrigen Paparazzi. Es ist kein schlechtes Leben. Doch es ist einfach nicht immer glamourös.

„Okay, was gibt es sonst noch zu wissen?", fragt sie und fährt fort, bevor ich antworten kann, „Phillip ist der Thronfolger und UN-Botschafter für sauberes Wasser. Die Zwillinge müssen einander vermissen. Adrian war nicht mit Silvia in Yale, und jetzt lebt er hier und sie ist in den USA. Zwillinge haben eine besonders enge Bindung, oder?"

Ihr Verstand arbeitet in alle Richtungen. Es ist nie langweilig, mit ihr zu reden. „Sie haben sich als Kinder sehr nahegestanden. Jetzt sind sie erwachsen. Zurück zu uns, wie haben wir uns kennengelernt?"

Sie hebt einen Finger in die Luft. „Durch gemeinsame Freunde. Ich bin zum Abendessen in das Landhaus meiner Agentin in Connecticut eingeladen gewesen, und du warst da, weil du mit ihrem Ehemann studiert hast."

„Frank Wexler", ergänze ich den Namen meines angeblichen Freundes. „Welche Uni haben wir zusammen besucht?"

„Oxford, weil du ein ganz Schlauer bist und da keine Sonderbehandlung bekommen hast, nur weil du zur königlichen Familie gehörst."

Ich schmunzele. „Den letzten Teil kannst du weglassen. Ich möchte nicht so klingen, als würde ich angeben." Das habe ich ihr nur gesagt, weil ich nicht wollte, dass sie glaubt, ich hätte einen Freifahrtschein durch Oxford gehabt. Sie ist unglaublich intelligent und schätzt Bildung.

Sie stößt mich mit ihrer Schulter an. „Ich kann mit dir angeben. Ich bin deine Verlobte. Du hast mit Philosophie, Politik und Wirtschaft schließlich drei Hauptfächer studiert."

„Und du hast in Yale Geschichte studiert und dein erstes Buch geschrieben, als du noch Studentin warst, um dich zu entspannen."

Sie strahlt. „Richtig. Woher komme ich?"

„Portland, Oregon."

„Da lebe ich jetzt. Ich bin aufgewachsen in?"

„Gresham, Oregon."

„Sehr gut!"

„Wir sind seit drei Monaten zusammen."

Ihre blauen Augen funkeln hinter ihrer Brille. „Du hast dich *Hals über Kopf* verliebt und liegst mir zu Füßen. Bei unserem ersten Date hast du mir gesagt, dass du mich heiraten würdest."

Ich wiege meinen Kopf hin und her und beiße mir auf die Zunge. Wir hatten ein bisschen über diesen Punkt diskutiert, doch ich habe es ihr letztendlich überlassen, weil sie die Idee so romantisch fand. „Okay, aber wir müssen nicht darauf herumreiten, ja? Sagen wir einfach, wir haben uns verliebt."

„Und dann hast du den nächsten Monat damit

verbracht, mich mit zahlreichen romantischen Gesten zu überzeugen, dich zu heiraten, weil du so hoffnungslos verliebt warst." Sie liebt diesen Teil. Für mich hört sich das nach liebeskrankem Weichei an, doch sie sagt, das sei romantisch. „Du bist zu meinem Geburtstag nach Portland geflogen, nur um mir meinen Lieblingsschokoladenkuchen zu machen, obwohl du am nächsten Tag zu einem wichtigen Treffen mit der Baufirma für das Island Bliss Spa zurückfliegen musstest, die du jeden Tag persönlich überwachst."

Ich lächele. Sie ist gut, mein Engagement für das Projekt einzuflechten. „Dein Geburtstag ist der erste Mai. Und du warst auch bis über beide Ohren verliebt; sonst hättest du meinen Antrag nicht angenommen."

„Ja", sagt sie verträumt. „Und dein Geburtstag ist der erste Juni. Neunundzwanzig und gut erhalten. Ist es nicht süß, wie wir beide am Monatsersten zur Welt gekommen sind? Da muss es eine astrologische Bedeutung geben. Astrologie war in der Regencyzeit sehr beliebt–"

Ich unterbreche sie, denn wenn sie erst einmal anfängt, über die Regencyzeit zu reden, kann das sehr lange dauern. „Klingt nach Schicksal. Und die Hochzeit ist wann?"

„Die Hochzeit ist erst nächstes Jahr im Juni, weil eine königliche Hochzeit viel Planung erfordert."

Ich lächele. „Ja. Ich denke, wir haben diese Paarnummer drauf."

Ihr Handy klingelt, und sie wird schuldbewusst rot. Ich habe ihr mehrfach gesagt, dass sie seine Nummer blocken soll. „Ich sollte besser nachsehen, ob es meine Eltern sind." Sie zieht ihr Handy aus ihrer kleinen Handtasche und lächelt. „Meine Verlegerin. Sie will wahrscheinlich nur hören, wieweit ich mit den drei Kapiteln bin, die ich ihr schulde. Ich bin fast fertig." Sie nimmt den Anruf an, begrüßt sie fröhlich und hört dann zu.

Ich überlege, in mein Arbeitszimmer zu gehen, um die Zahlen noch einmal durchzugehen, als sie meinen Arm festhält und mich am Gehen hindert. Ihre Stimme ist angespannt. „Ich verstehe, das werde ich. Danke, Quinn. Ich verspreche dir, dass ich es dir schicken werde." Sie macht eine Pause. „Okay, bis dann."

„Was ist los?"

Sie steckt ihr Handy weg und seufzt. „Meine Verlegerin in New York möchte, dass ich zu einem Meeting komme. Quinn sagt, dass der Verlag den Vertrag wegen der Verzögerungen kündigen will. Sie hat mich gebeten, bis morgen sechs Kapitel zu schicken, und sie will versuchen, sie so lange wie möglich hinzuhalten. Ich habe fast drei Kapitel und war mir sicher, dass ich morgen damit fertig werde." Sie beißt sich auf die Unterlippe. „Tut mir leid, Lucas. Ich weiß nicht, ob ich morgen mit nach Paris kommen kann."

Ich starre sie entsetzt an. „Was meinst du? Darum dreht sich doch alles bei unserer fingierten Verlobung. Ich habe Jules bereits gesagt, dass ich dich mitbringe. Celeste kann es kaum erwarten, dich kennenzulernen. Sie ist ein Fan von dir."

Sie verzieht das Gesicht. „Ich werde meinen Job verlieren, wenn ich meiner Verlegerin morgen nichts Anständiges liefere. Ich brauche die Zeit."

Mein Magen rebelliert. Ich wusste bis zu diesem Moment nicht, wie sehr ich sie beim Abendessen brauche. Nicht nur als die berühmte Autorin oder um mein Image zu boosten, ich brauche sie um ihrer selbst willen, als meine Unterstützung. „Dann schreib einfach los und mach die Kapitel fertig."

„Ich werde es versuchen, aber ich kenne mich. Selbst an meinen besten Tagen habe ich meine Grenzen."

Ich beiße die Zähne aufeinander. „Wir haben einen Deal." Ich hasse die Tatsache, dass ich sie brauche.

„Ich werde es wirklich versuchen, versprochen. Vielleicht kann ich dich dort treffen. Du kannst am Vormittag fliegen und den Jet für mich zurückschicken. Du hast gesagt, es ist ein kurzer Flug, oder? Und das Abendessen ist erst um acht."

„Gut", knurre ich. „Ich treffe dich dort um acht. Es sei denn, du wirst vorher fertig."

Sie nickt und rennt in ihre Suite.

Ich gehe und bemühe mich, mich zu beruhigen, doch es ist unmöglich. Dieses Abendessen ist zu wichtig. Sie ist Teil meiner Pläne, und sie darf sie nicht vermasseln.

9

Lucas

Der Jet beginnt den Landeanflug, und mein Magen sackt mit ihm durch. Schon wieder diese verdammte Nervosität. Ich bin gut vorbereitet für mein Abendessen. Wenn es gut läuft, werde ich wahrscheinlich nächste Woche zu einem offiziellen Termin bei der Bank eingeladen. Das einzige Problem ist, dass Alice nicht bei mir ist.

Ich habe sie vor meiner Abreise am Mittag in ihrer Suite besucht, und sie war vollkommen durch den Wind, verwirrt und hat sich unzählige Male entschuldigt, bevor sie zurück zu ihrem Laptop geeilt ist und mir über die Schulter zugerufen hat: „Ich schwöre, ich versuche zu kommen!" Sie ist bei Kapitel vier und noch nicht glücklich damit. Ich verstehe den Druck, unter dem sie steht – ihr Job steht auf dem Spiel –, aber ich komme nicht umhin, mir zu wünschen, ich hätte dieser fingierten Verlobung nie zugestimmt, weil ich tiefer drinstecke, als mir lieb ist. Ich brauche sie, und obwohl ich mir wünsche, es wäre anders, *will* ich sie auch. Mehr als es vernünftig ist. Es ist furchtbar. Ich bin noch nie so verrückt nach einer Frau gewesen. Frauen sind verrückt nach mir.

Als ich kurz vor acht ins Restaurant komme, bin ich furchtbar angespannt. Ich schreibe ihr ein letztes Mal. Sie hat ihr Handy ausgeschaltet, um zu arbeiten, und ich hoffe, sie hat ihre Kapitel fertig, das Handy wieder eingeschaltet und ist auf dem Weg zu mir. Keine Antwort. Verdammt nochmal.

Ein paar Minuten später kommt ein Mann in den Dreißigern mit seitlich gescheitelten dunkelbraunen Haaren lächelnd auf mich zu, begrüßt mich auf Französisch und stellt dann zuerst sich und danach seine Frau Celeste vor. Ich antworte freundlich auf Französisch.

Beide sind begeistert. „Ich würde dich überall erkennen", sagt Jules. „Bis auf den Bart siehst du genauso aus wie Gabriel."

Ich zwinge mich zu einem Lächeln. „Die Familienähnlichkeit ist bei allen meinen Brüdern stark ausgeprägt."

„Geradezu unheimlich", bemerkt Celeste und sieht sich um. „Ist Alice hier? Ich habe ein paar Bücher zum Signieren mitgebracht." Sie zeigt mir eine Einkaufstasche, die mit mindestens einem Dutzend Taschenbüchern gefüllt ist. „Als ich meinen Freundinnen erzählt habe, dass ich heute Abend mit ihr zu Abend essen werde, haben sie mich gebeten, auch für sie ein paar Bücher signieren zu lassen. Glaubst du, es macht ihr was aus?"

„Ich bin sicher, dass sie das gerne tun wird. Sie wird sich nur wegen einer Arbeitssache ein bisschen verspäten."

Celeste lächelt. „Geht es um ihre nächste Geschichte?"

„Ja."

„Sollen wir auf sie warten?", fragt Jules.

„Ich versuche nochmal, sie zu erreichen." Ich tippe gereizt eine SMS und frage zum wiederholten Mal, ob sie auf dem Weg ist. Keine Antwort. Hat sie vergessen, ihr Handy wieder einzuschalten, oder schreibt sie noch immer? Sie macht mich verrückt!

Ich seufze. „Ich fürchte, es kann noch eine Weile dauern. Lasst uns reingehen." Ich gebe dem Oberkellner ein Zeichen, und ein paar Augenblicke später werden wir in einen Nebenraum im hinteren Teil des Restaurants geführt, wo ein Tisch für uns gedeckt ist. Die anderen drei Tische sind leer. Meine beiden Bodyguards bleiben direkt vor dem Eingang des Raumes stehen.

Das Abendessen ist eine entspannte Angelegenheit, und

wir reden über alles, nur nicht über das Geschäft; das kommt danach. Ich gebe mein Bestes, um die Konversation am Laufen zu halten, während ich verzweifelt auf Alice warte.

Mehr als zwei Stunden später sind wir mit dem Hauptgang fertig, die Teller sind abgeräumt, und immer noch keine Alice in Sicht. Ich mache mir nicht einmal die Mühe, ihr noch eine SMS zu schreiben. Es ist mir peinlich, dass meine Verlobte mich sitzengelassen hat.

Der Käse wird serviert. Keine Alice.

Das Dessert ist fällig. Ich bestelle sogar ein Schokoladensoufflé, in der Hoffnung, dass es sie auf kosmische Weise anziehen würde. Was zum Teufel ist los mit mir? So bin ich nicht – so fixiert auf eine Frau.

Jules kommt endlich zur Sache. Ich zwinge mich, mich auf seine Fragen zu konzentrieren. Ich kann mir nicht leisten, es zu vermasseln, weil ich in Gedanken bei Alice bin. Nach einem langen Gespräch scheint er interessiert zu sein, bittet mich aber nicht um ein weiteres, förmlicheres Treffen, um es offiziell zu machen. Ich versuche zu entscheiden, ob ich diesen nächsten Schritt wagen soll, als Celeste eine Hand hebt und aufgeregt ruft: „Oh, Alice! Hier drüben!"

Ich falle vor Erleichterung beinahe in Ohnmacht und stehe auf, um meine extrem verspätete Verlobte zu begrüßen.

Alice

Ich habe es geschafft! Nichts scheint besser, als eine unmögliche Frist, um die Worte fließen zu lassen. Meine Finger sind nur so über die Tastatur geflogen, zahllose Rechtschreibfehler überall, aber das spielt keine Rolle, weil ich gespürt habe, was ich so lange vermisst habe – Kreativität. Und besser noch: Quinn hat gerade eine SMS geschrieben, dass sie von den Kapiteln, die ich ihr geschickt habe, begeistert ist, und sie hat mir gesagt, dass sie zuversichtlich ist, dass mein Vertrag bestehen bleibt, solange ich nächste Woche den ersten Entwurf einreiche. Ich bin wieder da, Baby! Sie hat meinen Titel geändert. Ich hatte das Buch *Das Arrangement des*

Herzogs genannt, und sie hat es auf *Der Halunke und die Gouvernante* geändert. Die Marketingabteilung hat ihren Titel lieber gemocht, darum bleibt es jetzt dabei. Der Herzog ist in gewisser Weise ein Halunke, seine Gouvernante als Schutzschild vor den standesgemäßeren Damen zu benutzen. Und er hat ihr bereits Küsse gestohlen. Ich habe das Gefühl, dass er im Laufe der Geschichte immer mehr zum Halunken werden wird.

Ich bin erschöpft, aber glücklich, und es sieht so aus, als hätte ich es rechtzeitig zum Nachtisch geschafft, meinem Lieblingsgang. Ich lasse meinen Koffer und meinen Laptop bei seinem Bodyguard, der mich begrüßt hat, und sehe Lucas in einem dunkelgrauen Anzug auf mich zukommen. Er sieht nicht glücklich aus. Oh, oh. Ich hoffe, der Abend ist nicht schlecht verlaufen.

„Hallo!", sage ich fröhlich. „Ich habe es geschafft. Entschuldige, dass ich so spät komme."

Er beugt sich vor und küsst mich auf die Wange, um das Verlobtenspiel zu spielen. „Ich habe dir geschrieben."

„Ich habe es gesehen, als ich im Jet war. Ich habe dir zurückgeschrieben, aber du warst wahrscheinlich mit dem Abendessen beschäftigt." Ich senke meine Stimme. „Wie ist es gelaufen?"

Er nimmt meine Hand und führt mich wortlos zum Tisch zurück. Ist er wütend, weil ich so spät gekommen bin? Ich habe den ganzen Tag wie eine Wahnsinnige gearbeitet, um es hierher zu schaffen.

Als wir an den Tisch kommen, legt Lucas eine Hand auf meinen unteren Rücken und lenkt mich mit der Berührung ab. Er hat mich bisher kaum berührt, und ich bin mir der Wärme und des Drucks seiner Hand durch den dünnen Stoff meines Kleides intensiv bewusst. „Darf ich vorstellen, das ist meine Verlobte, Alice. Alice, das sind Jules und seine bezaubernde Frau Celeste."

„Hallo, schön euch beide zu treffen", sage ich.

Beide begrüßen mich herzlich. Lucas rückt meinen Stuhl für mich zurecht – eine sehr aufmerksame Geste –, bevor er sich neben mich setzt. Ich genieße es sehr, das verlobte Paar zu spielen. Es ist, als würde man die Romantik ohne diese chaotischen, emotionalen Ängste der realen Welt leben. Ich fühle mich jetzt so viel besser – damit und mit der Tatsache, dass ich meine Muse wiedergefunden habe.

Celeste lächelt mich an. „Wir haben vorhin festgestellt, wie sehr Lucas Gabriel ähnelt. Abgesehen vom Bart könnten sie Zwillinge sein."

Ich nicke. „Nicht ganz Zwillinge. Lucas' Stirn ist nicht so hoch, seine Nase ist ein bisschen schmaler, und er ist zweifellos der attraktivere von beiden." Ich habe online ein bisschen über die Rourkes recherchiert und über die starke Ähnlichkeit der Rourke-Brüder gestaunt. Alle fünf haben dichtes dunkelbraunes Haar, hohe Wangenknochen, ein kantiges Kinn und volle Lippen. Die aquamarinblauen Augen sind ebenfalls ein Familienmerkmal, mit Ausnahme von Adrian, der grünbraune Augen hat.

Lucas lächelt. „Gesprochen wie eine verliebte Frau, nicht wahr?"

Er ist nicht wütend auf mich. Denke ich zumindest.

Ich deute mit dem Daumen auf ihn. „Oh, er ist auch verliebt. Er hat mich bei unserem ersten Date gebeten, ihn zu heiraten!"

Celeste und Jules lachen. Ich sehe Lucas an, und ein schiefes Lächeln umspielt seine Lippen. „Ich habe ihr gesagt, dass sie das nicht an die große Glocke hängen soll", sagt er mit einem Augenzwinkern.

„Ah, junge Liebe", sagt Celeste. „Sollen wir dir etwas bestellen, Alice?"

„Nein, danke. Ich habe vorhin im Palast gegessen, da ich beim Schreiben Energie gebraucht habe."

Lucas schiebt seinen Nachtisch vor mich. „Ich habe dir Schokoladensoufflé bestellt. Es ist noch warm."

„Oh, danke! Was für eine wunderbare Belohnung nach der heutigen Arbeit", sage ich und tauche ein in den warmen Schokoladenhimmel.

Lucas dreht sich zu Jules um und spricht Französisch wie ein Muttersprachler, was mich erschreckt. Er hat einen unverwechselbaren Akzent, wenn er Englisch spricht, korrekter und förmlicher als meiner mit einer ganz eigenen Melodie. Jetzt wird mir klar, dass es ein französischer Akzent ist und er zweisprachig sein muss. Ich konzentriere mich wieder auf mein Dessert. Eine echte Verlobte würde so was wissen. Celeste mischt sich ebenfalls in das Gespräch ein. Ich habe keine Ahnung, was sie sagen. Ich fürchte, dass ich eine ganze Weile ein Lächeln aufsetzen muss, um meine Ahnungslosigkeit zu überspielen. Später werde ich deswegen wahrscheinlich Muskelkater im Gesicht haben. Oder ich könnte an der Unterhaltung teilnehmen und mein Speisekartenfranzösisch einwerfen — Eclair, Croissant, Quiche. Ich bin sicher, das würde alle beeindrucken.* *Hier einen ironischen Unterton einfügen* – ja, wieder eine meiner gedanklichen Revisionen.

Nachdem die Dessertteller abgeräumt sind, schenkt uns der Kellner Cognac ein. Jules und Lucas sprechen immer noch Französisch. Es klingt jetzt ernster.

Ich trinke einen Schluck Cognac. Wow, das ist starkes Zeug.

Celeste beugt sich über den Tisch zu mir. „Während unsere Männer über Geschäfte reden, muss ich zugeben, dass ich ein großer Fan deiner Arbeit bin."

„Oh danke! Das ist schön, das zu hören." Und dann noch auf Englisch!

„Würde es dir etwas ausmachen, dein Buch für mich zu signieren?"

„Natürlich nicht! Lass mich sehen, ob ich einen Stift habe." Ich krame in meiner Handtasche herum. „Sie sind immer irgendwo am Boden der Tasche. Ah!" Oh, ich kenne noch ein anderes französisches Wort. „Voilà!", sage ich und halte triumphierend einen Stift in der Hand. Dann starre ich sie überrascht an. Auf dem Tisch vor Celeste liegen drei Stapel der französischen Übersetzung von *Die Mutprobe des Herzogs*.

„Ich habe auch ein paar für meine Freundinnen dabei, wenn es dir nichts ausmacht", sagt sie hoffnungsvoll.

„Gerne doch", sage ich und greife nach dem ersten Stapel. „Die Widmung wird allerdings auf Englisch sein, doch ich weiß, wie man fröhliches Lesen sagt. *Bonne lecture!*"

„Wunderbar!", freut sie sich und verbringt dann die

nächsten paar Minuten damit, mir zu sagen, was ich in die Bücher schreiben soll. In ihrem Freundeskreis gibt es eine Menge Maries.

Als ich fertig bin, bedankt sie sich ausgiebig bei mir und packt die Bücher vorsichtig in ihre Einkaufstasche.

Es ist so schön, geschätzt zu werden, nachdem ich mir Tag und Nacht die Finger wund getippt habe. „Überhaupt kein Problem! Ich freue mich immer, meine Leser zu treffen und Bücher zu signieren."

Sie beugt sich vor. „Du musst unglaublich beschäftigt sein, deine Geschichte zu schreiben und gleichzeitig eure Hochzeit zu planen, oder?"

Ich hätte beinahe gesagt, dass die Hochzeit abgesagt worden ist, bis mir klar wird, dass sie meine Hochzeit mit Lucas meint. Ich fange mich gerade rechtzeitig. „Ja, ähm, da steckt unglaublich viel Planung drin. Die Palastkapelle muss vorbereitet werden, die Blumen und das Essen ausgesucht und die Einladungen verschickt werden, aber das weißt du ja. Ihr bekommt auf jeden Fall eine Einladung, aber es wird noch eine Weile dauern."

Sie lächelt. „Ich freue mich darauf."

Lucas unterhält sich weiter auf Französisch, also habe ich die Erklärung für die lange Verlobungszeit wohl nicht verkorkst. Ich frage Celeste nach ihrem Beruf, und es stellt sich heraus, dass sie Anwältin ist.

„Ein Bankier und eine Anwältin. Klingt nach einem sehr ernsten Haushalt", platzt es aus mir heraus.

Sie lacht. „Unsere Söhne sorgen dafür, dass es nie zu ernst wird." Sie holt ihr Handy aus der Handtasche und zeigt mir ein Paar dunkelhaarige kleine Jungen mit einem schelmischen Lächeln.

„Sie müssen dich gut auf Trab halten."

Sie wirft lächelnd noch einen Blick auf das Foto und legt dann das Telefon weg. „Das tun sie wirklich."

Wir unterhalten uns noch ein wenig, bevor wir uns verabschieden. Ich bin mir nicht sicher, ob es für Lucas gut gelaufen ist, denn sein Gesichtsausdruck verrät nichts. Ich entschuldige mich und sage Lucas auf dem Weg zur Toilette, dass ich ihn im Foyer treffen werde.

Bei meiner Rückkehr sind nur noch Lucas und seine beiden Bodyguards da. Ich habe sie noch nicht gesehen und kenne ihre Namen nicht. Insgeheim nenne ich sie Hercules (der, mit dem dicken Hals) und Thor (der Blonde).

„Ich schätze, Celeste und Jules mussten zu ihren Kindern zurück", sage ich.

„Ja", antwortet er knapp.

Ich senke meine Stimme. „Ist es nicht gut gelaufen?"

„Lucas!", kreischt eine Frauenstimme. „Schöner Mann, was machst du denn hier?"

Ich drehe mich um und sehe eine hochgewachsene, dünne Brünette Anfang zwanzig mit scharfen Wangenknochen, die ein rosafarbenes, hautenges, ärmelloses Designerkleid mit schwarzen Stilettos trägt. Quasi eine Anti-Alice. Wir tragen beide rosa — ich habe mich für mein rosa gepunktetes Kleid entschieden –, doch das Resultat ist erstaunlich unterschiedlich. Sie scheint Amerikanerin zu sein und sieht aus wie ein Model.

„Bella", sagt er mit einem herzlichen Lächeln.

Sie umarmt ihn, küsst ihn auf die Wange und bleibt dann dichter bei ihm stehen als ich. Sie senkt ihre Stimme zu einem sexy Schnurren. „Wie lange bist du in der Stadt?"

Lucas' Lippen verziehen sich zu einem charmanten Lächeln. „Nicht lang. Lass mich raten, du bist wegen einer Modenschau hier."

Ich bin scheinbar nicht mehr als Tapete.

„Dicht dran! Ein Magazin-Shooting." Sie sieht sich in der Lobby um. „Ich treffe mich hier mit meinem Agenten, um was zu trinken." Sie streicht mit ihren manikürten rosa Fingernägeln über seinen Hals. „Ich bin im Ritz. Komm später vorbei."

„Hi!", zwitschere ich. Die Tapete spricht!

Lucas erschrickt, als hätte er vergessen, dass ich existiere. Bellas unnatürlich grüne Augen – definitiv Kontaktlinsen – weiten sich, als sie mich zum ersten Mal bewusst wahrnimmt. „Wer bist du denn?"

Lucas nimmt mich endlich zur Kenntnis. „Ähm, ja, ich wollte sagen, dass ich heute Abend mit jemandem hier bin." Er sagt weder Verlobte noch meinen Namen. Es sollte nicht so weh tun, wie es das tut.

Mit angekratztem Stolz erkläre ich unsere Beziehung, nachdem es ihm in Anwesenheit des Models scheinbar die Sprache verschlagen hat. „Ich bin Alice, seine Verlobte."

Sie bricht in Lachen aus. „Na klar! Wer bist du wirklich? Seine Assistentin?" Sie wendet sich Lucas zu und lächelt breit, als wäre das ein unglaublich amüsanter Witz gewesen.

Jetzt wünsche ich mir, ich könnte mit der Tapete verschmelzen.

Lucas braust auf. „Warum ist das so schwer zu glauben? Willst du damit sagen, ich kann keine feste Beziehung haben?" Er ist beleidigt angesichts ihrer Bemerkung, doch dabei entgeht ihm das Offensichtliche – sie ist der Meinung, dass ich nicht in seiner Liga spiele.

Sie sieht mich mit unverhohlener Verachtung auf ihrem makellosen Gesicht von der Seite an. „Sie ist nicht dein üblicher Typ."

„Vielleicht wollte ich eine Veränderung", knurrt er.

Das ist alles andere als ein Kompliment. Es ist eine Bestätigung, dass ich nicht in seiner Liga spiele. Plötzlich kommt mir mein Kleid unelegant vor, alles an mir ist zu unbeholfen, nerdig und fett. Scham überwältigt mich, und jeder Spott jedes Schulhoftyrannen beginnt, in meinem Kopf zu kreisen. *Nein! Stopp die Schamspirale! Sei die toughe Frau!*

Ich finde meine Stimme wieder. „Er verbringt das Wochenende *und* den Rest seines Lebens mit mir, du darfst dich also verziehen, Becca."

„Ich heiße Bella", blafft sie und wirft ihre Haare über ihre Schulter.

„Und wenn schon", sage ich, hake mich bei Lucas unter und schmiege mich an ihn, als gehörte er wirklich mir. Obwohl ich jetzt zu wütend auf ihn bin, um wirklich Zuneigung zu empfinden, will ich, dass sie verschwindet.

Sie beugt sich zu Lucas vor. „Zimmer zwei-null-fünf, wenn dir nach Besserem zumute ist." Dann geht sie zur Bar.

Ich atme zittrig aus. Sie vereint jedes zickige Miststück, das ich jemals gekannt habe und nie zur Rede gestellt habe. Ich *bin* eine toughe Frau.

Lucas blickt auf mich herab. „Also hast du Krallen."

„Und du bist ein Neandertaler und denkst mit deinem kleinen Kopf."

„Was habe ich denn getan?" Er klingt wirklich ratlos.

Ich zische durch meine Zähne. „Du hast dich nicht einmal an meinen Namen erinnern können angesichts Miss Perfect da."

Er schmunzelt. „Du klingst eifersüchtig."

Ich lasse meinen Arm los und schaffe ein wenig Distanz zwischen uns. „Ich bin nicht eifersüchtig. Es geht um grundlegende Manieren. Du hast mich nicht einmal vorgestellt."

„Ich war überrascht, sie zu sehen."

„Offensichtlich hat dich Modelblindheit geplagt."

Er lacht, was mich nur weiter irritiert. „Was ist Modelblindheit?"

Ich presse meine Lippen aufeinander. „Das ist, wenn ein Mann nur das Model vor sich sehen kann. Das ist ein echtes Problem mit dem männlichen Verstand. Er fokussiert sich auf ein Model, und plötzlich existiert keine andere Frau mehr."

„Oh, Alice, du bist so süß, wenn du eifersüchtig bist."

„Ich bin nicht süß. Und ich bin auch nicht eifersüchtig, also hör auf, das zu sagen." Ich will nicht, dass die Leute uns ansehen und denken, er könnte eine Bessere abbekommen, auch wenn wir nur so tun, als ob. Es ist beleidigend.

„Ich habe nie was mit Bella gehabt, nur damit du es weißt."

„Sie hätte auf jeden Fall gerne was mit dir." Ich höre mich gereizt an, und es kratzt mich nicht. Es geht hier um die grundlegenden Manieren, den Anstand, an dem es ihm offensichtlich mangelt, und jetzt tut er gerade so, als wäre *ich* diejenige, die ein Problem hat.

Ich koche wortlos vor mich hin. Ich hasse es, mich unsichtbar zu fühlen.

„Lass uns einfach gehen", sagt er und geht auf die Tür zu.

„Gerne", sage ich und hole ihn ein.

Die Bodyguards begleiten uns zu einer Limousine, die vor der Tür wartet. Sobald wir uns auf dem Rücksitz der Limousine niedergelassen haben, streiche ich mein rosa gepunktetes Kleid glatt. Mein Verstand stimmt einen irritierenden Singsang an: *Naiver Kerl, Naiver Kerl.*

Thor sitzt neben uns, der perfekte Anstandswauwau eines unechten Paares. Herkules sitzt vorn beim Fahrer. Lucas holt sein Handy aus der Tasche und schreibt schnell eine SMS. Wahrscheinlich berichtet er Anna und Gabriel von seinem Abendessen. Schließlich steckt er das Handy weg, atmet tief durch und streckt die Beine aus.

„Also, wie ist der geschäftliche Teil gelaufen?", frage ich, um meine Verärgerung zu überwinden. Schließlich war das Geschäftsessen der Hauptgrund für unsere fingierte Verlobung.

Er presst seine Lippen aufeinander. „Gut. Es wäre aber besser gelaufen, wenn du da gewesen wärst."

„Ich *war* da", sage ich durch meine Zähne.

„Kaum." Seine Stimme hat eine Schärfe, die mich noch mehr nervt.

„Du bist wütend auf mich, weil ich mich verspätet habe? Ich habe in einer unmöglichen Situation mein Bestes gegeben, und weißt du was, Prince Charming? Ich bin wütend auf dich, weil du mich behandelt hast, als wäre ich vollkommen unsichtbar, während diese Frau an dir geklebt hat. Und du hast mich nicht einmal verteidigt, als sie mich beleidigt hat!"

Er reibt sich den Nacken. „Wow, sieh uns an. Wir streiten uns wie ein echtes verlobtes Paar. Ich bekomme den ganzen Ärger und keinen der Vorteile."

Ich starre ihn an. „Wie bitte? Ich dachte, ich habe ziemlich gute Arbeit geleistet, als ich Celeste unterhalten habe, was für mich mit jemandem, den ich gerade erst kennengelernt habe, nicht einfach ist. Newsflash: Ich bin introvertiert. Und ich war so nett, einen Haufen Bücher mit unterschiedlichen Widmungen zu signieren, damit sie und ihre Freundinnen sich geschmeichelt fühlen. Also sag mir nicht, dass du keine Vorteile bekommst!"

Er zieht eine Braue hoch.

Ich schnappe nach Luft, als die Erkenntnis mich wie ein Schlag trifft. Er meint eine andere Art von Vorteilen. „Gah! Alle Männer sind Schweine. Planlose Schweine."

Er mustert mich für einen langen Moment. „Du ziehst fiktive Männer echten Männern vor, oder?"

Ja! Ich verschränke meine Arme. „Manchmal schon."

Schweigen breitet sich aus. Ein unbeholfenes, unangenehmes Schweigen.

Endlich spricht Lucas. „Okay, ich gebe zu, dass ich überreagiert habe. Du hast dein Bestes getan, um hierherzukommen. Danke."

„Gern geschehen", sage ich so gnädig wie möglich, da er nicht auf die Sache mit dem Unsichtbarsein eingegangen ist.

„Bist du noch immer böse?"

„Nein." Sehr irritiert, aber nicht böse.

Er atmet hörbar aus. „Denk nicht mehr an Bella. Ich wäre jetzt schon bei ihr, wenn ich sie wollen würde. Wir gehen oft auf dieselben Partys."

Ich verschränke meine Beine vornehm. „Wie schön, das zu hören."

Er lacht leise und zupft an meiner Haarsträhne. „Sei nicht eifersüchtig."

„Bin ich nicht."

„Hey, der Abend ist gut gelaufen. Jules hat mir gesagt, ich soll die Unterlagen am Montagmorgen zur Bank bringen. Ich denke, ich habe es."

„Wirklich?"

Er lächelt so breit, dass ich es erwidern muss. „Ja. Und obwohl du nicht so früh hier warst, wie ich es gerne gehabt hätte, war es dein Glaube an mich, der mir Auftrieb gegeben hat, also danke dir auch dafür."

„Gern geschehen." Ich weiß, wie sehr er das gewollt hat. Ich freue mich so für ihn, dass ich ihn umarmen möchte. Im letzten Moment erinnere ich mich an meine Rolle und wedele nur mit den Händen in der Luft. Wir spielen das Verlobungsspiel nicht hier in der Privatsphäre der Limousine, daher sollte ich ihn nicht berühren. „Yay! Was waren seine genauen Worte?"

Er kneift mein Kinn. „Sie waren Französisch, aber es war ein implizites *Wahrscheinlich.*"

„Das ist wunderbar. Ich freue mich so für dich." Und das tue ich wirklich. Bella hat wirklich an meinem Ego gekratzt, aber wenn ich ehrlich bin, war es Lucas' Reaktion auf sie, die mich verunsichert hat. Ich hätte mich nicht so darüber aufregen sollen. Lucas ist mein Freund.

Ich entspanne mich und lehne meinen Kopf an die Kopfstütze. „Du hast mich überrascht, als du dich plötzlich auf Französisch mit ihnen unterhalten hast. Ich wusste nicht, dass du Französisch sprichst."

„Unsere Familie ist zweisprachig, weil das Herrscherhaus mit allen Untertanen kommunizieren können muss. Viele der Inselbewohner sprechen sowohl Englisch als auch Französisch, nachdem die Insel zuerst unter englischer und später unter französischer Kontrolle gestanden hat. Außerdem ist Frankreich nicht weit."

„Ist Englisch deine erste Sprache? Du sprichst es sehr gut."

Er nickt. „Meine Mutter hat Englisch mit uns gesprochen, weil Französisch nicht ihre erste Sprache war und sie es erst gelernt hat, als sie meinen Vater geheiratet hat, und nicht so sicher darin kommunizieren kann. Mein Vater hat nur Englisch gesprochen, um an unseren Gesprächen teilzunehmen. Meine Geschwister und ich hatten schon in jungen Jahren Französischlehrer, und wir haben häufig Frankreich besucht, um Konversationen zu üben. "

„Es ist eine romantische Sprache. Ich könnte meine nächste Trilogie hier ansiedeln."

„Dann scheint mir, als ob unsere Verlobung unterm Strich für uns beide Früchte getragen hat."

„Einen ganzen Obstsalat", witzele ich.

Er lacht. „Bon appétit!"

„Das verstehe ich! Ich werde das meinem französischen Wortschatz hinzufügen. Schau nur, und schon bin ich über eine kurze Speisekarte hinaus."

Er grinst. „Eclair und Croissant?"

„Ja und Quiche."

Er nimmt meine Hand, hebt sie an seine Lippen und küsst meine Fingerknöchel. „*C'est magnifique.*"

Mein Atem stockt. Spielen wir wieder unser Spiel, oder ist das real? Ich kontere mit einer flapsigen Bemerkung, auch wenn ich mich gar nicht so fühle. „Ich mag es, wenn du alle königlichen Register ziehst. Und hier dachte ich, dass es dir an höfischen Manieren fehlt."

Seine Lippen verziehen sich zu einem schiefen Grinsen. „Ich habe noch ein paar extra Register in der *Mutprobe des Herzogs* gelernt."

Er hat meine Geschichte gelesen!

Im Kopf gehe ich die Geschichte kurz durch, obwohl es schon eine Weile her ist, dass ich sie geschrieben habe. Hugh, der Herzog, war äußerst ritterlich und hat eine junge Frau umworben, die als Mauerblümchen bekannt war. Er hat sich in sie verliebt und mit allen Mitteln versucht, sie von seiner Liebe zu überzeugen, als sie erfahren hat, dass sie Teil einer Wette war. Er musste ordentlich zu Kreuze kriechen, bevor es zu heimlichen Küssen kam und letztendlich die Leidenschaft erwacht ist. Ich seufze verträumt beim Gedanken an Hugh.

„Alice, wo bist du gerade hin verschwunden?"

„Zurück zu Hugh", sage ich seufzend. „Er ist der Mann meiner Fantasien."

„Basiert er auf irgendjemandem?"

„Wohl kaum", schnaube ich. „Ich habe ihm all die Eigenschaften gegeben, die Männern fehlen. Hugh hat einen besonderen Platz in meinem Herzen. Ich habe viel Zeit mit ihm verbracht, als ich an der Uni war, nachdem ich mehrere eher wenig zufriedenstellende Erfahrungen gemacht habe. Sagen wir einfach, die Männer, mit denen ich zusammen war, bevor ich Hugh erfunden habe, waren eher Jungen als Männer. Unreif. Und wirklich unsensibel."

„Ah. Ich denke, dass das auf die meisten Uniaffären zutreffen dürfte."

Ich richte mich auf. „Das ist es ja. Ich dachte, dass es nach ein paar Dates Beziehungen waren oder zumindest etwas mit dem Potenzial für eine Beziehung, doch nachdem wir miteinander im Bett waren, war's das, und ich habe nie wieder von ihnen gehört. Meistens sind sie gleich danach mit einer gemurmelten Ausrede verschwunden. Ich nehme an, meine Erwartungen waren zu hoch …"

„Du hast mehr verdient", sagt er. „Du hast es verdient, besser behandelt zu werden."

Ich werde weich und empfinde wieder diese extreme Zuneigung ihm gegenüber. „Danke, Lucas. Schön, dass du das sagst. Warst du an der Universität auch so?"

„Ja, so war ich", sagt er ein bisschen verlegen. „Vielleicht wäre ich es nicht gewesen, wenn ich die richtige Frau getroffen hätte."

Ich blicke aus dem Fenster, aus irgendeinem Grund enttäuscht, selbst wenn ich seinen Ruf kenne. „Ich nehme an, du konntest nicht anders. Du bist nun einmal ein Mann."

„Wir werden erwachsen", sagt er.

Ich sehe zu ihm hinüber. „Es ist wirklich schade, dass Frauen gut zehn Jahre vor Männern erwachsen sind. Ich glaube, deshalb mochte ich Mason. Er war neun Jahre älter als ich und schien vernünftig zu sein."

Er schnaubt. „Kein Kommentar."

Er reagiert irritiert, wenn ich Mason erwähne, doch noch vor einer Woche habe ich fest damit gerechnet, ihn zu heiraten. Es ist nicht so, dass Mason für mich nicht mehr existiert. Ich habe seine Nachrichten ignoriert, in denen er mich auffordert, mit ihm zu reden. Ich will nichts mehr mit ihm zu tun haben, aber ein Teil von mir ist neugierig. Vielleicht ist ihm bewusst geworden, dass er einen Fehler gemacht hat, und er will sich entschuldigen und mich bitten, zu ihm zurückzukehren. Es wäre schön, eine Entschuldigung zu bekommen, auch wenn die Antwort lautet: *Fahr zur Hölle, und nimm meine ehemalige beste Freundin mit.* Gar nicht bitter. Haha. Ich fühle mich jetzt viel besser, da ich mein Schreibmojo wiedergefunden habe. Nicht zuletzt, weil Lucas zu meiner Stimmung beigetragen hat. Abgesehen von der kleinen Auseinandersetzung heute Abend genieße ich seine Gesellschaft wirklich.

Als wir im Hotel ankommen, hilft Lucas mir aus der Limousine und hält meine Hand, als wir in Richtung Foyer gehen. Ich denke, jetzt, da wir in der Öffentlichkeit sind, spielen wir das Spiel. Ich genieße es mehr, als ich sollte. Fast wünsche ich mir, ich könnte mich in Lucas verlieben. Er ist wirklich wunderbar und sieht fantastisch aus und naja, er ist einfach Lucas. Aber ich bin noch nicht bereit, mein Herz wieder zu öffnen.

Plötzlich bleibt er vor einer kleinen Pfütze stehen und nimmt mit gespielter Ernsthaftigkeit seinen imaginären Umhang ab, wirft ihn für mich über die Pfütze und sagt mit einer übertriebenen Verneigung: „Mylady."

Ich pruste vor Lachen. „Wie nett! Das kommt in mein Buch."

Er schmunzelt, nimmt meine Hand und führt mich in einem weiten Bogen um die Pfütze herum. Ich ergänze den Rest der Szene in meinem Kopf und ersetze die Limousine, mit der wir gerade angekommen sind, durch eine elegante Kutsche. Das Luxushotel ist das Anwesen des Herzogs. Ich tue so, als wäre Thor unsere Anstandsdame, die verwitwete Tante des Herzogs. Nicht einmal ich kann mir den dickhalsigen, riesigen Herkules als die Tante vorstellen, auch wenn Thor, was Muskeln angeht, nicht minder gut ausgestattet ist. Lucas hat sich als unendlich inspirierend erwiesen. Ich muss seine Worte kaum optimieren, um eine romantischere Note zu bekommen. Das tiefe Timbre seiner Stimme entspricht auch ganz meinem Herzog.

Ein paar Momente später haben wir alle im Hotel eingecheckt, und die Bodyguards begleiten uns zum privaten Aufzug für die Penthouse-Suite. Sobald sich die Aufzugstüren hinter uns geschlossen haben werden, verschwinden die beiden in Richtung ihres eigenen Zimmers ein Stockwerk unter uns.

Lucas drückt den Knopf, um nach oben zu fahren.

Ich schlucke, da ich mir mehr als bewusst bin, dass er in seinem dunkelgrauen Anzug, der perfekt auf seine muskulöse Figur zugeschnitten ist, neben mir steht. Meine Fantasie macht einen schmutzigen Sprung in eine mitten in der Nacht stattfindende Verführungsszene, und ich werde rot.

Denk es durch, Alice. Er hat eine Suite mit *zwei* Schlafzimmern gebucht, was bedeutet, dass keine körperlichen Erwartungen bestehen. *Auszeit, hyperaktive erotische Vorstellungskraft!* Wie er heute Abend eingestanden hat, bin ich nicht in seiner Liga, und selbst wenn ich es wäre, würde ich mich nicht auf jemanden mit seinem Ruf einlassen, besonders nicht so bald, nachdem mein Herz gebrochen wurde. Ich habe wahrscheinlich nicht einmal die Fähigkeit, jemanden in mein enttäuschtes Herz zu lassen. Und obwohl es angesichts der wachsenden Anziehung, die von meinem falschen Verlobten ausgeht, hier leicht wäre, bin ich nie eine Frau für Gelegenheitssex gewesen. So viel weiß ich über mich. Mit dem Körperlichen müssen für mich Emotionen einhergehen, und dafür bin ich nicht bereit. Nicht einmal für einen Mann wie Lucas, der sich für seinen Fehltritt vorhin entschuldigt hat, der mich zum Lachen bringt und der sich tatsächlich die Zeit genommen hat, mein Buch zu lesen, und der den Helden mit ritterlichen Gesten nachspielt.

Ich entferne mich unbemerkt von der Versuchung. Ich werde ihn *nicht* anflirten. Ich muss nur an den Übungskuss vor drei Tagen zurückdenken. Er war so steif und unbehaglich, dass ich mich wie ein Lustmolch fühlte, weil ich es vorgeschlagen hatte. So peinlich. Und heute Abend hat er mir vor Jules und Celeste nur einen Kuss auf die Wange gegeben. Offensichtlich läuft meine romantische Fantasie Amok. *Le Seufz.* Jetzt, da ich mit meiner neuen Geschichte beschäftigt bin, habe ich Sex im Kopf. Diese Szenen gehören zu denen, die ich am liebsten schreibe. Ich mag es, am Ende eine schöne, große, sexy Szene voller Liebe und Leidenschaft zu haben, die so unglaublich befriedigend ist.

Ich begegne Lucas' Blick in der verspiegelten Wand des Aufzugs. Seine Augen lodern. Mein Atem stockt. Meine Nackenhaare richten sich auf, alle Nervenenden prickeln.

Ich wende den Blick ab, mein Puls schlägt schneller, mein Atem wird flacher. Das existiert nicht mehr nur in meiner Fantasie. Er *will* mich.

10

<hr>

Alice

„Bist du müde?", fragt er und bricht die sexuell angespannte Stille des Aufzugs.

Geh nicht über Los. Fang keine Affäre mit dem begehrtesten adligen Junggesellen der Welt an.

Ich nicke übertrieben und täusche ein Gähnen vor. „Es war ein ziemlich anstrengender Tag, und der Cognac vorhin hat mich wirklich entspannt."

Er reibt sich den Nacken und sieht mich von der Seite an. „Ich bleibe vielleicht noch ein bisschen auf."

„Klar. Wie du willst."

Wieder breitet sich Schweigen zwischen uns aus, und es ist mehr als nur ein bisschen unbehaglich. Es ist ausgesprochen unangenehm, als hätte ich was Falsches gesagt. Vielleicht erwartet er, dass ich ihm wie jede andere Frau auf dem Planeten zu Füßen liege.

„Was willst du machen?", frage ich und spiele das lockere, freundschaftliche Gesprächsspiel. Ich gehe sofort ins Bett und werde da bleiben. Allein.

„Wahrscheinlich fernsehen. Mal sehen, ob ein guter Film läuft."

„Was für ein Film?"

„Die Art, die sie in französischen Hotelzimmern spielen", blafft er. „Ich weiß nicht."

Ich versteife mich bei seinem Ton. „Es war nur eine Frage. Meine Güte. Ist mir egal, was du dir ansiehst."

„Entschuldigung", murmelt er.

Die Aufzugtüren öffnen sich, und er bedeutet mir, vorzugehen. Ich greife nach meinem Rollenkoffer, doch er sagt: „Ich mach das schon."

„Danke", murmele ich und gehe ihm voraus durch den kleinen Flur zur Tür.

Er benutzt seine Schlüsselkarte und hält die Tür zur Suite für mich auf. Noch eine nette, ritterliche Geste. Das Licht geht an, und ich betrete ein geräumiges, modern ausgestattetes Wohnzimmer mit Ledersofa, Flachbildfernseher und geometrisch gemustertem Teppich. Weiter hinten im Raum sehe ich eine kleine Küche. Zweiflügelige Türen auf gegenüberliegenden Seiten des Wohnzimmers öffnen sich zu den Schlafzimmern. Perfekt. Ich werde wahrscheinlich nicht einmal bemerken, dass er hier ist und auf der gegenüberliegenden Seite der Suite schläft.

Ich drehe mich zu ihm um, um ihm eine gute Nacht zu wünschen, als er das erste Schlafzimmer kontrolliert und dann in das zweite geht.

„Ich nehme das, das du nicht willst!", rufe ich. „Ich bin nicht wählerisch."

Er kommt zurück, nimmt meinen Koffer und bringt ihn in das zweite Schlafzimmer. Okay, dann ist das wohl meins. Ich folge ihm in mein Schlafzimmer und betrachte das riesige Kingsize-Bett, das weiß bezogen ist und auf dem sich ein Haufen weich aussehender Kissen türmt.

Seine Kiefermuskeln sind angespannt, seine Schultern ebenso. „Ich habe dir das mit der besseren Aussicht gegeben."

Ich gebe zu, dass ich ein bisschen glücklich bin, dass er mich begehrt (zumindest denke ich, dass dem so ist). Er hält sich zurück und ist irritiert, weil er es gewohnt ist, zu bekommen, was er will, wenn er es will. Wenn er sich zurückhält, ist das sehr nobel von ihm. Ich könnte mich jedoch irren. Ich bin mir nicht sicher, wie ich unseren steifen Übungskuss erklären soll, wenn er mich will. Vielleicht hat er erst langsam Gefallen an mir gefunden? Vielleicht liegt es auch daran, dass er Bella eine Abfuhr erteilt hat, und jetzt weiß er nicht wohin? Ich weiß nur, dass *ich* dieses Gebiet nicht betreten werde.

„Danke, Lucas – für alles. Du bist wirklich gut zu mir, und ich weiß das zu schätzen."

„Ja. Gute Nacht." Er geht, zieht die Doppeltür hinter sich zu und macht effektiv die Schotten dicht, bevor ich ihm selbst gute Nacht wünschen kann.

„Gute Nacht!", rufe ich ihm verspätet durch die Tür hinterher.

Ich mache mich bettfertig und ziehe meinen hellblauen Lieblingspyjama an, auf dem steht *So viele Bücher, so wenig Zeit*. Ich höre den Fernseher im Wohnzimmer und komme zu dem Schluss, dass ich in meinem Zimmer bleiben sollte.

Doch ich höre nicht auf meine innere Stimme, öffne die Tür und strecke meinen Kopf hinaus. Er ist nicht da. Die Türen zu seinem Schlafzimmer sind geschlossen. Vielleicht macht er sich auch gerade bettfertig. Gehört er zu den Männern, die sich nachts die Boxershorts ausziehen, wenn sie es sich bequem machen? Ich werde *nicht* in sein Schlafzimmer linsen.

Das ist albern. Ich bin wirklich müde und möchte morgen ausgeruht sein. So schnell werde ich nicht wieder herkommen.

Also gehe ich ins Bett und schalte das Licht aus.

Lucas

Ich bin rastlos, angespannt und weiß genau warum, aber ich möchte nicht, dass es so ist, weil ich dann das Ganze vermasselt habe. Es sollte ein Spiel sein. Ich meine, ja, ich habe mich von Anfang an von ihr angezogen gefühlt, doch ich habe auch diesen ausgeprägten Beschützerinstinkt ihr gegenüber empfunden. Sie ist verletzlich und noch nicht über ihren Ex hinweg. Ich habe mir gesagt, dass ich ihr nicht zu nahe kommen soll, aber jetzt, da ich sie kennengelernt habe, ist sie intelligent und schlagfertig und so verdammt sexy. Ich habe mich in ihrer Gegenwart noch nie gelangweilt, und das ist keine Kleinigkeit. Die Anziehungskraft, die sie auf mich ausübt, ist stärker, als ich es von einer Frau gewohnt bin, mehr als Verlangen, eher ein unglaubliches Bedürfnis. Sie hat alles, was ich an einer Frau mag, nur, dass ich das Pech hatte, sie zum ungünstigsten Zeitpunkt in ihrem Leben zu treffen.

Ich gehe ins Wohnzimmer, um fernzusehen, ohne überhaupt wahrzunehmen, was gerade läuft. Ich habe den Fernseher vorhin eingeschaltet, um nicht Alice beim Zubettgehen zuzuhören und mir vorzustellen, wie sie nackt aussieht. Als Alice vorhin eifersüchtig auf Bella war, hat es sich für einen kurzen Moment tatsächlich so angefühlt, als wäre die Sache mit der Verlobung echt, als wollte Alice mich ganz für sich allein haben. Ich habe Alice nicht vorgestellt, weil ich wusste, dass Bella nicht nett sein würde. Sie kommt nie mit anderen Frauen zurecht.

Ich atme frustriert aus, zu aufgedreht, um auf dem Sofa stillzusitzen. Den Verlobten zu spielen sollte einfach sein. Was soll ich mit dieser Sehnsucht, in ihrer Nähe zu sein, anfangen? Ihre weichen Rundungen an mich gepresst zu spüren? Ich starre auf ihre verschlossenen Schlafzimmertüren.

Das ist so was von bescheuert. Sie ist so nah, doch sie könnte genauso gut wieder in Oregon sein, weil ich einfach in ihrem Fall kein Arschloch sein kann. Sie hat etwas Besseres verdient, und wenn ich dieser Sehnsucht nachgebe, wird mir die ganze Sache um die Ohren fliegen. Drama mit großem D. Ich weiß es. Und das würde nur unerwünschte Aufmerksamkeit auf uns lenken, besonders von Anna und Gabriel. Sie wissen nicht, dass ich den Plan mit der fingierten Verlobung umgesetzt habe.

Ich schalte den Fernseher aus, gehe in mein Schlafzimmer und lege mich ins Bett.

Ein paar ruhelose Minuten später schlage ich die Decke zurück und gehe in die Dusche. Zeit für ein Date mit meiner Hand. Ich habe kaum angefangen, als Bilder von Alice in meinem Kopf aufblitzen – ihr schüchternes Lächeln, ihr Lachen, ihre Hand auf meinem Arm, ihre wunderschönen

Brüste. Scheiße. Irgendjemand anderes. Ich suche verzweifelt in meinen Gedanken, doch da ist sie wieder, nur dieses Mal trägt sie die zartrosa Spitzenwäsche, die sie mir gezeigt hat. Es ist wie in einem Film in meinem Kopf, so real, dass ich schneller atme. Die Zeit scheint langsamer abzulaufen, und dann bin ich weg. Als ich komme, ist es eine Erleichterung.

Doch als ich meine Stirn gegen die Duschwand lehne und wieder zu Atem komme, bin ich unzufrieden. Ich brauche mehr. Ich brauche Alice.

Was habe ich mir da nur eingebrockt?

Ich muss sie beschützen, und der einzige Weg, das zu tun, ist, Abstand zu halten.

Alice

Nach einer erholsamen Nacht bin ich überzeugt, dass ich das Richtige getan habe, als ich mich von der Versuchung, die Lucas für mich darstellt, distanziert habe. Er ist kein Mann für eine Beziehung, und ich bin nicht für eine neue bereit, selbst wenn er es wäre. Ich werde von nun an auf der Freundesschiene weiterfahren. Ich brauche morgens Kaffee, um meinen Verstand anzukurbeln, doch ich bin eitel genug, um mir die Haare zu bürsten und mir die Zähne zu putzen, bevor ich mich aus dem Schlafzimmer wage.

„Guten Morgen", sagt Lucas und überrascht mich. Er steht im Wohnzimmer und sieht mich erwartungsvoll an, ist bereits frisch geduscht und trägt ein hellblaues Polohemd, eine Khakihose und Loafer. Ich glaube nicht, dass er so was Profanes wie T-Shirts oder Shorts besitzt. Es ist ein wenig beunruhigend zu sehen, dass er hellwach ist und auf mich wartet. Wie lange ist er schon auf?

„Morgen", sage ich und komme aus meinem Schlafzimmer. Ich schnuppere und rieche Koffein. „Hast du Kaffee gemacht?" Ich blicke in die Küche, sehe aber keinen.

Seine Stimme ist schroff. „Was hast du da an?"

Ich blicke an mir herunter. „Meinen Pyjama." Er besteht

aus einem langen Hemd und Shorts, nicht einmal ansatzweise sexy.

Er starrt auf den Saum meines Hemdes und zeigt auf mich. „Hast du da was drunter?"

„Wo drunter?" Ich hebe das Hemd, um es ihm zu zeigen. Er weicht einen Schritt zurück und wendet schnell den Blick ab. „Entspann dich, schau, es sind Shorts. Bist du schon lange wach?"

„Ein bisschen. Ich habe uns Frühstück bestellt." Er deutet auf den runden Tisch vor dem Sofa.

Ich lasse mich auf dem Sofa nieder, und er schenkt mir eine Tasse Kaffee ein, bevor er sich neben mich setzt. „Danke."

Er ist äußerst umsichtig und bietet mir einen Korb voller Croissants und Muffins an. Ich nehme ein Schokoladencroissant. Es gibt auch eine Obstplatte, Käse und hartgekochte Eier.

„Das war wirklich aufmerksam", sage ich. „Danke. Willst du nicht auch was essen?"

Sein Blick ist auf die Stelle gerichtet, an der mein Pyjamahemd aufhört und mein nacktes Bein beginnt. „Ich habe schon gegessen", sagt er heiser.

Ich trinke einen großen Schluck Kaffee und ignoriere das mögliche Verlangen in seiner Stimme. „Hast du gut geschlafen?"

„Ja. Du?"

„Kann mich nicht beschweren. Ich bin froh, dass ich ein bisschen länger schlafen konnte. Ich habe lange gelesen."

Er runzelt die Stirn. „Ich dachte, du warst müde, als wir hergekommen sind."

„War ich auch, aber ich lese immer vor dem Schlafengehen. Es macht süchtig. Und dann hat man das Ende eines Kapitels erreicht und muss unbedingt herausfinden, was als nächstes passiert. Ich habe eine ganze Bibliothek auf meinem Handy, damit ich immer was zu lesen habe." Ich schiebe mir einen Bissen warmes Croissant in den Mund und stöhne genüsslich.

Lucas springt auf und sieht sich fieberhaft um.

Ich starre ihn an, plötzlich hellwach. „Was ist?"

„Ich bin der gute Typ hier", murmelt er, bevor er in sein Zimmer geht.

„Natürlich bist du ein guter Typ!", rufe ich ihm hinterher. Gabriel muss wirklich eine Delle in seinem Selbstwertgefühl hinterlassen haben. „Du bist wunderbar! Schau dir nur an, wie ritterlich du dich mir gegenüber verhältst. Und aufmerksam bist du auch."

Stille.

Ich trinke noch mehr von dem köstlichen Kaffee und beiße wieder in mein Croissant. Ich beobachte seine Tür, um zu sehen, womit er mich als nächstes überraschen wird.

Einen Moment später kommt er wieder zum Vorschein und lehnt sich lässig mit einem Arm gegen den Türrahmen. „Ich bin ziemlich großartig."

Ich lächele und bin froh, dass er sich wieder normal anhört. „Verdammt richtig. Ach nein! Wir haben vergessen, mit Champagner zu begießen, wie gut du das gestern Abend gemacht hast!"

Er tritt näher. „Mein Sieg hat mich abgelenkt."

„Komm her, lass uns mit Orangensaft anstoßen. Oh, warte, sind das Mimosas? Perfekt!"

Er kommt ins Wohnzimmer zurück, nimmt einen Mimosa und bleibt mir gegenüber stehen. Ich stehe auf und proste ihm zu. „Auf den neuen CFO."

Er sieht mir in die Augen. „Auf meine Verlobte."

Ich verschlucke mich. „Das klang echt. Wir müssen nicht so tun, als ob, wenn wir unter uns sind. Wie wäre es, wenn du auf unsere Freundschaft anstößt? Ich weiß ehrlich gesagt nicht, wie ich diese Woche ohne dich überlebt hätte. Auf neue Freunde."

Er sieht für einen Moment nachdenklich aus, und ich rechne damit, dass er vielleicht irgendetwas über unsere Freundschaft hinzufügen will, doch dann stößt er einfach an und trinkt.

Ich setze mich und wende mich wieder dem Essen zu.

Er nimmt neben mir Platz. „Wie fühlst du dich?"

Mit einer anerkennenden Geste hebe ich meine Kaffeetasse in seine Richtung. „Ich fange an, mich wieder wie ein Mensch zu fühlen."

„Ich meine ... ähm, ist dein Herz noch gebrochen?"

Ich werde ernst. „Es wird eine Weile dauern, bis es wieder heilt." Ich versuche ein Lächeln, aber es fühlt sich wackelig an. „Ich versuche wirklich, das hinter mir zu lassen. Ich denke, ein bisschen Sightseeing ist genau die Ablenkung, die ich brauche." Ernüchtert zupfe ich eine Blätterteigschicht von meinem Croissant.

„Willst du wissen, was ich geplant habe, oder willst du dich überraschen lassen?"

Ich konzentriere mich wieder auf ihn. Seine blaugrünen Augen funkeln, als hätte er etwas wirklich Fantastisches vor. Ich presse meine Hände zusammen, als mir eine wirklich aufregende Möglichkeit einfällt. „Gehen wir zu einem königlichen Ball?"

„Fast. Es findet gerade leider keiner statt. Ich habe nachgesehen, aber sie sind nicht mehr so häufig wie früher." Ein Lächeln umspielt seine Lippen. „Aber vielleicht ist das sogar besser. Wir machen eine private Tour durch Versailles."

Ich keuche. Versailles ist ein berühmter Palast, der Wohnsitz von Ludwig XIV. Er ist legendär.

Er erzählt weiter. „Wir werden heute Nachmittag während der musikalischen Springbrunnenshow dort sein, und heute Abend werden wir dort an einem Ball teilnehmen, wie sie ihn in der Barockzeit abgehalten haben. Das ist meine Art, dir für deine Unterstützung zu danken. Ich hoffe, das ist eine gute Inspiration für deine Geschichte."

„Oh ja", hauche ich. „Ich wusste nicht einmal, dass sie dort musikalische Springbrunnenshows haben, von einem Ball ganz zu schweigen!"

Er grinst. „Im Sommer immer."

„Und die Brunnen sind wie die ursprünglichen Brunnen aus dem 17. Jahrhundert?"

„Genau dieselben mit Barockmusik im Hintergrund."

Ich blinzele. Das ist ein Nirvana für Geschichts-Nerds wie mich.

Er beugt sich vor. „Der Ball findet im Spiegelsaal statt."

„Im Ernst?" Ich stoße mit beiden Händen gegen seine Schulter, und als er lacht, schlage ich mir eine Hand vor den Mund. Ich habe Fotos des Spiegelsaals gesehen. Es ist so viel mehr als ein Saal. Es ist ein unglaublicher Raum, mit vergoldetem Tonnengewölbe, das selbst auf Fotos atemberaubend ist. Die Deckenfresken von Le Brun veranschaulichen wichtige militärische und diplomatische Siege und Reformen durch Allegorien aus der Antike. Auf der einen Seite ist eine große Fensterfront, auf der anderen Seite schmücken dreihundertsiebenundfünfzig Spiegel (ein Luxus zu dieser Zeit) siebzehn Bögen. Kristallleuchter, Stuck, Marmorstatuen, Parkettboden mit aufwendigen Einlegearbeiten und Gold, so viel glitzerndes, glänzendes Gold. „Wir gehen da auf einen Ball?"

„Ja", sagt er lachend. „Dann ist das also eine gute Überraschung?"

Ich senke den Blick auf meinen Pyjama und sehe ihm in die Augen. „Ich habe kein Kleid für so was."

„Dann gehen wir heute eins kaufen. Ich habe gehört, dass es ein paar Damenbekleidungsgeschäfte in Paris geben soll."

Ich bin sprachlos. Ein Prinz kauft mir in Paris ein Ballkleid und geht mit mir zu einem Ball in einem berühmten historischen Saal. Er hat einen Volltreffer gelandet. Meine Ohren klingen fast wie bei einem Orgasmus – seine Aufmerksamkeit, Mode, ein historischer Ball an einem historischen Ort. Ich bin außer mir.

Er nimmt meine Hand und betrachtet den rubinroten Verlobungsring, den er mir gegeben hat. „Vielleicht ein Kleid, das zu deinem Ring passt", sagt er heiser.

„Ja. Du bist so ... unglaublich." Ich starre seine große Hand, die meine hält, an und blicke dann zu ihm auf. Mein Atem stockt angesichts der Hitze in seinen Augen, und meine Lippen öffnen sich, als das Verlangen in mir erwacht. Der Drang, den Abstand zwischen uns zu überwinden, überwältigt mich, und ich rücke ein bisschen näher, unfähig zu widerstehen.

Er zieht sich langsam zurück und lässt meine Hand los. „Ich bin froh, dass ich eine gute Wahl getroffen habe." Meint er den heutigen Ausflug oder mich? Will ich, dass er mich meint?

Er geht zum Fenster und blickt hinaus. Ich schließe mich ihm mit meinem Kaffee an und bewundere die Stadt von oben. Es ist ein wunderschöner, sonniger Tag, an dem die Häuser und eine Kathedrale in der Ferne im Licht erstrahlen. Ich bin in der Stadt der Lichter, dem romantischsten Ort der Welt, mit einem hinreißenden Prinzen, der alle Register zieht.

Und plötzlich bin ich mir nicht mehr so sicher, ob ich nur eine Freundschaft mit Lucas will. Wage ich, das Risiko einzugehen?

Was würde eine toughe Frau tun?

11

Als ich für unseren Tag bereit bin und eine süße hellblaue Kurzarm-Tunika mit weißen Leggings und meinen Lieblings-Keds-Turnschuhen mit schwarzem Glitzer anhabe, ist Lucas zurück im Spiel, voller Charme und galantem Benehmen. Es macht so viel Spaß, so zu tun, als hätte ich einen Verlobten, der mich auf Händen trägt. Zugegeben, mein echter Verlobter ist meinen romantischen Heldenträumen nie wirklich nahegekommen. Wahrscheinlich würde Lucas das auch nicht, wenn ich ihn nicht ausdrücklich darum gebeten hätte. Es hilft, dass er mit *Die Mutprobe des Herzogs* quasi mein Spielbuch gelesen hat. Diese Geschichte war meine Fantasie, während einer überaus unbefriedigenden Datingdurststrecke am College. Jetzt stelle sich nur eine vor, mein Ex hätte sich so viel Mühe gegeben!

Der erste Punkt auf unserer Tagesordnung ist, mir ein Kleid für den Ball heute Abend zu besorgen. Er öffnet mir die Tür zu einer Boutique mit einer bezaubernden Auswahl an Cocktail- und Ballkleidern. Lucas und die Bodyguards halten sich im Hintergrund und sehen in diesem Frauenladen unglaublich männlich und deplatziert aus. Ich bin noch nie mit drei Männern im Schlepptau shoppen gegangen. Die Verkäuferin, eine Blondine in ihren Fünfzigern mit scharfen

Wangenknochen, die ein grünes A-Linien-Kleid trägt, begrüßt uns auf Französisch und lässt mich stöbern.

Innerhalb weniger Minuten komme ich zu dem peinlichen Schluss, dass Frauen in Paris viel zierlicher sind als ich, denn die Größenauswahl endet bei einer französischen 42, was ungefähr Größe 10 in den USA entspricht.

Ich werfe Lucas, der geduldig darauf wartet, dass ich mich für ein Kleid entscheide, einen Blick zu, und dann der Verkäuferin. Ich will Lucas gerade sagen, dass ich mit dem Kleid, das ich habe, zurechtkommen werde, als die Verkäuferin mir auf Englisch mit starkem Akzent herablassend erklärt: „Vielleicht sollten Sie es in einem anderen Geschäft für Frauen wie Sie versuchen."

Ich nicke abrupt, meine Wangen brennen.

Lucas feuert auf Französisch zurück, und die Angestellte sagt etwas in einem verächtlichen Ton und gestikuliert abfällig in meine Richtung.

Mein Magen rebelliert. Es ist mir so peinlich, dass ich gar nicht klar denken kann. Ich weiß nur, dass ich hier raus muss. Ich ziehe Lucas am Arm. „Lass uns einfach gehen."

„Ja, wir sollten in einen besseren Laden gehen", sagt er. „Dieser hier hat seine besten Tage hinter sich." Er fügt etwas auf Französisch hinzu, das sich sehr unhöflich anhört.

Sobald wir den Laden verlassen haben, platzt es aus mir heraus: „Wir können das mit dem Shoppen lassen. Ich kann anziehen, was ich habe."

„Oh nein", sagt er und führt mich zu einem Laden zwei Türen weiter. „Du wolltest zu einem Ball gehen, also brauchst du ein Kleid."

„Aber–"

„Hör auf zu streiten, Darling. Wir sollen glücklich verlobt sein."

Er öffnet die Tür zum Laden und schiebt mich mit einer Hand auf meinem unteren Rücken entschlossen hinein. Ich bin immer noch verlegen von vorhin und weiß nicht, wie ich mit dem Größenproblem umgehen soll. Es muss doch wenigstens ein paar rundere Frauen in Paris geben, oder? Ich kann mich nicht überwinden, mit Lucas darüber zu diskutieren und seine Aufmerksamkeit auf meine Körperform zu lenken. Sicher, meine Brüste scheinen ihm zu gefallen, alle Männer finden sie auf die eine oder andere Weise faszinierend, aber die meisten Männer scheinen eher Strichmännchenfiguren, an denen besagte große Brüste hängen, zu bevorzugen. Die Bodyguards bleiben mit versteinerten Mienen im Hintergrund, und ich zwinge mich, mir für die beiden keinen gedanklichen Dialog über diese erniedrigende Situation auszudenken. Ja, ich hatte genug Demütigung für einen Tag. Wenn wir hier nichts finden, renne ich zurück zum Hotel, zurück zu meinem vertrauten Laptop mit seiner vornehmen Regency-Welt, in der die Kleider maßgeschneidert sind und perfekt passen.

Verdammt, wenn das noch schlimmer läuft als in dem anderen Laden, könnte ich glatt den ganzen Weg zurück nach Oregon rennen. Es ist mir egal, ob ein ganzer Ozean im Weg ist.

Eine Verkäuferin kommt auf mich zu. Die junge Brünette trägt ein elegantes, asymmetrisches weißes Kleid, das sich an ihren gertenschlanken Körper schmiegt. Das wird niemals funktionieren. Ich weiche einen Schritt zurück und stoße gegen Herkules. „Oh, tut mir leid!"

Er nickt andeutungsweise, sagt aber nichts.

Lucas übernimmt die Führung und spricht mit der Verkäuferin in schnellem Französisch. Sie antwortet freundlich, wirft einen Blick auf meinen Rubin-Verlobungsring, dann lächelt sie und bedeutet mir, ihr zu folgen.

Eine kleine Flamme der Hoffnung gibt mir das Selbstvertrauen, es noch einmal zu versuchen. Sie holt ein rotes Empirekleid mit niedlichen, schulterfreien Flügelärmelchen hervor, das vielversprechend aussieht. Ich bringe es in die Umkleidekabine und schaffe es, es anzuziehen, doch ich habe einfach keinen Platz zum Atmen, so eng, wie es sitzt.

„Lucas?", rufe ich.

Einen Moment später antwortet er durch die Tür. „Gefällt es dir?"

„Ja, aber ich kann nicht atmen."

„Lass mich sehen."

Ich kneife die Augen zusammen, um ihm zu sagen, *vergiss es*, als er mit heiserer Stimme sagt: „Liebling, du würdest selbst in einem Sack gut aussehen."

Ich muss lächeln, obwohl ich weiß, dass er gerade das Spiel spielt. Er ist mein angebeteter Verlobter und würde mir gegenüber niemals ein hartes Wort aussprechen.

Ich öffne die Tür.

Er betrachtet mich von Kopf bis Fuß, bevor er mir in die Augen sieht. Ich versuche, nicht zu zappeln, und warte auf das Urteil. Ich hoffe, dass er sagt: „Wenn es dir gefällt, gefällt es mir." Das ist der Dialog, den ich für ihn geschrieben hätte. Und dann würde ich sagen: „Weißt du, es gefällt mir überhaupt nicht. Lass uns einfach gehen." Und diese ganze peinliche Aktion würde gnädigerweise enden.

„Vergiss es", platzt es aus mir heraus.

„Es gefällt mir", sagt er heiser.

Als ich die Heiserkeit in seiner Stimme höre, fühle ich mich ein bisschen besser. Es ist ein sexy Zeugnis des Verlangens und der Zurückhaltung. „Oh, mir auch, aber irgendwie atme ich auch gern." Ich fahre mit den Händen über meinen Brustkorb. „Ich muss ganz flach atmen. Mir wäre es lieber, wenn ich keine Ohnmachts-Récamiere bräuchte."

Er sieht mich ernst an und ignoriert meinen Versuch, die Situation mit Regency-Humor zu überspielen. „Ich kümmere mich darum. Gib mir eine Minute."

Ich blicke ihm nach, als er zu der Verkäuferin zurückkehrt und etwas auf Französisch bellt, als wäre er Napoleon persönlich (wenn auch viel größer). Er. Ist. Großartig.

Und ehe ich mich versehe, stehe ich in meinen eigenen Klamotten in der Umkleide vor einem Dreifachspiegel, während die Verkäuferin mich so ziemlich überall vermisst, wo man messen kann. Ich begegne Lucas' Augen im Spiegel. „Passen sie das Kleid für mich an?"

„Ja, und heute Nachmittag wird es in unser Hotelzimmer geliefert."

„Beeindruckend. Ich sollte dich immer zum Einkaufen mitnehmen."

Er macht eine elegante Verbeugung. Ich will darüber

lachen, so übertrieben wirkt die Geste, doch er sieht so ernst aus, als er sich aufrichtet; seine Augen lodern so sehr, während sie meine im Spiegel fixieren, dass mir das Lachen spontan vergeht. Funken schießen über meine Haut. Mein Gott, er hat mich nicht einmal berührt. Mir ist heiß.

Als wir mit dem Einkaufen fertig sind und in die wartende Limousine für unsere Fahrt nach Versailles steigen, stimmt irgendetwas nicht mit Lucas. Er ist angespannt und still. Ich würde gerne denken, dass es anstrengend ist, mir zu widerstehen, doch mein Verstand hat weniger angenehme Ideen. Er ist angespannt, weil er sich mit dem Shoppen und der Änderung des Kleides herumschlagen musste. Oder er mag das Spiel nicht mehr. Oder vielleicht will er mich dieses Wochenende nicht mit all meinem nerdigen Geschichtskram verwöhnen. Er ist an einen viel schnelleren Party-Lebensstil gewöhnt. Ich möchte nicht, dass er sich gezwungen fühlt, mein fürsorglicher Verlobter zu sein, shoppen zu gehen und nerdigen historischen Kram zu unternehmen. War das nicht unser Deal? Ich spiele seine Verlobte für sein Meeting mit dem Banker, und er spielt den Verlobten, um meine Geschichte zu inspirieren? Dieser Ball ist die perfekte Möglichkeit für mich, selbst in meine Geschichte einzutauchen. Ich bin hin- und hergerissen zwischen dem Wunsch, unseren Deal durchzuziehen, und dem Impuls, ihn vom Haken zu lassen. Ich kann all diese leise Spannung nicht ertragen.

Ich beuge mich vor, um ihm zuzuflüstern, weil Thor mit uns hinten in der Limousine sitzt. „Spielen wir immer noch das Verlobungsspiel?"

Er antwortet leise und blickt geradeaus. „Möchtest du das?"

„Ja, aber ich frage mich, ob es dir Spaß macht? Du wirkst so angespannt."

Er bleibt ruhig, angespannt und ernst.

Ich lasse ihn vom Haken. Ich möchte nicht, dass er die Rolle spielt, wenn er sich dabei so verhält. „Du musst nicht."

Er sieht mir in die Augen, sein Blick ist intensiv. „Ich will aber."

„Oh." Ich denke einen Moment darüber nach, verwirrt. „Dann muss ich irgendwas verpasst haben. Was ist los?"

„Nichts. Ich brauche nur ein bisschen Zeit, um mich auf das Sightseeing einzustellen. Mir geht viel im Kopf rum."

Doch heute Morgen schien er fröhlich gewesen zu sein. Das heißt, bis wir einkaufen gegangen sind. Ich entspanne mich. „Ohhh, Männer gehen nicht gerne shoppen. Das ist es. Jetzt wirst du mehr Spaß haben."

„Es macht mir nichts aus. Es hat mir gefallen, dich in diesem Kleid zu sehen, auch wenn du nicht atmen konntest."

„Soll ich bei dem Ball in Ohnmacht fallen?", frage ich gespielt gereizt.

Seine Lippen verziehen sich zu einem schiefen Lächeln. „Ich würde dich auffangen."

Ich lächele zurück und freue mich, dass wir wieder zu unserem normalen Geplänkel zurückkehren. „Das kann ich mir total vorstellen! Und dann trägt er sie in eine private Nische, wo er sie mit einem Kuss aus ihrer Ohnmacht weckt." Mein Verstand schreibt die Szene weiter. „Sie ist schrecklich kompromittiert. Als sie zum Ball zurückkehren, gibt es Zeugen, die beobachtet haben, wie sie allein verschwunden sind. Sie *müssen* heiraten, sonst ist ihr Ruf ruiniert."

„Du schreibst wieder laut", sagt er in neckendem Ton. „Deine Stimme wird ganz verträumt und klingt ein bisschen britisch."

„Was? Ich imitiere keinen britischen Akzent!"

Er grinst und sagt: „Vielleicht liegt es nur an deiner Wortwahl. Amerikanisch hörst du dich auf jeden Fall nicht an."

„Interessant. Ich hatte ja keine Ahnung!" Zumindest hat Mason nie etwas in dieser Richtung gesagt. Natürlich haben wir nicht zusammengelebt. Wir wollten nach der Hochzeit zusammenziehen, doch ihm hat keine der Wohnungen, die wir uns angesehen haben, gefallen, und schließlich hat er vorgeschlagen, ich könnte einfach in seine Wohnung einziehen, wenn es soweit ist. Plötzlich begreife ich, dass er nicht nur wählerisch war, sondern versucht hat, sich zwischen unserer Hochzeit und Riley zu entscheiden. Mason, der die Entscheidung hinauszögert, hätte ein Warnsignal sein sollen.

Warum war mir das alles damals nicht klar? Dann hätte er mich mit der Absage der Hochzeit nicht so überrumpelt.

„Alice?"

„Hm?"

„Ich habe gesagt, ich höre dich gerne laut schreiben. Es ist süß."

Meine Wangen werden rot. „Oh."

Er nimmt meine Hand, verflicht unsere Finger, eine intimere Verbindung als zuvor, als er einfach meine Hand in seiner gehalten hat. Ich starre immer noch geradeaus, und mein Herz pocht, weil sich das wie echte Zuneigung und Verlangen anfühlt, mein persönlicher Beziehungstrigger, und ich bin *so kurz* davor, durchzudrehen.

Ich weiß nicht, was ich tun oder sagen soll. Ich kann mich amüsieren, wenn ich die Rahmenbedingungen des Spiels kenne, doch wenn die Regeln verschwimmen – und das tun sie –, macht mich das sehr nervös. Ich glaube nicht, dass Lucas mich würde verletzen wollen, doch letztendlich würde er es tun. Weil er mich ohne Probleme zurücklassen würde, um sich der nächsten Frau zuzuwenden. Und mein gerade wieder geflicktes Herz würde irreparabel zerbrechen.

Beruhige dich. Er hält nur deine Hand.

Lucas sieht mich an und studiert meinen Gesichtsausdruck. „Was ist?"

Ich starre auf unsere verflochtenen Finger, und mein Verlobungsring funkelt mich an. Ich frage leise: „Halten wir uns wegen des Spiels bei den Händen?"

„Dir ist unbehaglich zumute." Er lässt meine Hand los.

„Tut mir leid. Ich spüre ... Ich weiß es nicht. Es ist irgendwie seltsam und verwirrend. Ich bin sicher, es liegt nur daran, dass Mason–"

„Kein Problem." Er rutscht ein Stück von mir weg und sieht aus dem Fenster.

Ich hoffe, ich habe es nicht vermasselt. Ich war ehrlich und habe über meine Gefühle gesprochen, wie ich es selten bei einem Mann tue.

Doch ich vermisse seine Berührung jetzt schon.

12

———

Ich benehme mich nicht wie sonst und fühle mich unwohl. Das ist mir noch nie passiert. Ich bin dafür bekannt, dass ich geschmeidig und charmant bin, aber mit Alice bin ich ungefähr so unbeholfen wie ein pubertierender Achtklässler. Und dabei war ich damals nicht unbeholfen! Es ist diese verdammte Anziehungskraft. Das alles wäre so viel einfacher, wenn ich nicht von ihrem weichen, femininen, sexy Selbst angezogen werden würde. Mein Gott, ihre Stimme, ihr Duft, ihre üppigen Rundungen. Es macht mich verrückt. Ich denke ernsthaft darüber nach, den Jet zurück nach Villroy zu nehmen, die ganze Sightseeing-Sache zu überspringen und dann am Montag allein für mein Meeting zurückzufliegen, doch ein Blick auf Alice' Vorfreude, als wir nach Versailles fahren, reicht, und ich will bleiben.

„Wow, wow, wow!", ruft sie. „Es ist riesig!"

Ich habe es schon einmal gesehen, aber ich versuche, es mit neuen Augen – ihren Augen – zu sehen. Es ist ein dreistöckiges, riesiges Schloss mit zahllosen Fenstern auf der Vorderseite. Die perfekte Symmetrie der Fenster wird durch mehrere ionische Säulen und Statuen unterbrochen. Ich erzähle ihr, was ich darüber weiß. „Es war einst der Sitz des französischen Königshauses und der französischen Regierung. Es ist so immens – es hat mehr als zweitausend Räume –, dass man nicht alles auf ein Foto bringen kann. Barocke Architektur in all ihrer verschwenderischen Pracht."

Sie stößt ein Quietschen aus und springt aus der Limousine, um mit ihrem Handy Fotos aufzunehmen, obwohl ich ihr gerade gesagt habe, dass es zu groß ist, um alles auf ein Bild zu bekommen.

Ich hole sie mit meinen Bodyguards ein und folge ihr durch den großen Innenhof, während sie sich staunend im Kreis dreht. Ihre unverhohlene Begeisterung wärmt mein Herz. Ich kann nicht fassen, dass ich beinahe einen Rückzieher gemacht hätte. Was für eine Scheiße das gewesen wäre! Offensichtlich bin ich für Beziehungen gemacht, wenn ich nur an mich selbst denke.

Sie dreht sich zu mir um, ihre Stimme überschäumend vor Begeisterung. „Lass uns reingehen."

„Hier lang." Ich zeige auf den Besuchereingang. Als wir drinnen angekommen sind, gehe ich zum Informationsschalter, wo ich für unsere private Tour einchecke.

Alice' blaue Augen sind riesig, als sie flüstert: „Ich kann nicht glauben, dass wir eine private Tour bekommen!"

„Das liegt daran, dass ich Prinz Lucas Rourke bin", flüstere ich mit undurchdringlicher Miene zurück.

Sie lächelt ihr süßes Lächeln, und mein Herz pocht mir bis zum Hals. Das passiert jedes Mal. „Ich weiß, wer du bist. Ich bin diese VIP-Behandlung nur einfach nicht gewohnt."

Ich schon. Meistens ist es ziemlich großartig und manchmal wünschte ich, ich könnte einfach in der Menge untertauchen und mein Leben leben. Letzteres behalte ich für mich. „Ich hoffe, es gefällt dir, Darling", sage ich stattdessen eher galant.

„Das tut es", sagt sie mit einem strahlenden Lächeln.

Kurze Zeit später fangen wir unsere Tour an, gehen durch einen separaten Eingang und treten in die Pracht der privaten Gemächer des Königs ein. Unsere Tour führt uns weiter zu den übrigen Gemächern des Königshauses, der privaten Kapelle und dem königlichen Opernhaus. Alice ist außer sich, ohht und ahht die ganze Tour über und packt gelegentlich vor Begeisterung meinen Arm. Alles fühlt sich durch ihre Augen frisch an. Obwohl ich es immer noch für übertrieben halte mit all den goldenen Stoffen, dem Marmor, dem Stuck und den hohen Decken. Wir beenden die Tour im Spiegelsaal, wo wir später am Abend den Ball besuchen werden.

Als sie sich zu mir umdreht, strahlen ihre blauen Augen. „Ich kann nicht glauben, dass wir hier auf einen Ball gehen werden! In genau diesem Raum!" Sie runzelt die Stirn. „Denkst du, wir sollten irgendwelche barocken Tanzschritte kennen?"

„Keine Ahnung. Ich habe noch nie an einem Barockball teilgenommen. Ich denke, dass ein normaler Walzer reichen sollte."

Sie verzieht das Gesicht. „Ich habe noch nie Walzer getanzt."

„Das ist leicht. Ich führe, du folgst einfach und versuchst, nicht auf meine Füße zu treten."

Sie presst eine Hand auf ihre Stirn. „Warum habe ich nicht daran gedacht? Ich hätte barocke Tänze googeln sollen."

„Entspann dich. Ich zeig dir, wie es geht." Ich nehme ihre Hand und lege meine andere Hand in die Mitte ihres Rückens, um sie besser führen zu können. „Es ist ein einfacher Schritt. Erst nimmst du deinen rechten Fuß zurück und der linke Fuß schließt sich ihm an. Dann zur Seite und die Füße wieder zusammen. Bereit?"

Ihre Wangen nehmen eine hübsche Rosafärbung an. „Okay." Ich bin mir nicht sicher, ob es daran liegt, dass ich ihr so nah bin, oder weil unser Touristenführer und die Bodyguards uns beobachten. Ich hoffe, es ist Ersteres.

Ich mache langsam die Schritte und benutze meine Hand, um sie mit mir zu führen. Sie folgt sehr gut, doch ihre Augen sind auf unsere Füße gerichtet.

„Hey, ich bin ziemlich gut", bemerkt sie, blickt zu mir auf und trampelt mir dabei auf den großen Zeh. Ich beiße die Zähne zusammen, da ich sie nicht entmutigen will. „Hoppla! Entschuldigung." Sie löst sich von mir. „Ich werde heute Abend ein bisschen in unserem Zimmer üben. Lass uns die Gärten anschauen gehen."

Ich atme enttäuscht aus. Die Gärten sind verlockender, als mit mir zu tanzen. Ich scheine nachzulassen.

Die Gärten sind symmetrisch angelegt und beeindruckend in ihrer Pracht. Es gibt sogar einen Canal Grande mit Gondeln und diversen Springbrunnen. Alice ist so aufgeregt, dass sie praktisch von einem Abschnitt zum nächsten rennt. Sie hält ihre Broschüre hoch. „Es gibt fünfundfünfzig Springbrunnen und einhundertfünfundfünfzig Statuen. Wir müssen uns unbedingt alle ansehen!"

Ich kann nicht anders, als mich über ihre Begeisterung zu freuen. Wir beenden unsere Tour mit einem Stopp an einem kleinen Imbisswagen zum Mittagessen und sehen uns die musikalische Springbrunnenshow an. Als sie vorbei ist, beugt sie sich vor und küsst meine Wange direkt über meinem Bart. „Was für ein wunderbares Erlebnis. Danke, dass du mich hierhergebracht hast."

„Gern geschehen."

„Lass uns zurückfahren. Ich möchte Zeit haben, mich frischzumachen und tanzen zu üben."

Ich verneige mich steif. Hier, gesehen? Ich habe gute Manieren! „Wie du willst, meine liebe Alice."

Sie strahlt, und wieder färben sich ihre Wangen rosa. Sie legt die Hände an die Wangen. „Ich weiß nicht, ob das daran liegt, dass du mein Buch gelesen hast oder unser Spiel spielst, aber ich *liebe* es."

Ich leider auch. Ihr Vergnügen ist mein Vergnügen. Es macht mir nicht einmal etwas aus, mich mit den Verbeugungen zum Affen zu machen, denn alles, was mich interessiert, ist ihre Reaktion.

Sie schläft auf der Rückfahrt an meiner Schulter ein. Ich streiche ihr weiches Haar aus ihrem Gesicht. Zwei Dinge fallen mir gleichzeitig auf: Ich freue mich auf den Ball heute Abend und fürchte mich vor seinem Ende, weil ich nicht glaube, dass ich ihr eine zweite Nacht in unserer gemeinsamen Suite widerstehen kann.

~

Alice

Der Abend ist magisch. Ich kann kaum fassen, dass ich hier im Spiegelsaal von Versailles bin, dem berühmtesten historischen Saal der Welt mit seiner überbordenden Opulenz, in einem maßgeschneiderten Kleid mit einem umwerfend gutaussehenden Prinzen im Smoking. Könnte mich bitte mal jemand zwicken?

Wir haben bereits ein paar Erfrischungen zu uns genommen – Champagner und Erdbeeren, um genau zu sein – und haben auf das erfolgreiche Businessdinner von gestern Abend angestoßen. Jetzt tanzen wir zusammen mit anderen Paaren Walzer. Hier sind wahrscheinlich hundert Leute in Abendkleidung, die sich an diesem Ball genauso zu erfreuen scheinen wie ich. Es ist der Himmel für einen Geschichts-Nerd wie mich. Das Beste daran ist, dass Lucas so wunderbar führt, dass ich meine ganze Zeit damit verbringen kann, die anderen Paare zu beobachten. Das kommt alles in mein Buch.

Lucas dreht uns um und zieht mich dabei näher an sich. Mein Fokus wird abrupt vom opulenten Saal auf die Tatsache gelenkt, dass es keine höfliche Distanz mehr zwischen uns gibt. Zwischen uns passt kaum mehr als ein Blatt Papier. Die Hitze, die von ihm ausgeht, wärmt mich, und alles andere verblasst in meinen Gedanken. Es gibt nur mich und Lucas.

„Du hast dich seit heute Nachmittag verbessert", sagt er mit einem schiefen Lächeln. „Du bist mir noch keine fünf Mal auf die Füße getreten. Das nenne ich Fortschritt."

„Hey! Ich habe nur zwei Mal gezählt."

Er zwinkert. „Erzähl das meinen Zehen."

Ich schüttele den Kopf. „Tut mir leid. Du bist ein wunderbarer Tänzer."

Sein warmes, zärtliches Lächeln nimmt mir den Atem. „Danke, Darling."

Ich benetze meine Lippen und starre auf einen Punkt über seiner Schulter. Ich muss mich auf den Zweck des Abends konzentrieren: Inspiration für meine Geschichte. Darum ging es bei dieser *Darling*-Nummer. Er spielt eine Rolle für mich. „Wäre es komisch, wenn ich Fotos machen würde?"

„Mach nur."

„Nach unserem Tanz. Sobald wir zurück sind, gehe ich direkt an meinen Laptop, bevor ich auch nur ein Detail vergessen kann. Ich werde definitiv meine nächste Trilogie hier in Frankreich ansiedeln. Vielleicht über jemanden aus dem französischen Adel, der oft in Versailles ist."

„Wir sind wahrscheinlich noch eine ganze Weile hier. Später treten professionelle Tänzer in historischen Kostümen auf. Ich habe gehört, dass es einem vorkommt, als wäre man in der Zeit zurückgereist."

„Omeingott! Okay, ich bin so aufgeregt! Ich will nichts verpassen. Das Schreiben werde ich mir dann für morgen früh aufheben. Wenn es dir nichts ausmacht, möchte ich danach noch ein bisschen durch die Stadt gehen. Und am Montag ist dein Termin bei der Bank. Willst du, dass ich mit dir dahin gehe?"

„Nicht nötig."

Ich versuche, die Enttäuschung in meiner Stimme zu unterdrücken. „Sieht aus, als wäre mein Nutzen als falsche Verlobte abgelaufen." Die Uhr schlägt Mitternacht, und Aschenputtel kehrt zu ihrem bescheidenen Leben zurück.

„Jules hat erwähnt, dass sie unser Spa und die Produktion besichtigen möchten. Dafür solltest du als meine Verlobte da sein."

„Oh. Wann ist das?"

„Ich weiß nicht. Hoffentlich bald."

„Solange es in den nächsten fünf Wochen ist, ist es kein Problem."

„Da bin ich mir sicher. Vielleicht sogar in der kommenden Woche nach meinem Termin."

Das Musikstück endet, und er löst sich von mir, hält immer noch meine Hand und legt sie in seine Armbeuge, während er mich von der Tanzfläche führt. Sofort kommt ein anderes Paar, um mit ihm zu sprechen, und es erinnert mich daran, dass er ein Promi ist. Sie sprechen Französisch, bis er mich an sich heranzieht, seine Hand auf meinem unteren Rücken, um mich auf Englisch als seine Verlobte vorzustellen. Er versucht, mir das Gefühl zu geben, einbezogen zu sein, nachdem ich mich darüber beschwert habe, dass er mich diesem Model Bella nicht vorgestellt hat.

„Hallo", sage ich mit einem Lächeln. „Schön, Sie kennenzulernen."

Das Paar lächelt und nickt mir zu und antwortet etwas auf Französisch, was meiner Interpretation nach Glückwünsche zur Verlobung sein könnten. Ich weiß es nicht.

Die nächste Stunde vergeht. Wir tanzen (und ich werde heiß, obwohl Lucas höflichen Abstand hält), und sobald der Tanz endet, kommen irgendwelche Leute auf ihn zu. Ich nehme an, es ist das erste Mal, dass er diesen Ball besucht, und er ist quasi so etwas wie ein Novum. Ich kann spüren, wie ich mich innerlich verschließe. Der Unterschied zwischen seinem Leben und seinem Status und meinem könnte kaum größer sein. Was schade ist. Es ist wirklich ziemlich romantisch mit dem Kerzenlicht und dem Tanzen hier. Wenn ich es nur so genießen könnte, wie es ist, ohne zu viel darüber nachzudenken.

Ich seufze, als Lucas mich zu einer Bar mit erfrischender Limonade führt. Sobald wir mit dem Trinken fertig sind, überrascht er mich, indem er meine Hand nimmt und mich in eine diskrete Nische am anderen Ende des Raums zieht. Doch seine Bodyguards sind in der Nähe, ganz privat ist es darum nie.

„Was tust du da?", frage ich atemlos von dem Quasi-Sprint durch den Saal. Oder vielleicht liegt es an ihm.

Er tritt näher an mich heran und streicht mir mit einer zärtlichen Geste, die mein Herz hämmern lässt, die Haare hinter das Ohr. Sein Blick sucht meinen. „Bist du den Ball leid? Wir können gehen, wenn du willst."

Mein Atem geht schneller. „Nein, ich liebe ihn."

„Alice, ich habe seit einer Stunde kein Lächeln mehr von dir gesehen."

Mir bleibt der Mund offenstehen. „Du passt auf, wie oft ich lächele?"

„Ich bemerke es nun mal, wenn du lächelst." Er zupft an einer Haarsträhne, und sein Lächeln ist knabenhaft charmant. „Dein Lächeln macht mich glücklich."

Ich blinzele, völlig überwältigt von dieser unglaublich romantischen Bemerkung. „Warum macht dich mein Lächeln glücklich?"

„Weil ich mich daran erinnere, wie traurig du warst, als wir uns das erste Mal begegnet sind."

Ich runzele die Stirn und senke enttäuscht den Blick. Er hat Mitleid mit mir. Damals war ich ein Häuflein Elend, und er hat nur versucht, mich aufzumuntern.

Er hebt mein Kinn an. „Dein Lächeln lässt mein Herz schneller schlagen."

Ich keuche. Das ist so poetisch, so romantisch. „Das tut es?"

„Ja."

„Warum?"

„Ich weiß nicht, warum. Vielleicht, weil ich dich gerne glücklich sehe." Sein Daumen streicht über meine Unterlippe, und etwas wie ein elektrischer Schlag schießt durch mich hindurch bei der intimen Berührung. „Du hast ein sehr süßes Lächeln."

Die Luft flirrt zwischen uns, das Blut rauscht durch meine Adern.

„Bist du schon mal verlobt gewesen?", platze ich heraus.

„Nein."

„Du bist sehr gut darin. Es ist so viel besser als meine echte Verlobung. Wahrscheinlich, weil du so tust, als wärst du so verliebt in mich." *Sag mir, ob es echt ist.*

Er runzelt die Stirn. „Dein echter Verlobter war nicht in dich verliebt?"

Ja, ich weiß, mein echter Verlobter hätte in mich verliebt sein sollen. „Zuerst dachte ich, dass er es war. Er war sehr aufmerksam und hat mir Liebesgedichte geschrieben."

Er schüttelt den Kopf. „Ugh, diese Traktate."

„Ja, aber mit dir ist es … schön." Ich schlucke schwer. „Ich schätze, du wirst dem Ruf des begehrtesten adligen Junggesellen gerecht." Er schnaubt, und ich rudere sofort zurück. „Nein, so meine ich das nicht. Du bist mehr als dein Ruf. Du bist einer der seltenen Glücksgriffe, die sowohl Charme als auch Substanz besitzen."

Er tritt näher. „Nicht jeder sieht das", sagt er mit seidiger Stimme.

Mein Körper summt vor freudiger Erwartung. „Ich sehe es."

Er zieht mich in seine Arme, und seine Lippen berühren mein Ohr, bevor er flüstert: „Danke, Alice, dass du mich siehst."

Meine Knie werden weich, als sich das Verlangen in mir ausbreitet. Ich spüre ihn, seine Härte an meiner Weichheit. Die Hitze, die von ihm ausgeht, sein berauschender männlicher Duft. Ich will ihn. Ich will ihn wirklich, und es scheint meinem Körper egal zu sein, dass mein Herz immer noch in Splittern in meiner Brust klirrt.

Ich muss fragen. „Spielen wir immer noch das Spiel?"

„Nein."

Ich blicke zu ihm auf. Mein Herz pocht in meinem Hals. „Was bedeutet das?"

„Ich weiß es nicht."

Ich wende den Blick ab. Ich weiß es auch nicht. Aus irgendeinem Grund bin ich vollkommen verwirrt und frustriert. Ich bin mir nicht sicher, ob sich meine Frustration gegen ihn oder mich richtet. Wir spielen kein Spiel, aber keiner von uns weiß, was das bedeutet. Jemand sollte es wissen. Das wird kompliziert und unberechenbar. Ich möchte mich nicht mit komplizierten und unberechenbaren Dingen auseinandersetzen müssen.

Ich weiche zurück und atme tief ein, was mich nicht beruhigt. „Ich bin gerade so angespannt."

Er dreht mich so, dass mein Rücken seine Brust berührt, streicht mir die Haare über die Schulter und lässt dann seine Finger in einem heißen zittrigen Pfad über meine Haut gleiten. Dann legt er seine warmen Hände auf meine nackten Schultern und beugt sich zu mir herunter. „Wie wäre es dann mit einer Massage?", dröhnt seine Stimme in mein Ohr.

„Das ist ausgesprochen unpassend", hauche ich.

Ich kann das Lächeln in seiner Stimme hören. „Wir sind unter uns."

Die Worte sprudeln in einem erhitzten Atemzug von meinen Lippen. „Nimm mich."

„Wie bitte?"

Ich räuspere mich verhalten. „Ich sagte, bitte massier mich."

Er fängt an meinen Schultern an und wandert dann meinen Nacken empor. Es ist dekadent. Ich schmelze beinahe, so wunderbar fühlt es sich an. Als er fertig ist, streicht er mit seiner Hand über meinen Rücken bis kurz oberhalb meines Pos und hinterlässt eine prickelnde Spur von Gänsehaut. Ich atme zittrig aus.

Er drückt meinen Nacken und flüstert mir direkt ins Ohr: „Wie ist das?"

Ich bin entspannt und vibriere gleichzeitig vor Anspannung. Ich wirbele herum, um ihn anzusehen. „Erinnerst du dich, als der Herzog Lady Amelia auf dem Balkon gefunden hat?" Das ist aus *Die Mutprobe des Herzogs*, und ich kann kaum fassen, dass ich es wage.

Hitze lodert in seinen Augen. „Ja."

Mein Mund wird trocken. Ich kann meinen eigenen Mut nicht begreifen. „Vielleicht könnten wir dieses Spiel spielen."

Er schenkt mir sein sexy schiefes Lächeln. „Wir haben uns noch nicht einmal geküsst."

„Doch, haben wir."

Er schüttelt langsam den Kopf, ein Anflug von Belustigung in seinen Augen. „Das war mein Versuch, dir zu widerstehen." Er beugt sich langsam zu mir herunter, seine Hand in meinem Nacken. „Das ist ein Kuss."

Ich höre auf zu atmen. Seine Lippen streifen meine und jagen einen elektrischen Stoß durch mich hindurch. Es ist der gezierte Kuss eines Edelmannes, der den Wunsch nach mehr in mir weckt. Und dann tut er es noch einmal, und wieder streifen seine Lippen sanft meine, bevor er den Kopf hebt und mir in die Augen sieht.

Ich starre ihn verträumt und mit weichen Knien an. Er betrachtet meine Hand, die sich an seinem Hemd auf seiner Brust festklammert. Ich habe nicht einmal bemerkt, dass ich das tue. Ich lasse los, streiche sein Hemd glatt und lasse meine Hände über seine erhitzte Brust gleiten. Ich kann dem Drang kaum widerstehen, sein Hemd mit beiden Händen aufzureißen, um die spektakuläre Brust zu sehen, die ich darunter spüre.

Meine Stimme ist atemlos und eindringlich. „Jetzt haben wir uns geküsst. Nimm mich."

Er sieht sich um. „Hier?"

Die Musik fängt wieder zu spielen an, diesmal lauter, zusammen mit einer Ansage auf Französisch. Ich erstarre. Was bilde ich mir ein, Lucas zu bitten, mich hier in Versailles in der Öffentlichkeit zu nehmen? Ich bin nicht die Heldin in einer meiner Geschichten, egal wie sehr ich mir das manchmal wünsche.

Er nimmt meine Hand und sagt sanft: „Komm, sie haben gerade die Tanzgruppe angekündigt."

Ich rümpfe die Nase. „Hast du gemerkt, dass ich meinen nicht vorhandenen Schwanz eingezogen habe?"

Seine Lippen verziehen sich wieder zu diesem schiefen Lächeln, das mich mitten ins Herz trifft. „Ja."

„Bist du enttäuscht?"

„Nein."

„Warum nicht?", empöre ich mich. „Ich habe etwas sehr Obszönes vorgeschlagen, und jetzt ist es vom Tisch. Findet ein Mann das nicht enttäuschend?" *Sei enttäuscht wie ich, verdammt nochmal! Warum kann ich nicht so mutig sein wie meine Heldin?*

Er legt seinen Arm um meine Taille und zieht mich wieder an sich, bevor er leise antwortet: „Weil ich alles weiß, was ich wissen muss. Es kommt noch mehr."

Ich erschauere vor Erregung und verdränge die nervöse Angst aus meinem Kopf. Er will mich, und ich will ihn. Das ist alles, was zählt. Dieser Moment. Es gibt kein Morgen.

13

Alice

Lucas hat Thor gebeten, uns in einem separaten Auto zu folgen, das magischerweise von einem Angestellten beim Ball aus dem Hut gezaubert wird. Das ist die Magie der Prominenz.

Ich steige zu Lucas in die Limousine, sehe, dass die Trennscheibe, die den Fahrersitz vom Rücksitz trennt, hochgefahren ist, und stürze mich auf ihn. Er ist genauso gierig wie ich. Seine Finger graben sich in meine Haare, sein Mund verschlingt meinen. Gütiger Gott! Es ist besser als meine Geschichten, besser als meine unanständige Vorstellungskraft, und ich hätte nicht gedacht, dass das möglich ist.

„Alice", keucht er. Seine Lippen hinterlassen einen heißen, prickelnden Pfad entlang meines Kiefers und dann meinen Hals hinunter. Sein Bart kratzt köstlich an meiner empfindlichen Haut. „Ich will das, ich will dich."

„Ich dich auch", hauche ich, als er an meinem Hals knabbert.

Seine großen Hände gleiten über meine nackten Schultern, meine Arme, meine Flanken und dann wieder nach oben, um meine Brüste zu berühren. Er streicht mit einem Finger über meine Brustwarze, und sie richtet sich sofort sehnsüchtig auf. Er schiebt die Korsage meines Kleides herunter und stöhnt:

„So schön", und ich fühle mich tatsächlich schön bei ihm. Schnell zieht er mir meinen trägerlosen BH aus und küsst dann fast ehrfürchtig meine Brüste.

Ich vergrabe eine Hand in seinem Haar, meine andere Hand presst ihn an mich, als seine Lippen sich um meine Brustwarze schließen und er sie tief in seinen Mund saugt. Ein heftiges Pochen zwischen meinen Beinen erwacht, und ich stöhne lang und tief. Ich bin heiß und feucht und unruhig, begierig, ihm näher zu sein und zu spüren, wie er sich fest an mich presst.

Er wechselt zur anderen Brust und liebkost auch sie. Erregung durchdringt mich, bringt jedes Nervenende zum Glühen und lässt meine Hüfte zucken.

„Lucas", stöhne ich.

Er hebt seinen Kopf und küsst mich leidenschaftlich, bevor er mich auf die lange Sitzbank drückt und sich auf mich senkt. Er unterbricht den Kuss gerade lange genug, um mein Kleid bis zu meiner Taille hochzuschieben und sich zwischen meinen Beinen niederzulassen, um in mir bei seiner Berührung eine intensive, fast schmerzliche Lust zu wecken. Es ist eine Erleichterung und gleichzeitig ein Drang nach mehr. Er küsst mich leidenschaftlicher, während er seine Hüfte an mir reibt und mir noch mehr Vergnügen durch mein dünnes Höschen bereitet. Eine Welle der Hitze konzentriert sich auf diesen einen Punkt, an dem er sich reibt, und die Reibung ist genau das, was ich brauche. Ich packe seinen Po, presse mich an ihn, und dann spannt sich alles in mir an, während ich meine Nägel in seine Haut bohre. Ich bin so dicht dran. So schnell bin ich dem Orgasmus noch nie so nahegekommen. O Gott.

Er unterbricht den Kuss und flüstert mir ins Ohr: „Mach weiter. Lass es zu." Und dann tut er etwas noch Wunderbareres und rutscht gerade so weit von mir herunter, dass seine Hand zwischen uns gleiten kann. Er schiebt mein Höschen beiseite und massiert mich. Der plötzliche, direkte Kontakt stößt mich mit einem scharfen Schrei über die Klippe. Meine Hüften zucken rhythmisch, bis er innehält und seine Hand zwischen uns hervorzieht. *Jaaa.*

Ich bin erschöpft. Ich öffne meine Augen und sehe, dass er mich anstarrt. Plötzlich bin ich unsicher. „Normalerweise bin ich nicht ...“

Er steckt seine Finger in seinen Mund, dieselben Finger, mit denen er mich gerade gestreichelt hat, und saugt daran. Wieder pocht es zwischen meinen Beinen. Ich nehme seinen Kopf in meine Hände und küsse ihn wieder. Ich bin außer Kontrolle. Ich brauche, ich brauche, ich brauche ihn.

Ich greife nach dem Knopf seiner Hose, doch er hält mein Handgelenk fest. „Was?“, frage ich verwirrt.

„Ich bin nicht soweit“, keucht er heiser.

Ich streiche durch seine Hose mit meinen Fingern über seine harte Erektion, was er mit einem sehr befriedigenden Stöhnen quittiert. „Du fühlst dich sehr bereit an.“

Er rutscht von mir herunter und zieht mich zu sich hoch. „Ich meinte ein Kondom.“

„Oh. Ich nehme die Pille.“

Unsere Blicke begegnen sich, die Luft ist zwischen uns aufgeladen.

„Ich bin sauber“, sagt er.

„Ich auch. Mein Ex hat immer Kondome benutzt, weil er nicht darauf vertraut hat, dass ich daran denke, regelmäßig die Pille zu nehmen.“ Ich zucke mit den Schultern. „Manchmal vergesse ich alles um mich herum, wenn ich mich einer Deadline nähere.“

Er schließt die Augen.

Ich zucke zusammen. „O mein Gott, tut mir leid. Totaler Abtörner, meinen Ex zu erwähnen. Ich wollte nur erklären, dass ich auch sauber bin. Küss mich.“

Seine Lippen sind zu einer dünnen Linie zusammengepresst. „Hast du jemals deine Pille vergessen?“

Ich streiche mit den Händen über seine Brust, bevor ich mich den Knöpfen seines Hemdes zuwende. „Nein, ich nehme sie jeden Morgen zur gleichen Zeit.“

„Dein Ex ... Scheiße. Warum bist du auf der Pille geblieben, wenn er ein Kondom benutzt hat? Wollte er doppelten Schutz?“

„Nein.“ Meine Wangen fangen an zu glühen, und ich höre

auf, sein Hemd aufzuknöpfen. Ich nehme meine Brille ab, damit ich ihn nur noch unscharf sehen kann. „Das wird ziemlich persönlich."

Er nimmt mein Gesicht in seine Hände, zwingt mich, ihn anzusehen, und ist mir so nah, dass ich die Intensität in seinen Augen auch ohne Brille sehen kann. „Sex auch", knurrt er. „Ich weiß, wie du dich anhörst, wenn du kommst. Ich weiß, wie du schmeckst."

Ich werde heißer und feuchter bei seinen Worten. Die Intensität, die in seinen Augen lodert, verbrennt mich. Ich kann meine Stimme nicht finden. Ich möchte nicht über meinen persönlichen Kram reden. Ich möchte mich nur wieder der sexy Action zuwenden.

„Antworte mir", befiehlt er.

„Ich kann mich nicht an viele Gespräche erinnern, die mit Sex zu tun hatten", sage ich leise. „Aber ähm ... ich habe die Pille genommen, weil ich damit meine Krämpfe im Griff habe." Ich riskiere einen Blick auf ihn. „Und das war jetzt zu viel Information." Verlegen setze ich meine Brille wieder auf. Ich glaube nicht, dass ich einem Mann jemals in meinem ganzen Leben etwas so Persönliches erzählt habe. Sogar mein Arzt ist eine Frau, darum sind die Gespräche mit ihr nicht ganz so peinlich.

Seine Hand gleitet unter mein Haar und bleibt in meinem Nacken liegen, bevor er mich direkt hinter mein Ohr küsst und einen weiteren Blitz durch mich hindurch jagt. „Okay, kein Kondom", flüstert er in mein Ohr, bevor er sich aufrichtet, um mich anzusehen. „Aber wir warten, bis wir im Hotel sind. Ich will dich im Bett."

Ich blinzele. So viele Worte, um die Details zu klären, und dann muss ich warten? Unfair. „Warum im Bett?"

„Warum?", knurrt er, bevor er wieder mein Gesicht in beide Hände nimmt, mich küsst und fest genug auf meine Unterlippe beißt, um mich mit einem brennenden Vergnügen zu erschrecken. „Darum." Er lässt mich los.

Ich starre ihn an, fasziniert von dem Wechsel von ritterlichen Manieren zu geradezu dominantem Verhalten. Ich komme zu dem Schluss, dass er es gewohnt ist zu befehlen, weil er ein Prinz ist. Egal, ich will ihn, und ich verstehe nicht, warum ich „darum" warten muss. Kann er mir so leicht widerstehen? Was mich zu einer anderen Frage bringt.

„Lucas?"

Seine Augen sind halb geschlossen, seine Stimme rau. „Ja."

„Warum bist du gestern Nacht nicht zu mir gekommen? Ich war doch nur ein paar Schritte weit weg auf der anderen Seite des Wohnzimmers."

Seine Augen lodern und mein Atem stockt. „Weil ich mir geschworen habe, dass ich deinen verletzlichen Zustand nicht ausnutzen würde, nach allem, was du durchgemacht hast." Er runzelt die Stirn. „Ich hasse deinen Ex leidenschaftlich, dabei bin ich ihm nie begegnet."

Eine Welle von Gefühlen schnürt mir den Hals zu. „Oh", bringe ich heraus. „Das ist süß."

Er lehnt den Kopf an den Sitz, schließt die Augen und seufzt. „Jetzt weiß ich, wo du stehst, und wir wollen dasselbe. Einfach Spaß haben, oder?"

Ich zucke beinahe zusammen, schaffe es aber, „Ja, genau" zu sagen. Spaß, mehr ist es nicht, und ich sollte damit einverstanden sein. Er macht klar, dass das hier nicht mehr ist als ein Juckreiz, der gekratzt werden muss. Einfacher, unverbindlicher Spaß.

Ich zappele ein bisschen, immer noch heiß und gierig. Selbst nach all dem Gerede habe ich mich nicht genug abgekühlt, um nein zu sagen. Ich will nicht mehr warten und bin frustriert genug, um zu sagen: „Du hast mich in dieser dämlichen Limousine verdammt heiß gemacht, und jetzt willst du, dass ich warte. Weißt du, was ich denke? Ich denke, es gefällt dir, mich heiß zu machen, mich zu foppen und mich dann am ausgestreckten Arm verhungern zu lassen."

Seine Augen blitzen, und ich platze heraus: „War nur ein Wi–" Weiter komme ich nicht. Er zerrt mich an meiner Hüfte flach auf meinen Rücken, schiebt mein Kleid über meine Taille hoch und reißt mir mein Spitzenhöschen vom Leib.

Mein Herz donnert in meiner Brust, mein Atem kommt keuchend. Und dann lässt er sich zwischen meinen Beinen nieder, senkt seinen Kopf und leckt mich. Ich höre auf zu atmen.

„Gott, du schmeckst so gut", stöhnt er und macht weiter.

Ich verliere mich in weißglühendem Vergnügen, wie ich es noch nie zuvor empfunden habe. Mein Verstand setzt aus, Schreie strömen aus meiner Kehle, als er mich höher und höher treibt, bis ich explodiere und heftig gegen ihn erschauere, bevor mir schwarz vor Augen wird.

Als ich wieder zu mir komme, sind da nur Lucas' Augen, die mich mit einer Intensität durchbohren, die mir sagt, dass er mich ganz sicher nicht mehr foppen will. Mein Körper vibriert, mein Blut rauscht durch meine Adern. Ich habe das wilde Tier entfesselt. Ich hoffe nur, dass ich den Ritt mit intaktem Herzen überstehen werde.

Lucas

Sie hat sich auf mich gestürzt. Ich hätte *nicht* die Initiative ergriffen. Ich habe mir gesagt, dass es Alice sein muss, die es will, ihr Wunsch, der uns dazu bringt, die Grenze zu überschreiten, egal wie sehr ich sie will. Jetzt kann ich mein Verlangen nicht mehr länger leugnen. Mit ihren sexy Forderungen hätte sie einen weniger willensstarken Mann dazu gebracht, hier in der Limousine mit ihr Sex zu haben. Doch sie hat Besseres verdient als einen schnellen Fick auf dem Rücksitz.

Ich kann sie immer noch auf meiner Zunge schmecken. Wir gehen zum Penthouse-Aufzug in unserem Hotel, und ich kann es nicht erwarten, in ihr Zimmer zu gehen und in ihr zu sein.

„Langsam", sagt sie lachend, als ich sie mitziehe.

Ich gehe ein bisschen langsamer und halte immer noch ihre Hand, damit sie sich beeilt. Die Bodyguards folgen dicht hinter uns. Nur Alice und ich betreten den privaten Aufzug, und die beiden Männer sehen zu, wie sich die Türen hinter uns schließen. Sie werden in ihr Zimmer im Stockwerk unter uns gehen, sobald sie wissen, dass wir auf dem Weg sind.

Sobald sich die Türen geschlossen haben, stürzen wir uns aufeinander. Ich scanne meine Schlüsselkarte, und dann gleiten meine Hände über sie, während mein Mund sie hungrig erkundet. Ich will sie, wie ich noch nie eine Frau gewollt habe. Sie zieht an meinen Haaren, die Finger ihrer anderen Hand im Rücken meines Hemdes zur Faust geballt. Ihr Stöhnen macht mich nur noch wilder auf sie.

Die Türen gehen auf, und ich reiße mich los, packe ihre Hand und eile durch das Foyer zur Tür. Dann sind wir in der Suite, und ich ziehe sie direkt in mein Schlafzimmer, schließe die Tür und werfe sie dagegen, presse meinen Körper gegen ihre Weichheit, während mein Mund ihren verschlingt. Verlangen krallt an mir, und ich kämpfe um Beherrschung. Ich will, dass sie auch Spaß hat.

Ich unterbreche den Kuss und drehe sie um. Mein Atem stockt, als ich ihr Kleid öffne. *Mach langsam.* Ich küsse ihren Nacken, und sie lehnt sich an mich und neigt ihren Kopf zur Seite, um mir besseren Zugang zu ermöglichen. Sie duftet nach Blumen und sexy Frau, und ich weiß nicht, wie lange ich mich noch beherrschen kann. Ich drehe sie zu mir um und schiebe ihr das Kleid von den Schultern. Es fällt auf ihre Taille. Ich bekomme nur einen kurzen Blick auf glatte, milchig-weiße Haut und volle, runde Brüste mit rosigen Nippeln, die unter meinem Blick hart werden, bevor sie das Kleid an ihre Brust drückt und sie bedeckt.

„Wie wäre es, wenn wir das Licht ausmachen?", fragt sie und schaltet es aus.

Vollkommene Dunkelheit.

Ich schalte es wieder ein. „Ich will dich sehen. Was? Ich habe dich schon in der Limousine gesehen."

Ihre Wimpern flattern. „Das war schmeichelhaftes, gedämpftes Licht. Lass mich sehen, ob ich … " Sie dreht den Dimmer so weit herunter, dass ich kaum noch ihre Umrisse sehen kann.

„Machst du immer im Dunkeln Liebe?"

Sie kichert. „Liebe machen."

Ich grunze, Hitze kriecht meinen Hals empor. Hier bin ich und versuche, alle fürstlichen Register zu ziehen, indem ich mich nicht wie ein Neandertaler ausdrücke, und sie lacht. Ich drehe das Licht wieder auf maximale Helligkeit. „Fuck", knurre ich, und sie zuckt zusammen. „Fickst du immer im Dunkeln?"

„J-ja."

Ich senke meine Stimme, während ich das Licht dimme. „So." Dann entscheide ich, dass wir genug geredet haben. „Zieh dein Kleid aus. *Sofort*." Und weil ich ein Gentleman bin, ziehe ich mich auch aus.

~

Alice

Lucas zieht sich vor mir aus. Die Enthüllung ist so spektakulär, dass mir das Kleid aus meinen Händen rutscht und an meinen Hüften hängen bleibt. Ich vergesse das Licht, vergesse mich selbst, vergesse alles. Jackett weg, Fliege und Kummerbund weg, Hemd weg.

Ich greife mit beiden Händen nach seinen Schultern. „Trainierst du jeden Tag?"

Er zieht mein Kleid über meinen Kopf und wirft es weg. „Gleich morgens nach dem Aufstehen für eine Stunde."

„Wie hältst du dann dein Nachtleben durch?"

Er zieht mich an sich, seine Hitze versengt mich. „Ich mache einen Mittagsschlaf."

„Du schläfst?", wiederhole ich überrascht.

„Kraftnickerchen", sagt er defensiv. „Sehr männlich."

„Also bekommst du diese Ergebnisse mit nur einer Stunde Training?" Ich lehne mich zurück, um die Linien und Grate entlang seines Rumpfes zu verfolgen, von den Brustmuskeln bis zum Bauch und zum tiefen V an seiner Taille.

„Gefällt es dir?", fragt er gedehnt, bevor er langsam seinen Gürtel, den Hosenknopf und den Reißverschluss öffnet. Mein Mund wird trocken, als er seine Anzughose und seine Boxershorts auszieht.

Ich starre auf seinen dicken Schwanz, schlucke und blicke zu seinen glitzernden Aquamarinaugen auf. Er ist die Definition männlicher Schönheit, und ich kann ihn nur ehrfürchtig ansehen.

Ich lege meine Hände um seine Taille und taste mich an seinem Rücken entlang, um noch mehr fantastische Höhen und Tiefen zu erkunden.

Er dreht sich um, um mir eine bessere Sicht zu erlauben, und zwinkert mir über seine Schulter zu.

Ich begaffe ihn. Schamlos. „Ist die Mühe wert." Ich kann nicht aufhören, die spektakuläre Aussicht anzustarren. „Du bist so schön, dass ich beinahe ein Foto machen möchte, um es später anzusehen." Ich blicke fragend zu ihm auf, nur für den Fall, dass er ja sagen könnte.

„Du meinst, dass du damit masturbieren kannst? Nein. Wenn du kommst, dann mit mir."

Seine Hand berührt meinen Hals, seine Finger graben sich in meine Haare. Mein Atem stockt. Er zieht an meinen Haaren und zwingt mich, zu ihm aufzublicken. „Genug geschaut", sagt er, bevor sein Mund meinen verschlingt. Er ergreift von mir Besitz, ein wilder Kuss voller Gier und unverhohlenem Hunger. Ich kann nicht anders, als mich an ihn zu klammern, überwältigt von der Leidenschaft, von der ich immer nur geträumt habe. Seine andere Hand wandert zu meinem Po, presst mich an ihn und weckt denselben Hunger in mir. Die Welt verschwimmt. Es gibt nichts als seinen Geschmack, seinen Duft, seinen harten Körper, der sich an mich presst.

Meine Hände sind überall auf ihm, und mein Mund ist genauso gierig, als ich mich an ihn dränge. Ich muss ihm näher sein, viel näher. In mir.

Ich reiße meinen Mund von ihm los und steige aus meinen Sandalen. „Ich will dich so sehr."

Er zieht mir BH und Höschen aus, und ich warte ungeduldig darauf, dass er mich wieder atemlos küsst.

Sein Blick wird finster und lodernd, als er meinen nackten Körper mit aufrichtiger Wertschätzung betrachtet. Er knabbert an meinem Kiefer und küsst mich. „Du bist so verdammt sexy, Alice."

„Ohhh", seufze ich. „Du auch."

Er beugt sich ein wenig herunter. Ich denke, er will meine Brust küssen und meine Brustwarzen richten sich erwartungsvoll auf, doch dann überrascht er mich. Ich schreie, als er mich aufhebt, in seinen Armen wiegt und mich zum Bett trägt.

„Lucas! Was tust du da?"

„Ich bin romantisch."

„Ich will nicht, dass du dir den Rücken verletzt."

Er schnaubt voll männlichem Stolz. „Warum trainiere ich, wenn ich eine sexy Frau nicht in mein Bett tragen soll?"

„Weil du es magst, wenn Frauen nach dir hecheln."

Er grinst und setzt mich sanft auf die Matratze. „Ich mag es, wenn du nach mir hechelst, und ich trage dich gerne zu meinem Bett."

Ich kann mir mein Lächeln nicht verkneifen. Irgendwie wusste er, dass ich diese kleine Korrektur von einer „sexy Frau" auf das konkretere „du" gebraucht habe.

Er kommt zu mir aufs Bett, streicht mir die Haare aus dem Gesicht und küsst mich zärtlich. „Dein süßes Lächeln trifft mich jedes Mal."

Ich bin wieder einmal überrascht, doch bevor ich eine angemessene Antwort finden kann, küsst er mich, stößt meine Beine auseinander und lässt sich zwischen ihnen nieder. Sein Gewicht ist so willkommen, seine Hitze so befriedigend. Meine Hände wandern über die harten Ebenen seines Rückens zu seinem Po und ziehen ihn an mich. Er versteht den Wink und unterbricht unseren Kuss, um in mich einzudringen.

Er stöhnt und legt seinen Kopf in den Nacken, als er bis zum Anschlag in mir ist. Es macht mich noch heißer zu sehen, dass er es offensichtlich genießt.

Ich schnappe nach Luft, als er tief zustößt. Er zieht sich langsam zurück, und ich kippe meine Hüfte, begierig auf mehr. Sein Tempo ist hart und schnell und so-o-o-o gut. Ich kann mein Stöhnen nicht unterdrücken, und dann findet er genau den richtigen Winkel und löst etwas Mächtiges in mir aus. Scheiße. Das muss der G-Punkt sein, von dem ich gehört habe. Es ist ... Omeingott.

„Lucas!", schreie ich.

Er presst seinen Mund auf meinen, seine Zunge dringt ein, seine Stöße genau, was ich brauche. Ich erstarre, und dann explodiere ich, mein schriller Schrei von seinem Mund verschluckt. Er hebt seinen Kopf und beobachtet mich, während er immer wieder zustößt und Welle für Welle der Lust bringt. Ich werfe meinen Kopf hin und her und ertrinke in Gefühlen. Es ist zu viel, zu intensiv. „Lucas, ich kann nicht mehr!"

„Wir sind noch nicht fertig. Mach die Augen auf, Alice."

Ich tue es, und mein Atem geht schneller, als ich seinen erhitzten Blick sehe. Er pumpt langsamer in mich hinein. Ich zittere unter ihm, überwältigt, mein Atem stockt. Dann stößt er hart zu und bringt mich zum Keuchen, als er sich zu meinem Ohr herunterbeugt. „Jetzt bist du dran." Er richtet sich auf, rollt sich auf den Rücken und zieht mich mit sich.

Ich versuche, zu Atem zu kommen, immer noch zittrig, als Lucas mich auf sich zieht, mich an den Hüften hochstemmt und mich langsam und genüsslich aufspießt. Ich stöhne und packe seine Schultern, schon kurz vor dem nächsten Orgasmus. Ich bin mir nicht sicher, ob der erste schon vorbei ist. Ich bewege mich instinktiv und gebe ein schnelles Tempo vor, das mich auf die Klippe zurauschen lässt.

Lucas packt meine Hüften und zwingt mich, langsamer zu machen. Ich stoße einen Protestlaut aus. Ich will, ich will … ohh. Er bewegt mich, schiebt mich in eine aufrechtere Position. Seine Hände sind auf meinen Brüsten, streicheln, liebkosen, massieren mich. Ich fange an, mich wieder zu bewegen, und probiere dieses neue Gefühl aus. Alles fühlt sich so gut an. Ich betrachte sein Gesicht. Seine Augen sind geschlossen, sein Kiefer ist angespannt, als hätte er Schmerzen.

Ich halte inne. „Tue ich dir weh?"

Er reißt die Augen auf; die Intensität seines Blicks fasziniert mich. „Nein. Ich liebe es, verdammt noch mal." Seine Hand gleitet zu meinem Po und umklammert ihn, während er mich mit sanftem Druck anspornt.

Ich verstehe den Wink und wiege meine Hüften, während er mich weiter hält. Und dann lasse ich los und nehme ihn immer wieder mit. Sein Blick ist auf meinen gerichtet, und dann berührt er mit beiden Händen meine Brüste. Seine Finger schließen sich und zwicken meine Brustwarzen. Ich verdrehe vor intensivem Vergnügen die Augen. Ich reite ihn wie wild, außer Kontrolle, und bin mir seiner tiefen Stimme, die mich anspornt, nur vage bewusst. Der Orgasmus rauscht mit seinem zischenden „Ja" durch mich hindurch.

Ich reibe mich gedankenlos an ihm und halte dann erschöpft inne. Lucas packt meine Hüfte und führt meine Bewegungen, um mehr und mehr zu nehmen. Ein leises Wimmern entfleucht meiner Kehle, gefangen im endlosen Rausch des Vergnügens, und dann rammt er tief in mich hinein, und ich komme erneut. Diesmal kommt er auch, wirft den Kopf in den Nacken und stößt einen gutturalen Laut aus. Bei seinem schönen Anblick muss ich lächeln. Ich kippe wieder meine Hüfte, um ihm mehr Vergnügen zu bereiten, doch er presst seine Hände auf meine Hüfte und hält mich fest.

„Ich bin erledigt", keucht er.

Ich beuge mich vor und küsse ihn. „Wie kommt es, dass du sagst, dass wir nicht fertig sind, wenn ich sage, ich kann nicht mehr? Doch wenn du nicht mehr kannst, ist das Spiel vorbei."

Er lächelt. „Weil du diejenige von uns bist, die multiple Orgasmen haben kann."

Ich küsse seinen Hals und beiße verspielt zu. „Neuerdings."

Er stöhnt, und dann lacht er. „Ich werde so viel Spaß mit dir haben."

14

———

Lucas

Kurze Zeit später ziehe ich Alice an mich und decke uns zu. Normalerweise bleibe ich nach dem Sex nicht gern über Nacht, doch das hier ist kein unbedeutender Gelegenheitssex. Ich habe sie in dem Glauben gelassen, dass es locker und unverbindlich ist, um es ihr leichter zu machen. Ich will mehr, doch ich weiß, dass sie noch nicht bereit ist.

Sie zeichnet einen Kreis auf meine Brust. „Das war eine Premiere."

„Zum ersten Mal mit einem Sexgott wie mir?"

Sie hebt den Kopf, um mich anzusehen. „Das auch. Es waren viele Premieren."

Ich starre sie an. *Viele?* „Was meinst du?"

Sie schmiegt ihren Kopf wieder an meine Brust. „Das erste Mal bei eingeschaltetem Licht, das erste Mal, dass ich nicht unten war, das erste Mal, dass jemand meinen G-Punkt gefunden hat, das erste Mal, dass ich während des Sex' einen Höhepunkt erreicht habe, das erste Mal, dass ich gleich mehrere Orgasmen hintereinander hatte." Sie drückt mich an sich. „Du bist wunderbar!"

Ich schweige. Ich bin mir nicht sicher, wo ich anfangen soll. Ja, es ist ein Kompliment, aber es ist auch ein trauriges Geständnis für eine Frau, die so leidenschaftlich ist wie Alice.

Sie fährt fort und füllt die Lücken aus. „Ich fand es immer schmeichelhafter für alle, das Licht auszuschalten, weißt du? Aber ich habe es geliebt, dich in all deiner männlichen Pracht zu sehen."

Ein Lächeln breitet sich auf meinem Gesicht aus. „Danke."

„Und du hast mir das Gefühl gegeben, schön zu sein", flüstert sie.

Ich ziehe sie fester an mich. Ich hasse es, dass sie sich bei irgendjemandem weniger gefühlt hat als das. „Das liegt daran, dass du schön bist."

Sie küsst meine Brust. „Danke. Und es hat mir wirklich gefallen, oben zu sein. Normalerweise bin ich immer unten."

„Deine Wahl?"

„Na ja, dann muss ich mir keine Sorgen machen, dich mit meinem Gewicht zu zerquetschen oder dass meine Brüste zu sehr hüpfen."

Ich halte inne, teils überrascht, dass sie glaubt, sie könnte mich wirklich zerquetschen, und teils erregt, wenn ich an ihre hüpfenden Brüste denke. Sie sind fantastisch. Sie ist fantastisch.

„Es war nett von dir, meine hüpfenden Brüste zu halten", fügt sie hinzu.

Ich unterdrücke ein Lachen. Ich konzentriere mich wieder auf ihren traurigen Mangel an Orgasmen. „Du hast noch nie zuvor beim Sex einen Höhepunkt erreicht? Wie hast du es ertragen können, unbefriedigt zu sein?"

„Naja, ich bin schon befriedigt gewesen. Weißt du, nachher."

„Nach dem Sex?"

„Nachdem er eingeschlafen ist."

Ich pruste vor Lachen. Ich kann nichts dagegen tun.

Sie starrt mich an. „Was ist so lustig?"

Ich versuche mich zu beherrschen. „Nichts. Zumindest weiß ich, dass du Sex magst. Du hattest einfach noch nie den richtigen Liebhaber."

Sie schnaubt, bevor sie zugibt: „Du hast recht, und ich verdiene großartigen Sex. Ich bin eine gesunde Frau mit einer anständigen Libido und einer unanständigen Fantasie."

Ich küsse sie. „Damit kann ich was anfangen."

„Absolut", seufzt sie. „Habe ich dich zerquetscht, als ich oben war? Ich bin kein Leichtgewicht." Sie wendet den Blick ab. „Kleine Untertreibung."

Ich lege meine Hand an ihre Wange und drehe sie wieder zu mir um. Ich möchte, dass sie die Wahrheit in meinen Augen sieht. „Du könntest mich niemals zerquetschen. Ich bin aus einsneunzig solider Muskeln, und du bist ein winziges Ding."

Sie runzelt die Stirn, und in ihren Augen lauert Verletzlichkeit. „Ich bin nicht winzig. Einsfünfundsechzig sind Durchschnitt, aber ich bin auch das, was man bestenfalls eine kurvige Frau nennt. Sicher hast du das bemerkt. Im ersten Laden hatten sie nicht mal meine Größe."

Ich streichele mit meiner Hand ihren Rücken hinab und über ihren kurvigen Po und drücke sie. „Es ist mir egal, welche Größe du trägst, und ich habe Lust auf deine üppigen Kurven, seit ich dich das erste Mal gesehen habe. Ich weiß, ich bin ein Schwein. Nenn mich so, wenn du willst, aber lass mich dich genießen."

Sie lächelt dieses Lächeln, das sich wie eine warme Decke um mein Herz legt. „Du bist ein süßes Schwein. Du klingst aufrichtig, aber ich habe Bilder von dir mit Unmengen von superschlanken Frauen mit riesigen falschen Brüsten, ohne Hüften und langen Bleistiftbeinen gesehen."

„Ich will dich, Alice. Und ich brauche dich mehr, als ich jemals zuvor jemanden gebraucht habe."

Sie verharrt und ich bin angespannt, weil ich befürchte, dass ich es vermasselt habe, indem ich ihr gestanden habe, dass ich sie so sehr brauche.

„Du meinst", sagt sie langsam, „dass du vielleicht nicht wusstest, was du bei diesen anderen Frauen vermisst hast?"

„Ja." Sie drückt es so viel besser aus als ich.

Sie umarmt mich und schmiegt sich an mich. Hitze strahlt durch meine Brust, zusammen mit einem tiefen Gefühl der Befriedigung. Sie empfindet offensichtlich echte Zuneigung zu mir, und das ist ein fantastischer Start.

Ich streichele ihr weiches Haar. „Wo wir schon über sexy

Themen reden, ich habe da was, um die Szenen, die du aus der Perspektive des Mannes erzählst, zu verbessern. Männer sind visuelle Wesen. Für den Mann geht es darum, sexy Kurven zu sehen und dann zu spüren, und den animalischen, urtümlichen Trieb. Das ist alles. In der Hitze der Leidenschaft zitiert kein Mann Gedichte."

„Aber so ist es viel romantischer", schmollt sie.

Ich knabbere an ihrer Unterlippe. „Kein Mann der Welt würde das jemals tun. Er dürfte wahrscheinlich nicht einmal in der Lage sein, an ein anderes Wort als *Ficken* zu denken – zumindest nicht, wenn er leidenschaftlich an einer Frau interessiert ist."

Sie streichelt meinen Bart und sieht nachdenklich aus. „Kannst du mir nächstes Mal dabei dein sexuelles Erlebnis aus männlicher Sicht beschreiben?"

„Nein."

Ich küsse sie und dann kann ich nicht widerstehen, sie noch einmal zu küssen, diesmal länger. Ich rolle mich auf sie, küsse ihren Nacken, atme ihren sexy blumigen Duft ein und brauche sie schon wieder.

Es ist Montagmorgen, und ich mache mich auf den Weg zu meinem offiziellen Termin mit Jules in der Bank. Es ist das erste Mal, dass ich Alice allein lasse, seit wir angekommen sind, und es ist seltsam, wie sehr es mir missfällt, sie im Hotel zurücklassen zu müssen. Es geht ihr gut, sie ist sogar glücklich, denn wenn ich sie nicht in die Vergnügungen einführe, die sie bisher nur in ihrer Fantasie genossen hat – und sie hat eine fantastische erotische Fantasie –, schreibt sie wie eine Besessene. Ich versuche es als Kompliment zu verstehen, dass ich unendlich inspirierend bin, doch ich befürchte, dass ich sie von ihrer Hauptbesessenheit, ihrem Buch, ablenke, während sie meine Hauptbesessenheit ist. Verdammt. Das sollte ein befristetes Arrangement für einen bestimmten Zweck sein, der fast erreicht ist, doch ich möchte nicht, dass es endet. Nicht, dass ich tatsächlich verlobt sein will. Ich will sie einfach länger genießen, um zu sehen, was passiert. Vielleicht ist das nicht einmal eine Option, da Alice bereits darüber spricht, nach Villroy zurückzukehren, ihr überfälliges Manuskript fertig zu schreiben und es in einem „glorreichen Moment des Triumphs" persönlich ihrer Verlegerin in New York City zu übergeben. Sie hat bereits zweimal von ihrer künftigen triumphalen Rückkehr gesprochen. Nicht ein einziges Mal hat sie mich in dieser Zukunft erwähnt.

Vielleicht bin ich nur Inspiration.

Vielleicht ist das Karma, das sich durch sie bei mir revanchiert, weil ich mich bisher so wenig um die Frauen in meinem Leben geschert habe.

Vielleicht bin ich verliebt.

Ich bleibe mitten auf dem Gehsteig stehen. Ist es das? Dieser aufgewühlte Zustand, in dem sich nichts richtig anfühlt, wenn sie nicht in meinen Armen liegt? Das ist *schrecklich*. Wenn das so ist, dann hasse ich die Liebe, besonders weil ich weiß, dass sie es nicht erwidert. Wenn sie das tun würde, wäre sie nicht so scharf darauf, wieder an die Arbeit zu gehen und in die USA zurückzukehren. Sie würde Wege finden, um unsere gemeinsame Zeit zu verlängern. Wie habe ich zulassen können, mich in die eine Frau zu verlieben, die kein Interesse daran hat, sich in mich zu verlieben? Warum habe ich jemanden ausgewählt, der emotional nicht verfügbar ist? Ich wusste, dass sie nach der geplatzten Verlobung nicht verfügbar ist. Es ist, als hätte ich mich absichtlich selbst sabotiert. Vielleicht habe ich wirklich Angst, mich zu binden, und das beweist es einfach. Ich kann nur jemanden lieben, der mich nicht zurück lieben kann.

Ich wische mir mit der Hand übers Gesicht. Vielleicht sollte ich ihr sagen, wie ich mich fühle. Vielleicht bin ich nicht allein mit meinen Gefühlen. Ich drehe mich um und sehe die ausdruckslosen Mienen meiner Bodyguards, Louis und Michael. Sie fragen sich wahrscheinlich, warum ich mitten auf dem Gehsteig stehe, anstatt zu meinem Meeting zu gehen. „Ich denke nach", sage ich, obwohl keiner der beiden die Frage geäußert hat.

Louis nickt. Michael rührt sich nicht.

Ich drehe mich um und gehe auf die Bank zu. Ich bin hier, um einen Job zu erledigen – ein Darlehen für Villroy zu besorgen. Ich bin der verdammte CFO. Ich kann nicht zulassen, dass ich in den chaotischen emotionalen Sumpf einer Beziehung verwickelt werde, die ich eigentlich vermeiden wollte.

Es ist deine eigene Schuld, weil du sie verführt hast.

Nein, sie hat mich verführt.

Du hast die Grenze überschritten, und du weißt das. Du kannst niemandem die Schuld geben außer dir selbst.

Ich muss den Verstand verlieren, mit mir selbst zu streiten. Ich öffne die Tür zur Bank und gehe direkt zum Empfang, um Jules informieren zu lassen, dass ich hier bin.

Ein paar Minuten später werde ich in sein Büro geführt, und ein anderer Mann, David, schließt sich uns an. David scheint in den Fünfzigern zu sein, mit schütterem, braunem Haar und einem vermutlich permanenten Stirnrunzeln, dessen Linien tief in sein Gesicht eingegraben sind. Er ist für Baukredite zuständig. Jules bearbeitet Geschäftskredite, und mir war nicht bewusst, dass das separate Abteilungen sind. Es scheint, dass ich der Ziellinie nicht ganz so nah bin, wie ich gedacht habe. Wir brauchen ein Baudarlehen, um die Produktionsanlagen zu erweitern. Es würde jedoch nicht schaden, zusätzliches Kapital zu bekommen, um das Personal aufzustocken.

Nach einer kurzen Begrüßung übergebe ich meinen Vorschlag und gehe die Zahlen durch, in der Hoffnung, dass unser Plan für Villroys neues Geschäftsvorhaben relativ sicher ist. Wir haben bereits eine etablierte Fischereiindustrie. Wir nehmen nur das, was wir haben, und schichten es in ein anderes Produkt um. Die Fischer werden nach wie vor involviert sein, und sogar weiter fischen, wenn auch nach etwas anderem. Ingredienzen aus dem Meer, darunter Fischöl, Schwämme und Meersalz, werden in die Herstellung unserer Kosmetiklinie einfließen, die im Day Spa vorgestellt und verkauft wird. Wir könnten den Verkauf von Kosmetika sogar auf den globalen Markt ausweiten. Auf dem ebenen Grundstück neben dem Spa gibt es Platz für weitere Ideen, vielleicht sogar ein gehobenes Fischrestaurant.

„Alles scheint in Ordnung zu sein", sagt Jules. „Ich denke, ihr habt da eine gute Sache angestoßen." Er wendet sich David zu. „Was denkst du?"

David runzelt die Stirn und faltet die Hände über seinem runden Bauch. „Jules, ich weiß, dass du mit dem König von Villroy befreundet bist, was natürlich deiner Begeisterung zuträglich ist, aber ich hätte gerne mehr Informationen. Ich würde gerne vor Ort sehen, was sie machen."

Ich nicke. „Natürlich sind Sie jederzeit willkommen. Ein Besuch vor Ort ist kein Problem. Sie werden sehen, dass das Spa fast fertig ist, und ich kann Ihnen zeigen, wo wir die Produktion ausbauen wollen."

Jules und David unterhalten sich kurz über einen möglichen Termin, bevor sie sich auf Mittwoch einigen.

„Mittwoch ist großartig", sage ich und stehe auf, um ihnen die Hand zu schütteln. Beide erheben sich, um die Geste zu erwidern. „Danke für Ihr Vertrauen. Ich bin mir sicher, dass Sie sich nach Ihrem Besuch noch besser fühlen werden."

„Da bin ich mir sicher", sagt Jules mit einem Lächeln. „Wie geht es deiner Verlobten? Celeste war ziemlich angetan von ihr. Sie hat gesagt, dass sie sie ganz bezaubernd fand."

Meine Brust schwillt vor Stolz. Ich habe gut gewählt. Moment. Nein, ich habe sie nicht ausgewählt. Anna hat das Ganze arrangiert. Ich bin der einzige, der sich verliebt hat. Das dämpft meine Begeisterung ein wenig. „Sie ist bezaubernd, danke."

„Wird sie auch da sein?", fragt Jules.

„Ich könnte sie bitten, sich uns anzuschließen."

„Wunderbar. Ich freue mich darauf."

David nickt mir zu und verabschiedet sich.

Ich gehe zur Tür hinaus und möchte unbedingt zu Alice zurück, um ihr vom guten Verlauf des Termins zu berichten. Dann wird mir klar, dass ich mich zuerst bei Gabriel und Anna melden sollte. Ich rufe Gabriel an und lande auf seiner Voicemail.

„Ich bin's, Lucas. Sieht so aus, als würden wir den Kredit bekommen. Jules hat Wort gehalten. Er will nur noch einen

Ortstermin mit einem Kollegen haben, und dann sollte alles klar sein. Mache mich jetzt auf den Weg nach Hause."

Sobald ich in die Suite zurückkomme, gehe ich in Alice' Schlafzimmer. Sie hat ihren Laptop auf einem kleinen Schreibtisch mit Blick auf das Fenster aufgestellt und trägt Antischall-Kopfhörer. Ich will sie nicht erschrecken. Ihre Finger bewegen sich nicht, was bedeutet, dass sie denkt. Ich bewege mich in ihr Sichtfeld und warte darauf, dass sie mich bemerkt.

„Oh, du bist schon zurück!" Sie nimmt die Kopfhörer ab und legt sie auf den Schreibtisch, dann speichert sie ihr Dokument. Sie ist neurotisch, was das Abspeichern angeht. „Ist das gut oder schlecht?"

Ich kann nicht anders, als sie zu berühren. Ich streiche eine Locke ihres weichen blonden Haares hinter ihr Ohr, beuge mich vor und küsse sie. „Es ist gut. Sie kommen am Mittwoch zu einem Ortstermin nach Villroy, um sich alles anzusehen, und dann sollte alles klargehen."

Sie springt auf und schlingt ihre Arme um mich. „Das ist wunderbar! Ich freue mich so für dich!"

Ich atme ihn ein, den Duft von Blumen und Alice. „Du warst eine wahnsinnig große Hilfe. Sie haben gesehen, dass ich es ernst meine und viel eher ein motivierter, sesshafter Mann als ein globetrottender Playboy bin."

Sie löst sich von mir und schenkt mir ihr süßes Lächeln. Mein Herz schlägt heftiger. „Es ist leicht, deine Verlobte zu spielen. Wenn du anstatt Mason mein Verlobter gewesen wärst, hätte ich wahrscheinlich nie eine Schreibblockade gehabt. Es war nicht so, dass ich mit der Planung der Hochzeit *sooo* beschäftigt war. Ich meine, natürlich war ich beschäftigt, aber es war auch, dass ich mir selbst nicht treu war. Mir ist klargeworden, dass ich mich verbogen habe, um seinen Erwartungen gerecht zu werden. Er hat zum Beispiel Fahrradfahren geliebt, also bin ich auch Fahrrad gefahren, obwohl ich es gehasst habe und es mir im Schritt wehgetan hat." Ich unterdrücke ein Lachen. Manchmal sind ihre Erklärungen einfach nur lustig. „Oder die Tatsache, dass ich auf seinen Vorschlag hin eine Crash-Diät gemacht habe, weil er gesagt hat, dass ich auf unseren Hochzeitsbildern gut aussehen muss."

Wut breitet sich in mir aus. „Dieser Arsch! Er hat dich beleidigt und dich dazu gebracht zu hungern, während er dich betrogen hat!" Ich schwöre, wenn ich ihren Ex jemals treffen sollte, darf er mit einem rechten Haken rechnen.

Sie errötet. „Es ist schön, dass du auf meiner Seite stehst."

„Wer würde das auch nicht? Er war ein Vollidiot, und du hast einfach Besseres verdient."

Ihr Blick bohrt sich in meinen. „Würdest du mich immer noch wollen, wenn ich vierundzwanzig Pfund schwerer gewesen wäre? Das hier bin ich nach meiner Diät. Auf der Highschool bin ich noch schwerer gewesen."

Mein Magen zieht sich zusammen vor Wut auf jeden, der sie jemals dazu gebracht hat, sich schlecht zu fühlen. „Nun, du bist nicht mehr auf der Highschool", bemerke ich und streiche mit meinem Daumen über ihre Wange. „Und das war eine seltsam spezifische Zahl."

Sie blickt an sich hinab und streicht sich mit der Hand über den weichen Bauch.

Ich nehme ihre Hand und küsse ihre Handfläche. „Ja, ich hätte dich gewollt, so oder so, weil du so verdammt sexy bist und so mehr Kurven hättest."

Sie sieht skeptisch aus. „Mehr, was man lieben kann, nicht wahr?"

Mein Mund wird trocken. Soll ich etwas über die Sache mit der Liebe sagen? Das könnte die Chance sein, die ich brauche. Ich könnte sagen: „Nein, nicht mehr von dir, nur du, um deinetwillen. Ich glaube, ich liebe dich, Alice." Aber denke ich es nur, oder weiß ich es? Wie kann man sich dessen gewiss sein?

„Das musst du nicht beantworten", sagt sie leise. „Männer sind visuell. Das hast du ja schon gesagt."

Weil ich gezögert habe, hat sie die Pause mit einer Fehleinschätzung ausgefüllt. Sie tut das manchmal, noch nicht überzeugt von ihrer Anziehungskraft. Wer könnte ihr das zum Vorwurf machen, nachdem ihr Ex sie so behandelt hat?

Ich antworte in lockerem Ton: „Würdest du mich immer

noch wollen, wenn ich zu vierundzwanzig Prozent Glatze hätte?" Ich streiche mir die Haare aus der Stirn und bedecke sie mit beiden Händen. Nicht, dass ich mir deswegen Sorgen machen würde. Meine Haare sind dick, und ich sehe keine Anzeichen, dass sie demnächst ausfallen könnten.

Sie lacht, und ich lächele. „Glatze ist sexy." Sie küsst mich, und ihre Finger streifen meinen Bart. „Wie viel Zeit haben wir, bevor wir zurück nach Villroy müssen?"

„So lange du willst", antworte ich heiser und denke bereits an die nackten Möglichkeiten.

„Großartig!" Dann setzt sie sich an den Schreibtisch, setzt ihre Kopfhörer auf und beginnt zu tippen.

Ich stehe da, wieder mal zugunsten ihres Buches übergangen und sehe zu, wie die Wörter auf dem Bildschirm entstehen. Irgendwas über den Halunken. Sie hat mich auch schon als Halunken bezeichnet. Bin ich der Held ihrer Geschichte?

Sie sieht mich über ihre Schulter an und zieht den Kopfhörer von einem Ohr. „Bitte nicht zuschauen, okay?"

„Ich denke, es ist ein Kompliment, dass du in meiner Gegenwart schreiben kannst, da dein Ex für deine Schreibblockade verantwortlich war." *Und keine Beleidigung, dass du immer wieder zu deiner Geschichte zurückkehrst, weil du mich so leicht vergessen kannst*, füge ich im Kopf hinzu.

Sie lächelt mich süß an, und meine Brust wird eng. Ich brauche dieses Lächeln in meinem Leben. „Es bedeutet, dass alles in meiner Welt im Lot ist."

Ich kann mir mein breites Lächeln nicht verkneifen. Ich habe dafür gesorgt. Ich habe in ihrer Welt alles ins Lot gebracht, und irgendwie hat sie dasselbe für mich getan. Jetzt muss ich nur noch herausfinden, wie ich eine echte Beziehung daraus machen kann.

Alice

Wir kehren pünktlich zum Abendessen mit Lucas' Familie im Speisesaal nach Villroy zurück. Er wollte, dass alle da sind, um die guten Nachrichten über die Banker zu verkünden. Ich bin ein bisschen nervös, Gabriel, den König, zu treffen, ganz zu schweigen von seinen anderen Brüdern, Prinz Oscar und Prinz Adrian. Das ist eine Menge Hochadel in einem Raum. Wenigstens fühle ich mich in Annas Gegenwart wohl. Sie ist ein Alice Fangirl. Haha!

Lucas hat sich als ziemlich ritterlich erwiesen, auch wenn wir unter uns sind. Ich denke, all der Sex hat ihn dazu gebracht, nette Dinge für mich zu tun. Ich möchte ihm auch Gutes tun. Er hat dafür gesorgt, dass ich mich so gut fühle, und ich kann nicht anders, als Zuneigung für ihn zu empfinden, nachdem ich aus einem solchen Tiefpunkt in meinem Leben komme. Ich habe keine Beziehungserwartungen. Ich weiß, wer er ist, und die Wahrheit ist, ich bin nicht bereit für eine neue Beziehung. Das heißt nicht, dass ich ihn nicht genießen werde, solange ich kann.

Wir sind auf dem Flur direkt vor dem Speisesaal, als mein Handy klingelt und mich erschreckt. Mist. Ich habe vergessen, es lautlos zu stellen. Das hätte ein großer königlicher Fauxpas werden können. Ich fische es aus meiner Handtasche und sehe eine Voicemail-Nachricht von Mason. Und vier SMS. Ich tippe schnell auf das Display, nur für den Fall, dass sie von meiner Verlegerin oder meinen Eltern sind, doch es sind alles dringend klingende Nachrichten von Mason.

Wo bist du? Bitte ruf mich zurück.

Wir müssen wirklich reden.

Alice, es ist wichtig. Ruf mich an.

Schreib mir wenigstens. Wo bist du?

Ich stelle das Handy lautlos und stecke es zurück in meine Handtasche.

Lucas stößt einen Atemzug aus, der mein Ohr streift. „Er verdient deine Aufmerksamkeit nicht."

Ich sehe zu ihm auf. „Ich weiß. Ich denke, er ist in der Katzbuckel-Phase. Je mehr SMS und Voicemails ich bekomme, desto mehr Entschuldigungen stelle ich mir vor. Und wenn sie dann endlich aufhören, weiß ich, dass er in erbärmlicher Trostlosigkeit aufgegeben hat. Das ist meine eigene stille Rache."

Er lächelt schief. „Solange es bösartige Gründe hat."

Sobald wir den Speisesaal betreten, legt Lucas seine Hand auf meinen unteren Rücken und führt mich zu meinem Platz. Wir haben uns zum Abendessen umgezogen. Lucas trägt einen dunkelblauen Anzug ohne Krawatte, und ich ein weinrotes kurzärmeliges Kleid mit einem Tellerrock, der schön schwingt, wenn ich mich drehe, was ich natürlich mehrere Male in meinem Zimmer tun musste. Zwei Männer, die seine Brüder sein müssen, sitzen bereits in Hemden und ohne Blazer am Tisch und scherzen miteinander. Ich wette, Lucas ist besser angezogen, weil er Gabriel mit seinem geschäftlichen Erfolg beeindrucken will. Er möchte als CEO-Material gesehen werden. Als ich seine Brüder zum ersten Mal in Natura sehe, stelle ich fest, dass die Familienähnlichkeit wirklich groß ist. Dasselbe dichte, dunkelbraune Haar, dieselben kantigen Wangenknochen, volle sinnliche Lippen und breite Schultern. Meiner völlig unvoreingenommenen Meinung nach sieht Lucas jedoch von allen am besten aus.

„Hi", sagt Lucas zu seinen Brüdern. „Schön, dass ihr hier seid. Das ist Alice."

Sie stehen auf, um mich zu begrüßen, als Lucas sagt: „Das sind meine Brüder, Oscar und Adrian."

„Ich bin Oscar", sagt einer der beiden Männer, kommt um den Tisch herum und bietet mir seine Hand an.

Aus der Nähe ist er so umwerfend, dass mir von Kopf bis Fuß heiß wird. *Sorry, Lucas*. Ich weiß nicht, was das ist. Oscars Augen sind blaugrün wie die von Lucas. Er hat einen sexy Stoppelbart und ist Lucas sonst auch ähnlich, wenn auch ein ganz kleines bisschen anders. Ich strecke ihm verspätet meine Hand entgegen und er hebt sie und deutet einen Kuss auf meinen Handrücken an, während er mir mit einem herzlichen Lächeln in die Augen sieht. Als ob er sich der Wirkung, die er auf Frauen hat, ganz genau bewusst ist.

„Das reicht", blafft Lucas.

Ein kleines Lächeln umspielt Oscars Lippen, als er leise sagt: „Du bist hübsch." Er lässt meine Hand los und ergreift sie dann wieder, um meinen Ring zu betrachten. „Dieser Ring ist exquisit." Er dreht sich zu Lucas um. „Ist das nicht der Ring unserer Großmutter?"

Ich lache, ziehe meine Hand aus seiner und bewundere den Ring. „Ach nein! Er sieht gut aus, war aber wegen irgendwelcher Mängel ein Schnäppchen von einem Online-Juwelier."

Oscar und Lucas sehen einander an.

Warte, was? *Ist* der Ring etwa ein kostbares Familienerbstück? O mein Gott. Ich habe diesen Ring getragen, als ich meine Hand um Lucas' Schwanz gelegt habe und als ich ihn am Po gepackt habe! Naja, selbst wenn wäre es ein königlicher Rubin, der gegen einen königlichen Schwanz und einen königlichen Hintern gepresst wurde, aber trotzdem! *Hör auf, an seinen Schwanz und Po zu denken!* Mir wird heiß. Ich habe sogar mit diesem Ring geduscht, und Seife und Shampoo sind über diesen makellosen Rubin und die Diamanten gelaufen. Er sollte in einem Hochsicherheitstresor liegen, in einem staubfreien Raum ohne Licht oder wie man kostbare Juwelen auch immer lagert.

Jedes Mal, wenn ich erwähnt habe, wie schön ich den Ring finde, hat Lucas nicht reagiert. Warum hat er mir gesagt, dass es ein Online-Schnäppchen war?

„Sie ist meine Verlobte", knurrt Lucas. „Sie hat einen Verlobungsring gebraucht."

„Oh!", rufe ich. „Ja, wir haben ein kleines Spiel mit einer fingierten Verlobung gespielt. Ich habe ihm in einer geschäftlichen Sache geholfen, seriös zu wirken, und er hat mir als mein Angebeteter die Inspiration für meine Geschichte gegeben. Ich bin Schriftstellerin, und fingierte Verlobungen sind bei Lesern sehr beliebt."

Oscar starrt Lucas an. „Du hast eine fingierte Verlobung?"

„Ja. Und kein Wort davon zu Gabriel."

Ich starre Lucas an. „Warum nicht?"

Lucas schüttelt den Kopf. „Später."

Etwas stimmt hier nicht.

Oskar zieht die Brauen hoch. „Oh-kay." Er dreht sich zu mir um. „Bist du eine von Annas Freundinnen?"

Ich öffne den Mund, um zu antworten, als Lucas sich

trotzig einmischt, als wäre Oskars Neugier eine persönliche Beleidigung: „Ja. Wir haben uns über Anna kennengelernt." Vielleicht ist es Lucas' Beschützerinstinkt, und er will dafür sorgen, dass ich meine Solo-Flitterwochen nicht erklären muss. Ich nehme an, es war mein amerikanischer Akzent, der Oscar zu dem Schluss geführt hat. Und ich fände es schön, Annas Freundin zu sein.

Oskars Augen funkeln herzlich. „Herzlichen Glückwunsch zur fingierten Verlobung."

Adrian kommt ebenfalls zu uns und betrachtet den Ring, bevor er mich prüfend ansieht. Seine Augen sind haselnussbraun, anders als die seiner Brüder, und er hat einen Mehrtages-Stoppelbart, als hätte er schon eine Weile vergessen, sich zu rasieren. Oder vielleicht lässt er sich einen Bart wachsen. „Freut mich sehr, dich kennenzulernen, Alice."

„Danke", sage ich. „Freut mich auch."

Adrian und Oscar kehren zu ihren Plätzen zurück. Lucas' Hand wandert wieder an meinen unteren Rücken, und er führt mich zu meinem Stuhl, den er für mich herauszieht und zurechtrückt, als ich mich setze. „Danke", murmele ich.

„Es ist mir ein Vergnügen", sagt er und nimmt neben mir Platz.

Oscar macht eine große Show daraus, Adrian den Stuhl ebenfalls zurechtzurücken.

„Halt die Klappe", blafft Lucas.

„Hab ich was gesagt?", lacht Oscar, setzt sich und sagt zu Adrian: „Sieht aus, als hätte Lucas während dieser obligatorischen Etikette-Lektionen tatsächlich was gelernt."

„Hat einfach die richtige Motivation", bemerkt Adrian mit einem Lächeln.

„Ignorier sie bitte einfach", sagt Lucas zu mir.

„Wie lange seid ihr zwei schon zusammen?", fragt Oscar.

„Seid ihr zusammen?", fragt Adrian.

„Offensichtlich", sagt Oscar. „Schau nur, wie er sie ansieht. Und hast du jemals gesehen, dass er tatsächlich die Manieren benutzt, die uns eingebläut worden sind?"

„Sie sieht unbehaglich aus", bemerkt Adrian. „Vielleicht ist es nur ein Spiel."

„Mit dem Ring unserer Großmutter?", fragt Oscar ungläubig.

Ich rutsche auf meinem Platz herum. Wir sind nicht zusammen. Oder doch? Ich bin verwirrt. Sind wir Freunde mit spektakulären Vorzügen oder mehr?

Lucas' Hand schließt sich unter dem Tisch um meine. „Wir sind zusammen."

Ich drehe mich zu ihm um, plötzlich nervös, denn ich weiß nicht, was das bedeutet.

Er legt die Hand in meinen Nacken, zieht mich an sich und flüstert mir direkt ins Ohr: „Du gehörst mir, und ich will nicht, dass sie auf dumme Ideen kommen."

Ich erschauere angesichts des unverhohlenen Besitzanspruchs in seiner Stimme. Wann ist das denn passiert? Bin ich irgendwie in eine feste Beziehung gerutscht? Mir bricht der kalte Schweiß aus. Dafür bin ich nicht bereit.

Und wie verrückt ist es, dass Lucas denkt, seine umwerfenden Brüder könnten sich auch für mich interessieren? Um mich, eine Frau, die in ihren dreiundzwanzig Jahren nur eine Handvoll lauwarmer Angebote von Männern bekommen hat, sollen sich plötzlich drei hinreißende Prinzen streiten? Die Schriftstellerin in mir denkt über die Möglichkeiten für mein nächstes Buch nach. Alles ist Futter für mein nächstes Buch. Zumindest habe ich jetzt interessantere Dinge zu schreiben als eine Dreiecksbeziehung, bei der am Ende die Männer vernichtet werden.

„Alice?"

Ich blicke kurz zu Oscar und Adrian und bin mir nicht sicher, welcher von ihnen das gesagt hat. „Ja?"

„Da du eine Beziehung mit meinem Bruder hast", sagt Oscar mit einem diabolischen Lächeln, „solltest du vielleicht wissen, dass Lucas einmal unten ohne mit unserer Mutter zusammengestoßen ist – bei einer Gartenparty der Königin."

Ich kichere, und in meinen Gedanken spielt sich die Szene ab. Eine richtige Gartenparty bei Hofe. Ein nackter Lucas. Moment. „Wie alt warst du da?", frage ich Lucas.

„Ich war sieben", antwortet er trocken.

„Während die Königin von Alvilda zu Besuch war", fügt Oscar hinzu, und seine Augen tanzen vor Vergnügen.

Ich kichere und stelle mir einen siebenjährigen halbnackten Lucas vor, der durch die Gegend rennt und allen seinen Vollmond zeigt. Die manierlichen Königinnen, deren Teetassen auf halbem Wege zu ihren Lippen in der Luft hängenbleiben.

„Ich bin vor der Nadel des Arztes davonlaufen", verteidigt Lucas sich.

„Ich war fünf und habe brav darauf gewartet, dass ich drankomme", schießt Oscar zurück.

Lucas rammt Oscar einen Finger in die Rippen. „Er hat B immer mit T verwechselt, als er klein war. Jedes Mal, wenn er Bitte sagen wollte, hat er Titte gesagt."

„Darf ich Titte, Oscar?", witzelte Adrian.

„Titte schön!", antwortet Oscar mit unschuldiger Stimme. „Hilf mir Titte."

Wir lachen uns kaputt. Die Brüder scherzen weiter und erzählen noch andere peinliche Geschichten. Sie müssen als Kinder ziemlich wild gewesen sein. Ich lache so viel, dass ich vergesse, mir über die Beziehungssache Gedanken zu machen. Schließlich kommen Diener herein, servieren uns Getränke und überlassen uns dann wieder diskret unserem Gespräch.

Ich genieße meinen Wein und fühle mich überraschend entspannt in der königlichen Gesellschaft, als ein Diener hereinkommt und „Ihre Majestäten, König Gabriel und Königin Anna" ankündigt.

Ich straffe meine Haltung und denke, ich sollte aufstehen und einen Knicks machen, doch alle anderen bleiben sitzen, also neige ich nur meinen Kopf. Gabriel ist elegant gekleidet mit Anzug und Krawatte, sein Kiefer ist angespannt und sein Gesichtsausdruck grimmig, als er Anna zur Spitze der Tafel führt, seine Hand auf ihrem Rücken.

„Hallo allerseits", sagt Anna strahlend. Auch sie ist elegant gekleidet in einem blassrosa Kurzarmkleid mit V-Ausschnitt vorne und einer süßen Schleife an der Seite. Sie rockt den Schwangerschaftslook.

Ein Chor von Hallos folgt. Sie drückt meine Schulter, als sie an mir vorbei geht. „Schön dich wiederzusehen, Alice."

Ich lächele und drehe mich um, um sie anzusehen. „Dich auch." Sie bleibt stehen und starrt auf meine Hand in der von Lucas, wo sie auf seinem Oberschenkel ruht. Ja, da liegt sie immer noch. Ich ziehe meine Hand hervor und der Rubinring fängt funkelnd das Licht ein. Schnell schiebe ich meine Hand unter mein Bein.

Anna sieht mich erfreut an. Immerhin war sie diejenige, die sich den Plan für eine fingierte Verlobung ausgedacht hatte.

„Du strahlst förmlich in deiner Schwangerschaft", sage ich.

Sie streicht mit einer Hand über ihren großen, runden Bauch und lächelt ihn an. „Danke."

„Gabriel, das ist Alice", sagt Lucas.

Ich drehe mich zum finster dreinblickenden Gabriel um, der über mir emporragt, und schlucke. Ich neige meinen Kopf, ein bisschen verunsichert von Gabriels finsterer Miene. „Schön, Sie kennenzulernen, Majestät."

„Freut mich auch, Alice", sagt er förmlich.

Etwas stimmt nicht mit ihm, und ich fürchte, ich werde einen Showdown zwischen ihm und Lucas erleben, der, soweit ich weiß, derjenige ist, der die meisten Probleme mit ihm hat. Ich sehe Lucas an, doch seine Miene ist ausdruckslos.

Gabriel setzt sich ans Kopfende des Tisches, Anna neben ihn. Die Brüder blicken alle ernst drein und schweigen. Ist Gabriel ein Spaßkiller? Ich kann definitiv die Anspannung in der Luft spüren. Gabriel gibt einem Diener ein Zeichen, und der Mann eilt herbei, um Wasser für Anna und dann für ihn einzugießen. Ich vermute, Gabriel hat sich Wasser verordnet, damit seine schwangere Frau nicht allein Wasser trinken muss.

Ich kann mir nur nicht vorstellen, dass die warmherzige, freundliche Anna sich dafür entschieden hätte, Gabriel zu heiraten, wenn er immer so finster und einschüchternd wäre, oder?

Nur wenige Augenblicke später betreten zwei Diener mit dem ersten Gang, einer kalten Suppe, den Raum.

„Ich hoffe, ihr mögt Gazpacho", sagt Anna. „Ich hatte solche Gelüste darauf."

„Was immer das Baby will", schmunzelt Oscar.

Anna grinst. „Vorsicht, manchmal will sie Makkaroni mit Käse und Ketchup."

Die Brüder stöhnen angewidert. Gabriel schweigt. Sein Blick wandert zu mir und dann zu Lucas. Er sieht nicht glücklich aus.

Ich konzentriere mich auf meine Suppe. Ich denke, dass Lucas Gabriel von den guten Neuigkeiten von der Bank berichten sollte, um etwas gegen die Spannung hier zu tun, doch ich schweige, falls Lucas auf einen besonderen Moment wartet.

Alle sind still, als wir unsere Suppe genießen, und das einzige Geräusch ist das gelegentliche Klappern eines Löffels. Dann sagt Gabriel in scharfem Ton: „Ich habe von Jules gehört."

Lucas richtet sich auf und legt seinen Löffel ab. „Ja. Es sieht gut aus. Ich wollte die guten Nachrichten überbringen, nachdem wir gegessen haben. Ich glaube, dass ich den Kreditvertrag bald nach dem Ortstermin am Mittwoch unterschreiben kann. Sie wollen nur sehen, wie es hier aussieht."

„Das ist wunderbar!", ruft Anna.

„Gute Arbeit", nickt Oscar. Adrian lächelt und isst weiter.

Gabriel bleibt ernst. „Lucas, du hast mich mit deiner lächerlichen Verlobungsidee hintergangen, nachdem ich dir ausdrücklich gesagt habe, dass du es nicht tun sollst. Jules hat es erwähnt und mich überrascht."

Ich hole tief Luft. Ich wusste nicht, dass der König sich gegen die Idee ausgesprochen hatte. Warum hat Lucas mir das nicht gesagt? Ich hätte nie mitgespielt, wenn ich gewusst hätte, dass der König dagegen ist.

Lucas hat mich angelogen.

Mein Magen verknotet sich, Galle steigt in meinen Hals. Es war eine Lüge durch Verschweigen, aber immer noch eine Lüge. Nachdem er mir geschworen hatte, immer hundertprozentig ehrlich zu mir zu sein. Er hat gesagt, er sei ein Ehrenmann, und ich habe ihm geglaubt. Nach allem, was ich durchgemacht habe, weiß er, wie wichtig Ehrlichkeit für mich ist. Ich habe ihm vertraut.

Lucas ist nicht der Mann, für den ich ihn gehalten habe. Ich brauche einen Mann von Integrität. Nicht jemanden, der andere täuscht, weil es ihm gerade in den Kram passt. Ich kann mit so jemandem nicht zusammen sein, besonders nicht nach Masons und Rileys Verrat. Ich will die Flucht ergreifen, doch ich fühle mich zu zittrig, um es zu wagen.

„Alles ist wunderbar gelaufen", wiegelt Lucas ab.

Ich verspanne mich. Selbst, wenn ich ihm gerade erst begegnet bin, weiß ich, dass sein nonchalanter Ton den König ärgern wird. Was passiert, wenn man sich den Wünschen des Königs widersetzt? In meinem Kopf kreisen die furchtbarsten möglichen Konsequenzen – Verbannung, Exil, lebenslanges Schmachten im Kerker.

Anna meldet sich zu Wort. „Lucas hat recht. Alles ist gut gelaufen."

Ich bin starr vor Scham, mein Magen rebelliert, und ich weiß nicht, was ich tun oder sagen soll.

Gabriel wendet sich Anna zu. „Wusstest du etwa, dass Lucas die Verlobungsnummer durchgezogen hat, nachdem ich ihm gesagt habe, dass er es nicht tun soll?"

„Nein", sagt sie ernst. Sie dreht sich zu mir und Lucas um und sieht dann wieder ihren Ehemann an. „Aber ich habe es gehofft."

„Du hast es gehofft?", echot er mit einer leisen Stimme, die irgendwie furchteinflößender ist, als wenn er geschrien hätte.

„Ja!", ruft sie und deutet auf uns. „Es ist romantisch! Und Alice hat die Inspiration für ihre Geschichte gebraucht."

Gabriel verzieht das Gesicht. „Oh, na ja, wenn Alice Inspirationen braucht, dann ist ja alles gut."

„Genug", blafft Lucas und zieht die Aufmerksamkeit aller auf sich. „Lass Alice da raus."

„Das werde ich", knurrt Gabriel. „Ich gebe allein dir die Schuld, und wenn dir das um die Ohren fliegt – was es sicher wird, will ich nichts damit zu tun haben, und du wirst keine Rolle mehr in unserem Geschäft spielen."

Mein Magen sackt in meine Kniekehlen. Lucas hat unsere fingierte Verlobung durchgezogen, obwohl er wusste, dass er aus dem Familiengeschäft ausgeschlossen werden könnte, das ihm so viel bedeutet? Warum sollte er das tun? Der einzige Grund, den ich mir vorstellen kann, ist, dass er bereit ist, alles zu tun, um sein Ziel zu erreichen. Ich glaube nicht, dass der Zweck immer die Mittel rechtfertigt. Ehre und Integrität sind wichtiger.

„Gabriel", sagt Anna leise und flüstert ihm dann etwas zu.

Er hebt eine Hand und streichelt mit einer zärtlichen Geste über ihre Wange. „Darling, dich trifft keine Schuld. Deine Schwangerschaft macht dich sentimental."

„Hormone sind nicht an allem schuld!", protestiert sie.

Wieder treten Diener ein, und alle verstummen, während die Getränke aufgefüllt werden. Ich trinke schnell meinen Wein aus und nehme dankbar ein frisches Glas entgegen.

Lucas meldet sich zu Wort, sobald die Diener gegangen sind. „Konservative Banker schätzen die Institution der Ehe. Wir müssen weitermachen."

Mein Hals schnürt sich zu, meine Augen brennen. Warum tut es so weh zu wissen, dass er mich benutzt hat, um sein Image zu verbessern? Ich habe es gewusst. Wir benutzen uns gegenseitig.

Ich habe ihn zu nahe an mich herangelassen, das ist das Problem. Warum sollte ich mich sonst so darüber aufregen?

„Die Wahrheit wird ans Licht kommen", sagt Gabriel. „Darum war ich von Anfang an dagegen."

„Die Leute glauben uns", sagt Lucas. „Niemand würde unsere Beziehung in Frage stellen."

„Und warum bist du so verdammt selbstsicher, was das angeht?", fragt Gabriel.

„Weil sie mir gehört", sagt Lucas mit fester Stimme, die keinen Widerspruch zulässt.

Der Raum ist vollkommen still. Alle starren Lucas an, ich eingeschlossen.

Ich umklammere meine Serviette auf meinem Schoß,

während ich laut und deutlich sage: „Lucas, ich gehöre dir nicht."

Er knirscht mit den Zähnen, sagt aber nichts.

Ich wende mich Gabriel zu, und die Worte purzeln nur so aus meinem Mund. „Ich wollte nur helfen, Majestät. Ich komme mit zu dem Termin mit den Bankern. Es tut mir sehr leid. Ich wusste nicht, dass Sie sich gegen die fingierte Verlobung ausgesprochen haben, und ich gebe zu, dass sie nicht unwesentlich dazu beigetragen hat, meiner Geschichte auf die Sprünge zu helfen, weil ich eine ernste Schreibblockade hatte und mein Buch schon überfällig ist. Wenn Jules fragt, können Sie ihm einfach sagen, dass die Verlobung in gegenseitigem Einvernehmen gelöst wurde."

Gabriel nickt ernst. „Danke, Alice. Es wäre klug, die Scharade zu beenden, wie Sie es gesagt haben. Wenn Lucas nur eine Spur Ihres gesunden Menschenverstandes hätte. Ich mache Ihnen keine Vorwürfe. Soweit ich weiß, waren Sie in einem ausgesprochen verletzlichen Zustand. Es tut mir leid, dass mein Bruder das ausgenutzt hat."

Ich sehe Lucas an, der finster dreinschaut, und dann Gabriel. Mein Herz pocht in meinem Hals. „Er hat mich nicht ausgenutzt." Ich bin diejenige, die sich ihm in der Limousine an den Hals geworfen hat und so dumm war zu glauben, dass unsere solide Freundschaft belanglosen Sex erlauben würde. Nur, dass es gerade zu sehr wehtut, als dass es wirklich belanglos gewesen wäre. Ich bin ein Idiot. Ich wollte es ungezwungen, weil ich Angst vor einer Beziehung habe. Erst jetzt wird mir klar, dass es eine Art von Beziehung ist, und sie muss enden. Er hat mein Vertrauen missbraucht, sein Wort gebrochen.

„Verletzlicher Zustand?", fragt Oscar und sieht sich um. „Würde mich bitte jemand aufklären?"

Anna winkt und sieht Gabriel eindringlich an.

„Du kannst keinen Rückzieher machen", sagt Lucas und dreht sich zu mir um. „Jules mag dich. Er mag den Menschen, der ich mit dir bin."

Ich blinzele schnell und kämpfe gegen die Tränen an. Ich muss aus der Sache raus, um mein verletzliches Herz zu schützen. Ich kann ganz sicher nicht behaupten, dass es schon wieder geheilt ist.

„Du meinst die Umgangsformen?", fragt Oscar und wendet sich Anna zu. „Er hat ihr sogar den Stuhl zurechtgerückt."

„Ja, ich bin auch neugierig", sagt Anna. „Wer bist du mit ihr?"

Lucas dreht sich zu Anna um. „Ich bin ich, nur irgendwie geerdet. Seriös."

Ich kann nicht mehr ertragen. Ich stehe auf und sehe mich um. „Ich bitte um Entschuldigung. Ich bin doch nicht so hungrig." Ich schiebe meinen Stuhl zurück, und Lucas greift nach meinem Handgelenk. „Lass los", blaffe ich.

„Ich komme mit dir."

Ich beuge mich vor und flüstere: „Nein. Ich muss jetzt alleine sein." Er lässt meine Hand los, und ich wünsche allen eine gute Nacht. Ich bin kaum zur Tür hinaus, als ich Anna zetern höre: „Teufel noch mal! Du hast sie vergrault!"

Ich schüttele den Kopf und gehe weiter. Er hat mich nicht vergrault. Das war eine weise Entscheidung. Das Warnsignal, was Lucas angeht, ist nicht zu übersehen – er hat gelogen. Game over.

15

———

Lucas

Ich lasse Alice ein bisschen Zeit, sich zu beruhigen, bevor ich zu ihrer Suite im Ostflügel gehe. Ich stelle mir vor, dass sie wütend mit ihren Kopfhörern auf ihrem Laptop herumtippt und die Welt aussperrt. Sie ärgert sich darüber, dass ich gegen Gabriels Wünsche gehandelt habe, doch ich wusste, dass alles gutgehen würde. Und ein Teil von mir wusste, dass die Anziehungskraft zu stark war, um mich von ihr fernzuhalten. Ich wollte ihren Verlobten spielen und sie zum Lächeln bringen, indem ich alle Register ziehe, von denen sie geträumt hat. Ich muss es ihr nur erklären. Sie ist eine Romantikerin, und es dürfte ihr gefallen, wenn sie meine romantisch klingenden Absichten hört.

Ich klopfe nur für den Fall, dass sie es hören kann, an, doch sie antwortet nicht. Ich öffne die Tür und finde sie mit ihrem Laptop, den Kopfhörern und über die Tastatur fliegenden, wütenden Fingern auf dem Sofa sitzend vor. Sie sorgt wahrscheinlich gerade dafür, dass der Halunke (ich) bekommt, was er verdient. Ich muss diese Geschichte lesen. Wenn jemand in ihrer Geschichte die Parallelen zwischen mir und dem Halunken sehen kann und weiß, dass Alice und ich zusammen sind, könnte das dem Ruf meiner Familie nur weiter schaden. Meine Reputation steht auch so schon auf wackeligen Beinen. Es könnte hässlich werden, besonders, wenn jemand herausfindet, dass wir gelogen haben, was die Verlobung angeht.

Ich trete in ihr Sichtfeld, und sie erschrickt und nimmt die Kopfhörer ab. Sie runzelt die Stirn. „Du hättest anklopfen sollen.“

Ich setze mich neben sie auf das Sofa. „Ich würde gerne deine Geschichte lesen.“

Sie presst ihre Lippen zu einer trotzigen Linie zusammen. „Da musst du warten, bis sie veröffentlicht wird. Nein, wenn ich es mir recht überlege, kannst du sie nicht lesen. Oh, warte, ein Nein kümmert dich nicht. Du tust einfach, was du willst–“ Sie gestikuliert wild. „–und bildest dir ein, dass du mit deinem Charme und deinem schiefen Lächeln mit allem durchkommst.“ Sie speichert die Datei, klappt den Laptop demonstrativ zu und stellt ihn auf den Sofatisch. „Und jetzt entschuldige mich. Ich bin sehr müde.“

„Alice.“

Sie starrt geradeaus. „Was?“

„Es tut mir leid, dass du Gabriels Ärger abbekommen hast.“

Sie blinzelt. „Entschuldige dich nicht für deinen Bruder. Hier geht es nicht um ihn. Du hast deinem König nicht gehorcht und es mir der Einfachheit halber verschwiegen, was mich in eure Auseinandersetzung hineingezogen hat.“

„Das wollte ich dir ja klarmachen. Ich will dich nicht in dieser Auseinandersetzung.“

Sie blickt verletzt zu mir auf. „Warum hast du mir dann nicht gesagt, dass er dagegen war? Dann hätte ich nie mitgemacht. Du hast es mir absichtlich vorenthalten.“ Ihre Stimme erstickt. „Eine Lüge durch Verschweigen ist immer noch eine Lüge. Du hast mir geschworen, ehrlich zu mir zu sein.“

Ich nehme ihre Hand, und sie zieht sie weg. Ich seufze. „Ich habe es durchgezogen, weil ich gerne dein Traumverlobter war. Du hast es verdient.“

Tränen steigen in ihre Augen. „Du hättest es mir sagen können. Du weißt, wie sehr ich nach dem, was ich durchgemacht habe, Ehrlichkeit brauche.“

Ich spreche aus tiefstem Herzen. „Ich habe es dir nicht gesagt, weil ich nicht gedacht habe, dass du damit zurechtkommen würdest, und ich wollte mit dir zusammen sein. Ein Spiel daraus zu machen, war der einfachste Weg, dir näher zu kommen."

Sie schüttelt den Kopf und wischt eine Träne weg. „Hör auf, den Charmanten zu spielen. Du hast es durchgezogen, um den Kredit zu bekommen. Du hast mich benutzt."

Ich zeige auf ihren Laptop. „Und du hast mich benutzt. Darüber waren wir uns einig, doch jetzt ist es nicht mehr so."

„Jetzt muss ich klug sein", flüstert sie. „Du hast bekommen, was du wolltest; Ich habe bekommen, was ich wollte. Also ..."

„Was?"

Sie schüttelt den Kopf und starrt zu Boden. „Ich denke, ich bin fertig mit dem Spiel."

Ich neige meinen Kopf und versuche, ihren Blick einzufangen. „Es ist kein Spiel mehr. Das musst du wissen."

Sie hebt ihr Kinn, doch es zittert. Meine Brust schnürt sich zusammen angesichts ihres offensichtlichen Kummers. Ihre Stimme ist auch zittrig. „Ich habe dich nur für meine Geschichte benutzt, sei also vorsichtig, wie du mich ab jetzt behandelst, denn das kommt alles da rein." Sie deutet mit dem Finger auf ihren Laptop und weicht meinem Blick aus.

„Das wäre mir eine Ehre. Und ich werde dich gut behandeln."

„Du hast nicht ehrenhaft gehandelt", sagt sie durch die Zähne. „Ich vertraue dir nicht mehr."

„Ich hatte gute romantische Absichten."

„Meiner Meinung nach waren es bestenfalls gemischte Absichten. Und du bist nicht einmal ein Romantiker. Das bin ich."

„Alice, wenn ich die Chance hätte, es noch einmal zu machen, würde ich dir immer noch nicht sagen, dass Gabriel gegen die fingierte Verlobung war, weil ich dann die Gelegenheit verpasst hätte, dich kennenzulernen. Ich hätte nie die süße, sanfte Alice mit der Zähigkeit entdeckt, die in eine so zarte Verwundbarkeit verpackt ist. Und das ist die Wahrheit.

Bitte schließ mich nicht aus, weil ich mit dir zusammen sein wollte."

Sie sieht mich an und sucht in meinen Augen, vielleicht um zu sehen, ob ich es ernst meine. Ich meine es ernst. Sie seufzt. „Lucas, ich glaube nicht–"

„Du gehörst mir." Es kommt heiser heraus, weil ich zum ersten Mal befürchte, dass ich sie verliere.

„Ich gehöre dir nicht", widerspricht sie. „Ich bin eine freie und unabhängige Frau."

Ich streiche eine Haarsträhne hinter ihr Ohr und senke meine Stimme. „Ja, du bist eine freie und unabhängige Frau." Ich streichele mit meinen Fingerspitzen die Seite ihres Halses, und ihre Lider flattern. Sie genießt meine Berührung genauso wie ich ihre. Ich lege meine Hand an ihre Wange, meine Stimme leise und fest, meine Augen auf ihre gerichtet. „Und trotzdem gehörst du mir."

Sie atmet scharf aus, und ihre Augen blitzen. „Ich kann das nicht mit dir machen! Du denkst, du kannst einfach mit Leuten spielen, um deine Ziele zu erreichen!" Sie lässt die Schultern sinken und fährt leise fort. „Ich will nicht mit dir streiten."

Wenn streiten mit Alice so aussieht, macht es mir nichts aus. Alles, was sie sagt, alles, was sie tut, zieht mich einfach an. Und ich kann nicht umhin zu glauben, dass sie echte Gefühle für mich hat. Andernfalls wäre sie nicht so verletzt über das, was sie für einen Vertrauensbruch hält. Natürlich ist sie wegen ihrer kürzlichen Trennung scheu. Ich werde es ihr beweisen. Ich würde sie niemals verraten.

„Ich will mich auch nicht streiten, süße Alice."

Sie blinzelt ein paarmal. Die liebevolle Bezeichnung scheint sie aus dem Konzept gebracht zu haben.

Ich nutze es zu meinem Vorteil und nehme ihr Kinn in meine Hand, während ich mich vorbeuge und ihr einen zärtlichen Kuss auf ihren Mundwinkel drücke. Ihr Seufzer streicht über meine Lippen. Ich küsse den anderen Mundwinkel, und sie dreht den Kopf auf der Suche nach mehr. Ich ziehe mich zurück und sehe in ihre weichen blauen Augen. „Ich möchte mit dir zusammen sein, Alice, egal, wie wir es nennen. Schließ mich nicht aus." Ich wickele ihre Haare um meine Faust und ziehe ihren Kopf in ihren Nacken. Sie schluckt sichtlich. Ich beuge mich langsam vor, küsse die empfindliche Stelle unter ihrem Ohr, streichele ihren Hals, küsse und koste ihren Hals.

Ich hebe meinen Kopf, unsere Lippen einen Atemzug voneinander entfernt, und warte, während die Luft zwischen uns knistert. Meine Hand ist immer noch in ihren Haaren vergraben. Ihre Hände liegen locker an ihren Seiten.

Ihre Worte laufen heiß über meine Lippen. „Wir benutzen uns gegenseitig, Lucas."

Ich beuge mich kaum merklich vor und streife einen Kuss über ihre Unterlippe. Sie folgt und sucht nach mehr, doch ich ziehe mich zurück. „Okay, dann lass uns einander benutzen."

Sie hebt ihre Hand und streichelt zärtlich meinen Bart. Ich schließe die Augen, denn ihre sanfte Berührung beruhigt mich wie nichts sonst. Gott sei Dank berührt sie mich.

„Ich halte das für eine ganz schlechte Idee", flüstert sie, bevor sie mich küsst. Sie ist nicht sanft, nein, sie küsst mich grob, und ihre Hände zerren an meinen Haaren, während sie in meine Unterlippe beißt. Ist das Wutsex mit Alice? Ich bin dabei.

Sie greift nach meinem Hemd und versucht, es aufzureißen. Sie lehnt sich zurück und starrt es an. „Warum reißen deine Knöpfe nicht ab?"

„Dafür ist es zu gute Qualität." Doch wahrscheinlich ist sie einfach nicht stark genug, um sie abzureißen. „Aber wir brauchen uns keine Sorgen um mein Hemd machen", sage ich und schiebe meine Hand unter ihr Kleid und zwischen ihre Beine. Eine kühne Forderung. Ich war bis jetzt vorsichtig mit ihr.

Sie schnappt nach Luft, reißt die Augen auf, und dann packt sie meinen Kopf und küsst mich leidenschaftlich. *Jaaa.* Es ist ein wilder Kuss, Lippen, Zunge und Zähne, und ihre Hände sind überall. Sie ist bereit für mehr. Ich schiebe ihr feuchtes Höschen zur Seite, dringe mit meinen Fingern in sie hinein und stoße zu, während ich sie mit meinem Daumen necke. Sie stöhnt tief in ihrem Hals, und jeder noch so leise

Laut treibt mich an. Bald reitet sie meine Hand, und ihre Nägel graben sich in meinen Rücken.

Sie reißt den Mund von mir los. „Mehr! Ich brauche dich in mir.“

Ich zögere nicht, reiße ihr das Höschen mit einem scharfen Ruck vom Leib und ziehe sie vom Sofa hoch. Ich schiebe sie um das Sofa herum, beuge sie über die Rückenlehne, ziehe ihr Kleid hoch und knittere es an ihrem unteren Rücken zusammen. Mein Schwanz drängt dick und hart gegen meine Hose.

„Ohhh“, keucht sie, als ich mich befreie, in zu großer Eile, um mich ganz auszuziehen. „Das ist genau wie – ah!“

Ich kann es nicht langsam angehen lassen. Ich bin tief in ihr, und ich brauche das. Ich ramme in sie hinein und schließe meine Augen angesichts des intensiven Gefühls. Gott. Ich muss langsamer machen. Das ist Alice. Die süße, sanfte Alice.

Sie kippt ihre Hüfte. „Mehr“, fordert sie.

Und ich gebe es ihr. Ich kann nicht anders, kann nicht aufhören. Es ist wild und animalisch und verschwitzt. Ich atme schwer und versuche mich zurückzuhalten. *Noch nicht, noch nicht.* Scheiße. Ich schiebe meine Hand zwischen uns und massiere sie fiebrig. Sie schreit auf und ihre Muskeln spannen sich um mich herum an und treiben mich an. Ich bin immer noch tief in ihr und konzentriere mich auf sie, berühre sie sanfter, necke sie, bis sie mich verzweifelt anfleht. „Lucas, ich brauche mehr, mehr. Gib mir mehr.“

Ich beiße in ihren Hals, während ich tief in sie hineinstoße und sie mit den Fingern genau auf die Art verwöhne, von der ich weiß, dass sie sie in den Wahnsinn treibt. Sie erstarrt, und ihre Muskeln zucken um mich herum, und ich schreie fast vor Triumph. Sie kommt heftig und reibt sich an mir. Ihr Körper massiert mich rhythmisch. Fu-u-uck. Ich packe sie an den Hüften und pumpe immer wieder tief in sie hinein, mein eigener abgehackter Atem vermischt mit ihrem Stöhnen. Und dann explodiere ich. Blitze zucken hinter meinen geschlossenen Augenlidern.

Ich öffne langsam meine Augen und richte mich auf, streiche mit meiner Hand über ihren Nacken und drücke sie.

Sie ist entspannt und träge. Ich habe mit ihr noch nie so losgelassen. Ich habe mich auf ihr Vergnügen konzentriert und darauf, sie besser zu behandeln als ihre vorherigen Liebhaber. Ich wollte kein Tier sein, das sie gedankenlos rammelt.

Ich ziehe mich zurück und betrachte sie, wie sie immer noch über die Rückenlehne des Sofas gebeugt ist, beunruhigend still. Scheiße. War ich zu grob?

Ich beuge mich zur Seite, um sie besser sehen zu können. Ihr Gesicht ist abgewandt. „Alice?"

Sie dreht sich zu mir um, ihre Wangen sind rot, die Augen strahlen, und sie lächelt. Als ich dieses süße Lächeln sehe, durchströmt mich pure Euphorie. Ich liebe sie. Es muss echt sein, wenn ihr Lächeln das mit mir macht. Sie richtet sich auf, dreht sich zu mir um und schwankt ein bisschen. Ich strecke die Hand aus, um sie zu stützen, und sie legt ihre Arme um meinen Hals.

Sie küsst mich. „Das war genau wie in *Die Mutprobe des Herzogs*, als er sie über der Rückenlehne des Divans genommen hat."

Ich bin einen Moment lang sprachlos. Sie hat recht, aber das ist nicht der Grund, weswegen ich es getan habe. Ich habe sie nur dringend gebraucht. „Habe ich ... bin ich zu grob gewesen?"

Sie schüttelt lächelnd den Kopf. „Nein. War es für dich so besser?"

„Ich mag es auf jede Weise mit dir."

Sie streichelt meinen Bart. „Ich denke, du solltest so viel loslassen, wie du willst. Ich bin nicht zerbrechlich."

„Ich wollte nicht so sein wie deine enttäuschenden Dates. Ich stelle mir vor, sie haben genommen, was sie wollten, und sind dann gegangen."

„Ja, aber du gibst." Sie streichelt meine Wange. „Außerdem wollten sie nur die normale Position."

Ich lächele. „Missionarsstellung nennt man das."

Sie blickt zur Decke und schmunzelt. „Da muss eine interessante Geschichte dahinterstecken. Missionarsstellung. Ich sollte das recherchieren." Sie sieht mir in die Augen. „Macht es dir was aus, wenn ich weiterschreibe?"

Ich kämpfe gegen den Schmerz an, dass sie ihren Laptop mehr will als mich. Wenn dem so ist, muss ich mich mehr anstrengen, um für sie attraktiver zu werden. „Wenn du mich so fragst, ja. Ich habe andere Pläne für dich." Dann hebe ich sie hoch, wiege sie in meinen Armen und trage sie ins Schlafzimmer.

Sie seufzt und schmiegt ihre Wange an meine Brust. Genau das. Das ist alles, was ich brauche. Na ja, vielleicht noch eines. „Kommst du mit mir auf die Baustelle? Das wäre unglaublich hilfreich."

Ihre Finger zeichnen Kreise auf meinen Bizeps. „Okay, ich spiele noch einmal deine Verlobte, aber das war's dann."

Eine Alarmglocke schrillt in einem dunklen Winkel meines Verstandes. Was passiert danach? Könnten wir eine Zukunft haben? Oder zieht sie weiter zum nächsten Liebhaber, ihrer nächsten Inspiration? Die Ironie entgeht mir nicht. Ich bin der Mann, der immer zur nächsten Frau weiterzieht.

Ich weiß nicht, wie ich mich so schnell so tief verstrickt habe. Es hat vor etwas mehr als einer Woche angefangen. Vielleicht war es ihre Verletzlichkeit, die mich so angezogen hat, wie sie sich an mir abgestützt hat. Ich bin so selten derjenige, auf den sich jemand stützt. Ich habe meinen Partyprinzen-Ruf so lange kultiviert, dass die Leute den Mann mit Substanz nicht mehr dahinter sehen. Alice schon. Und sie hat mich auch in meinem Geschäft unterstützt. Ihr Vertrauen in mich war ein großer Segen.

Ich setze sie aufs Bett, und sie öffnet ihre Arme mit diesem süßen, sanften Lächeln, das sich um mein Herz legt. Die ganze Zeit habe ich immer harte, desillusionierte Frauen gewählt, die eher so waren wie ich, wobei es genau das Gegenteil war, was ich brauche.

Ich klettere zu ihr aufs Bett, küsse ihren Hals und inhaliere ihren süßen blumigen Duft, während sich ihre Arme um mich schließen. Sie ist mein. Die eine Frau für mich. Ich war mir noch nie in meinem Leben einer Sache so sicher.

Jetzt muss ich sie nur dazu bringen, es auch zu glauben.

Alice

Ich sitze mit Lucas in einem Mercedes und fahre die lange Straße entlang, um Jules und seinen Kollegen David am Hafen zu treffen, wo sie in Kürze mit der Fähre ankommen werden. Michael, einer der Bodyguards – den ich nur für mich immer noch Thor nenne –, sitzt zusammen mit dem Fahrer vorn. Ein weiterer Mercedes für unsere Besucher folgt uns. Wir treffen uns mit Anna und Gabriel im Day Spa für die Tour. Lucas will den Bankern das Labor am Hafen in einem alten Lagerhaus zeigen, in dem die Kosmetiklinie entwickelt wird. Er hofft, dort mehr Gebäude für die Produktion umbauen zu können. Viele der Gebäude, die früher von den Fischern genutzt wurden, stehen heute leer, da die Fischpopulation zurückgegangen ist.

Ich bin lächerlich nervös. Ich denke, das liegt daran, dass ich Gabriel seit dem Abendessen mit der Familie nicht mehr gesehen habe, bei dem er klargemacht hat, dass Lucas seinen Platz im Geschäft verlieren würde, falls unsere fingierte Verlobung auffliegt. Doch die Wahrheit ist, tief im Inneren habe ich einfach nur Angst. Lucas ist … ein Traum. Seit unserem Streit vor zwei Tagen hat er mich von vorn bis hinten verwöhnt, und ich meine das nicht nur sexuell, auch wenn das auch zutrifft. Auf geradezu dekadente Art und Weise. Aber er war auch ausgesprochen zärtlich und liebevoll und hat all die höfischen Manieren an den Tag gelegt, von denen ich immer geträumt habe. Ich habe ihm seine Lüge vergeben, weil er wirklich von Herzen gesprochen und seine guten Absichten mir gegenüber unter Beweis gestellt hat. Und mein Herz pocht erneut bei jedem Blick von ihm, jeder Berührung, jedem schiefen sexy Lächeln.

Ich verliebe mich in ihn.

Mein dummes, romantisches Herz setzt sich über jedes bisschen gesunden Menschenverstand, den ich besitze, hinweg. Ich möchte hart und pragmatisch sein. Realistisch gesehen weiß ich, dass ich so bald nicht bereit für die Liebe bin. Und ich weiß nicht, ob er so tiefe Gefühle für mich hat. Vielleicht ist er bei jeder Frau so und deswegen für seinen Charme bekannt. Ich muss nur seinen Namen googeln, um alle Frauen zu sehen, die ihn lieben – die Frauen, mit denen er zusammen war, und die Frauen, die davon träumen, mit ihm zusammen zu sein, und ihn online stalken.

Ich betrachte die süßen weißen Häuser, an denen wir vorbeikommen, und versuche, meine Zeit mit Lucas zu begreifen. Ich habe bekommen, was ich wollte, eine Geschichte, und mein Schreib-Mojo ist auch endlich zurückgekehrt. Ich werde den ersten Entwurf rechtzeitig bis Ende der Woche fertig haben, um ihn per E-Mail an meine Verlegerin zu schicken, bevor ich zur Signierstunde meines Buches nach London reise. Von London aus könnte ich nach Hause zurückkehren, die nötigen Korrekturen abschließen und den endgültigen Entwurf an meine Verlegerin senden. Oder ich könnte für weitere vier Wochen in meiner Palastsuite bleiben, die Anna mir kostenlos zur Verfügung stellt. Eines muss man dem Palastleben lassen. Jemand kümmert sich um alles, was ich brauche, wodurch ich meine ganze Energie und Zeit zum Schreiben habe. Doch das bedeutet mehr Zeit mit Lucas, und ich weiß nicht, ob es klug ist, mich weiter mit dem begehrtesten adligen Junggesellen der Welt zu verstricken. Ich muss klüger in Bezug auf Beziehungen sein – mich zusammenreißen, mein Herz schützen und mir einen Fluchtplan zurechtlegen.

Fluchtplan? Wie unromantisch. Offensichtlich hat mein Herz immer noch Narben.

Lucas nimmt meine Hand und verschränkt unsere Finger. „Du bist so still."

„Ich bin nervös, wie es heute laufen wird", sage ich und verrate ihm damit nur einen Teil der Wahrheit. „Ich möchte König Gabriel nicht weiter verärgern."

„Dann folge einfach Prinz Lucas' Führung", sagt er und lächelt mich schief an. Seine aquamarinen Augen funkeln amüsiert. Mein Herz klopft heftiger, mein Magen schlägt Purzelbäume, und alle Nervenenden sind in Habachtstellung. Wie kommt es, dass dieses Lächeln jedes Mal eine stärkere Reaktion in mir auslöst? Es ist nicht so, als hätte ich es noch nie gesehen.

Ich konzentriere mich auf seine Augen, seine atemberaubenden Aquamarinaugen. „Nach dem Termin muss ich aber in meine Schreibhöhle, um meinen Entwurf fertigzubekommen. Ich habe nur noch drei Tage bis zu meiner Abreise nach London und muss ihn vorher abgeben. Es ist eine harte Deadline von meinem Verlag."

Er hebt unsere verflochtenen Hände und küsst meine Fingerknöchel, während er mir in die Augen blickt. „Ist das deine höfliche Art, mich zu bitten, dir ein bisschen Raum zu geben?"

Ich werde schuldbewusst rot. Ich denke, es liegt zumindest zum Teil daran, dass ich Angst habe und mich in ihn verliebe und nicht weiß, was ich dagegen tun soll. „Am Ende jedes Tages, wenn mein Gehirn völlig durch den Wind und wortlos ist, schicke ich dir eine SMS, falls du mich besuchen möchtest."

Seine große Hand berührt meinen Hals, und er zieht mich an sich. Seine Worte laufen heiß über meine Lippen. „Ich werde mehr tun als dich zu besuchen, süße Alice. Ich werde dich verwöhnen, bis du nicht mehr weißt, wie du heißt."

Mein Atem zittert, mein Puls pocht in meinen Schläfen. Er gibt mir alles, was ich brauche, um in Stimmung zu kommen – romantische Versprechen von Zärtlichkeit, Manieren, wie ich sie nie außerhalb eines Buches erlebt habe, und ein sexuelles Talent, das mich süchtig nach mehr macht.

Er gibt mir einen schnellen harten Kuss, bevor er an mein Ohr zurückkehrt und heiser sagt: „Und mit Verwöhnen meine ich, dass ich dich um den Verstand ficken und dich dann um mehr betteln lassen werde." Ich erschauere bei seinen Worten, und dann wird er noch deutlicher. Die Worte nähren meine überaktive Fantasie, bis ich mir die Szene so anschaulich vorstelle, dass mein Atem schwerer und mir heiß wird. Dabei hat er mich nicht einmal berührt.

Und dann tut er es. Seine Hand gleitet im Schutz meines Kleides zwischen meine Beine. Ich zucke zusammen und schiebe seine Hand weg. „Lucas!", zische ich. Wir sind nicht in einer Limousine mit einer geschlossenen Trennscheibe. Es ist ein normales Auto, und der Fahrer und der Bodyguard sitzen direkt vor uns.

Er grinst. „Was?", flüstert er. „Das wird dich entspannen."

Das Auto bleibt stehen, und ohne sich umzudrehen sagt der Fahrer: „Wir sind da, Hoheit, Ma'am."

Lucas hält mein Kinn und küsst mich. „Dann eben ein andermal." Er späht aus dem Fenster. „Die Fähre ist noch nicht da. Wir machen einen kurzen Spaziergang am Dock entlang."

Er hilft mir aus dem Auto, nimmt meine Hand und führt mich zu einem Fußweg vor dem Dock. Thor folgt uns, der Fahrer bleibt im Auto zurück.

„Alice, entspann dich", sagt Lucas und drückt meine Hand. „Es wird alles glatt gehen."

„Ich bin entspannt", sage ich entschlossen.

„Vielleicht sollten wir zurück in die Privatsphäre des Autos", sagt er mit einem lüsternen Blick. „Ich kann den Fahrer bitten, einen Spaziergang zu machen."

Ich schüttele den Kopf, und mein Puls beginnt zu rasen, als ich daran denke, wie er mir beim Entspannen helfen will. „Betrachte mich als entspannt." Wir haben uns im Schlafzimmer reichlich ausgetobt, und was das Ficken auf dem Rücksitz eines Autos am helllichten Tag angeht, ziehe ich eine Grenze.

Er grinst und führt mich dann einen Weg zum Strand hinunter, näher an die hypnotischen Wellen heran. Eine kühle Brise weht vom Meer her und bringt den salzigen Geruch der Seeluft mit sich. Etwas in mir entspannt sich.

Er bleibt stehen, legt seine Arme von hinten um meine Taille, und ich schmelze in seiner warmen Umarmung. „Es ist gut, dass das Meer dich beruhigt, da wir ja auf einer Insel sind."

„Ich wollte schon immer in der Nähe des Wassers leben", gestehe ich.

„Dann solltest du das tun."

„Wenn das so einfach wäre ..."

„Bleib bei mir."

„Was?"

Er dreht mich zu sich um. „Bleib hier auf Villroy bei mir."

„Was sagst du da?" Ich mache einen Schritt zurück, und

mein Magen sackt in meine Kniekehlen. „Was sagst du?" Meine Stimme ist hoch und heiser, weil ein Teil von mir es weiß und ich einfach nicht daran denken kann. Ich weiche einen weiteren Schritt zurück, und meine Pumps versinken im Sand und lassen mich stolpern.

Er fängt mich an den Oberarmen auf und zieht mich wieder an sich. „Okay, beruhige dich. Du siehst aus, als wärst du in einem Horrorfilm. So schlimm ist es nun auch wieder nicht."

„Ich bin noch nicht bereit für so was", bringe ich durch den Kloß in meinem Hals heraus.

Er dreht mich zurück zum Meer, seine Hände auf meinen Schultern. „Atme. Schau hinaus aufs Meer und atme. Vergiss, dass ich das gesagt habe. Du bist meine falsche Verlobte, und nachher gehst du zurück in deine Suite, um deine Geschichte fertigzuschreiben."

Ich entspanne mich langsam wieder. Irgendwie weiß er genau, was ich hören muss, auch wenn er derjenige ist, der meine Reaktion ausgelöst hat.

Er küsst meinen Nacken, bevor er leise in mein Ohr spricht: „Aber ich denke, du weißt, dass du jetzt mein bist. Ich gebe dir nur Zeit, dich an den Gedanken zu gewöhnen."

Eingebildeter, selbstgefälliger Mann. Ich drehe mich um und funkele ihn an. Sein schiefes Lächeln kommt sofort, seine blaugrünen Augen sind weich. „Ich werde auf dich warten, Alice."

Meine Knie werden weich. Ich öffne den Mund und schließe ihn wieder. Ich bin mir nicht sicher, ob ich ihn wegen seiner Arroganz ohrfeigen soll oder zugeben will, dass ich ganz tief drin stecke und Angst habe. Vielleicht weiß er, dass ich tief drin stecke. Oder vielleicht geht er einfach davon aus, dass ich seinem Plan, mich hier zu halten, entsprechen werde. Liebt er mich?

Ein Horn ertönt und wir blicken beide in Richtung der nahenden Fähre. „Showtime", sagt er, nimmt meine Hand, legt sie in seine Armbeuge und führt mich vom Strand weg.

Meine Nervosität angesichts des heutigen Termins und Lucas' Vorschlag, nach Villroy zu ziehen, machen mich zu einem Nervenbündel. Also lasse ich ihn die Führung übernehmen und folge ihm blind zu den wartenden Autos auf der Straße vor dem Dock. Der Fahrer führt unsere Gäste zum zweiten Auto. *Unsere Gäste? Seine Gäste.*

„Lucas, wenn du sagst, ich gehöre dir, ist das deine arrogante, dominante Art zu sagen, dass du mich sehr magst, oder dass du dich vielleicht, dass du empfindest wie–"

Er bleibt stehen und nimmt mein Gesicht in seine Hände. „Ich liebe dich."

„Oh!" Tränen steigen in meine Augen, und mein Kinn zittert. „Oh." Er hat mich sprachlos gemacht. Ich hatte kein offenes Eingeständnis von tiefen Gefühlen wie denen erwartet, in denen ich in den letzten Tagen ertrunken bin.

Er küsst mich zärtlich. „Ich warte darauf, dass du auch dahin kommst."

Ich starre auf seine Brust. „Ich bin schon da, und es macht mir Angst." Meine Stimme bricht, und ich fühle mich so benommen, dass ich mich nicht bewegen kann. Vielleicht will ich mich nicht bewegen.

Seine Hände gleiten über meine Schultern zu meinen Ellbogen und dann um mich, sein Mund bedeckt meinen mit einem leidenschaftlichen Kuss. Ich schlinge meine Arme um seinen Nacken, verliere mich in seinem Kuss und allem, was er mir gibt. Es ist der Kuss aller Küsse, und ich will, dass er nie endet.

Selbst dann nicht, als irgendwelche Leute anfangen zu jubeln und zu pfeifen.

Sogar, als Lucas' Hände auf meinem Po landen und mich an ihn pressen.

Auch nicht, als ich meinen Namen höre.

Moment. Ich kenne diese Stimme. Ich löse mich von Lucas, drehe mich um und stelle mich meinem schlimmsten Albtraum – Mason.

Und Riley.

Hier auf Villroy.

Meine Hand schießt an meine Brust, mein Herz rast. Ich breche in einen kalten Schweiß aus, und meine Welt dreht sich abrupt und lässt mich schwanken. Lucas' Hand schließt sich um meinen Oberarm und hält mich fest. Er spricht mit mir, aber ich kann die Worte nicht verstehen.

Ich blinzele ein paarmal und traue meinen Augen kaum. Mason und Riley sind hier auf Villroy. Was wollen sie hier?

Ich wende den Blick ab und versuche, einen klaren Gedanken zu fassen. Sie sollten nicht hier sein. Sie stören meine Solo-Flitterwochen, die ich mit meinem eigenen hart verdienten Geld bezahlt habe. Und sie stören den romantischsten Moment meines Lebens!

Ein roter Nebel füllt meine Sicht, und als ich meine Stimme wiederfinde, ist so viel Gift in ihr, dass ich sie kaum wiedererkenne. „Ich werde ihn umbringen. Mason ist hier und hat Riley mitgebracht."

„Kein Problem", sagt Lucas. „Ich helfe dir dabei, aber das ist nicht die richtige Zeit dafür. Komm. Lass uns zu den Autos gehen. Jules und David sind schon da."

Er zieht mich praktisch weg, ein Arm um meine Schultern gelegt.

Schritte folgen uns. „Warte!", ruft Mason. „Alice, Riley muss mit dir reden."

„Verschwinde!", rufe ich über meine Schulter.

Lucas lässt mich los, dreht sich um und geht auf Mason zu. Riley bleibt ein Stück hinter ihm stehen. Sie sieht mit ihren langen schwarzen Haaren in einem hohen Pferdeschwanz widerlich süß aus und trägt ein weißes Trägertop mit einer terracottafarbenen Caprihose und hochhackigen Sandalen. Ich wette, sie hat die teuren Flugtickets bezahlt. Ihre Familie stinkt vor Geld.

Ich hole Lucas rechtzeitig ein, um ihn in hartem Befehlston sagen zu hören: „Sie beide warten hier. Ein Auto wird Sie zum Palast bringen, wo Sie in der Eingangshalle warten werden, bis Alice und ich Zeit für Sie haben." Er dreht sich zu Thor um. „Sag bitte im Palast Bescheid und sorg dafür, dass jederzeit zwei Wachen sie im Auge behalten."

„Wer sind Sie?", fragt Mason Lucas mit gerunzelter Stirn.

„Tun Sie, was Ihnen gesagt wurde", schnauzt Lucas, „oder Sie werden zurück auf die Fähre eskortiert."

Mason dreht sich zu mir um. „Alice, was soll das? Hast du einen anderen Mann in unsere Flitterwochen mitgebracht?"

Ich keuche. Der Mann hat Nerven! Nach allem, was er mir angetan hat?

Lucas packt Mason am Hemd und zieht ihn an sich. „Ich will nichts mehr hören." Er stößt Mason von sich, und Mason stolpert. „Und da Sie gefragt haben: Ich bin der verdammte Prinz von Villroy und Alice' Verlobter."

„Alice?", fragt Mason, als wäre er vollkommen verloren.

Lucas legt seinen Arm um meine Schultern und führt mich zum Auto. Ich zittere vor Wut, und meine Gedanken kreisen um all das, was ich Mason und Riley antun möchte, weil sie es gewagt haben, hier an dem Ort aufzutauchen, der mein Rückzugsort sein sollte, weg von all dem Schmerz, den sie mir zugefügt haben.

Aber jetzt ist nicht die Zeit, das Gift zu speien, das in mir brodelt, denn Jules und David sind hier.

Lucas lächelt, ruft „Bonjour!" und begrüßt die beiden Männer herzlich auf Französisch. Ich setze ein Lächeln auf, ohne auch nur mit der Wimper zu zucken, als Lucas mich als seine Verlobte vorstellt.

Meine Welten kollidieren, und es gibt zu viele echte und falsche Verlobte, als dass mein zerbrechliches Herz sie fassen könnte.

16

Lucas

Ich werde ihn töten. Ich schwöre bei Gott. Gerade, als ich Alice endlich meine Gefühle gestehe – sie liebt mich, es ist ein Wunder, doch sie liebt mich, selbst nach ihrer verheerenden Trennung, die die Herzen der meisten Menschen für lange Zeit verschlossen hätte –, taucht *er* auf und erinnert sie an all den Schmerz, den es bringen kann, wenn man jemandem sein Herz schenkt. Einen Schritt vorwärts, einen großen Sprung zurück. Sie ist fast katatonisch an meiner Seite im Day Spa. Während der Fahrt habe ich ihr angeboten, dass sie in ihre Suite zurückkehren kann, um ihr den Druck des Geschäftstermins von den Schultern zu nehmen. Ich würde einfach allen sagen, dass es ihr nicht gut geht. Sie hat jedoch abgelehnt und erklärt: „Nein. Ich bin eine toughe Frau", wie ein Mantra, das sie beschützt. Ich kenne sie. Sie ist eine süße, zarte Seele. Und selbst eine toughe Frau braucht einen sicheren Rückzugsraum, bevor die Hölle losbricht.

Was zum Teufel macht er hier? Und warum hat er Riley mitgebracht, die angeblich beste Freundin, die Alice so bitter verraten hat?

Ich atme tief durch. Anna führt die Banker herum, der Rest von uns folgt ihnen. Es scheint gut zu laufen. Sowohl Jules als auch David sind beeindruckt von dem, was wir schon hier aufgezogen haben, und Annas natürliche Begeisterung verkauft die Sache gut.

„Sie haben ein mögliches Restaurant zusätzlich zum Spa-Café erwähnt?", fragt David, als wir in das Foyer zurückkehren. Das Gespräch ist auf Englisch geblieben, nachdem Annas anfängliches *„Bonjour, Monsieurs!"* alle erschaudern lässt. Ihre Aussprache ist grausam. Zu ihrer Verteidigung sei jedoch gesagt, dass sie wenig Zeit mit ihrem Französischlehrer verbringt und Gabriel ihr nur schmutzige Worte beibringt. Etwas, das sie mir verraten hat, als ich sie vor ein paar Monaten nach ihrem Unterricht gefragt habe.

„Ja", sagt Anna. „Auf die Speisekarte des Restaurants kommen Meeresfrüchte, die unsere Fischer frisch fangen werden. Vielleicht stellen wir einen französischen Koch ein. Das sind die Besten."

„Wir mögen unser französisches Essen", sagt Jules lächelnd.

„Lassen Sie mich Ihnen zeigen, wo das Restaurant hinkommen würde", sagt sie und zeigt auf den Seitenausgang.

Wir folgen ihr und betrachten das flache Grundstück mit Blick auf das Meer. Gabriel übernimmt die Führung und erklärt, was wir bisher finanziell in das Projekt gesteckt haben und mit welchen Einnahmen wir auch ohne das Restaurant rechnen.

„Ja", murmelt David und sieht mich an. „Ihr CFO hat uns bereits die Zahlen mitgeteilt."

Gabriels Blick landet mit einem kurzen Nicken auf mir, bevor er zu Alice an meiner Seite wandert und er sich abwendet. Er versteht das mit Alice nicht. Die derzeitige Verlobung ist fingiert, aber die Liebe ist echt. Und wenn Alice soweit ist, werden wir den nächsten Schritt machen, um sie real zu machen. Ich hätte nie gedacht, dass mich die Möglichkeit einer Verlobung jemals begeistern würde. Früher fand ich die bloße Idee einer Ehe abstoßend. Das war jedoch vor der süßen Alice. Ich nehme ihre Hand, die trotz des warmen Juni-tags eiskalt ist. Sie starrt auf das Meer hinaus, ganz in Gedanken. Wahrscheinlich tief in ihrem Zufluchtsort, ihrer Fantasie versunken.

Ich werde mich um ihren Ex kümmern, und dann werde ich ihr darüber hinweghelfen. Sie sollte nicht noch einmal durch die Hölle dieses zweifachen Verrats gehen müssen. In meinem Kopf spiele ich verschiedene Szenarien durch, um mir darüber klarzuwerden, wie ich am besten mit ihm umgehen kann, doch ich kann keines finden, das nicht in Gewalt endet. Ich will ihn so sehr verprügeln, dass ich es schmecken kann. Ich weiß, Alice würde das nicht wollen. Sie ist eine friedliche Seele. Selbst als sie sich gerade von seinem Verrat erholt hatte, hatte sie noch freundliche Worte über ihn zu sagen. Sehr zu meinem Ärger hat sie nicht einmal seine Telefonnummer geblockt. Ich muss für sie einen klaren Kopf behalten.

Ich konzentriere mich wieder auf das Gespräch, als Gabriel sagt: „Bitte kommen Sie zum Mittagessen mit uns in den Palast."

„Gerne", sagt Jules lächelnd. „Ich habe dein Elternhaus noch nie von innen gesehen."

David lächelt auch. „Das ist nett."

Alice packt meinen Arm, und ihr besorgter Blick macht mich auf das Problem aufmerksam. Mason und Riley warten in der Eingangshalle. Alle unsere Gäste komme da vorbei. „Ich rufe vorher an und lasse unsere ungebetenen Gäste woandershin bringen", flüstere ich in ihr Ohr.

Sie nickt ruckartig, ihr Gesicht ist blass und angespannt. „Am besten in den Kerker", flüstert sie.

Sie lächelt nicht über ihre Bemerkung, wie sie es normalerweise tut, doch ich fühle mich besser, da sie schon wieder mehr wie sie selbst klingt. Ich küsse sie auf die Wange. Immer noch kein Lächeln, aber sie wirft mir einen zärtlichen Blick zu.

Sobald ich in der Privatsphäre unseres Autos bin, sorge ich dafür, dass die Wachen Mason und Riley sofort in den privaten Salon bringen. Ich möchte, dass sie dort warten, weil es ein gutes Stück vom Speisesaal entfernt ist, sodass sie nicht zufällig dort auftauchen können. Es ist mir egal, wie lange sie warten.

Als wir im Palasthof ankommen, warten Alice und ich einen Moment im Auto auf die Bestätigung, dass Mason und Riley im Salon sind. Sobald wir sie bekommen, helfe ich ihr aus dem Wagen und lege ihre Hand in meine Armbeuge, um sie durch den Hof zu führen.

Ein Diener öffnet uns die Tür, und als wir eintreten, sehen wir, dass der Rest unserer Gruppe angeregt plaudert.

„Wir gehen in den privaten Salon, um uns zur Feier des Tages einen Drink zu gönnen", sagt Gabriel zu mir. „Bis zum Mittagessen dauert es noch eine Stunde."

Nein! „Lass uns stattdessen hoch zum Dachgarten gehen", sage ich geschmeidig. „Es ist ein wunderschöner Tag, und ich bin sicher, dass Jules und David die Aussicht gefallen wird." Ich wende mich Jules und David zu. „Von da oben kann man die ganze Insel überblicken."

„Vielleicht nach dem Mittagessen", antwortet Gabriel. „Ich habe unseren Gästen meinen feinsten Scotch angeboten, und der ist im Salon."

Ich muss mich sehr bemühen, um die Panik in meiner Stimme zu unterdrücken, weil ich weiß, dass Mason diese fingierte Verlobung absolut auffliegen lassen und ich endgültig aus dem Geschäft fliegen würde. Ganz zu schweigen von den Auswirkungen, die das alles auf Alice haben würde. „Wir bringen den Scotch nach oben."

Gabriel kneift die Augen zusammen, seine Miene ange-spannt. „Wir müssen auch die Unterlagen unterzeichnen. Ich möchte nicht, dass der Wind die wichtigen Dokumente vom Dach weht. Stimmt was nicht mit dem Salon?"

„Nein, alles okay." Ich lächele. „Hört sich großartig an."

Sobald wir uns auf den Weg zu den Getränken machen, eile ich voraus, in der Hoffnung, auf dem Weg einen Diener zu finden, der Mason und Riley vor unserer Ankunft im Salon irgendwohin verlegen kann. Alice umklammert meine Hand in einem Todesgriff, der mich bremst, und bevor ich ihr sagen kann, dass ich jemanden suche, ist Jules an ihrer Seite.

„Alice", sagt er, „meine Frau und ihre Freundinnen waren

begeistert von deinen signierten Büchern. Celeste würde dich gerne wiedersehen, und ein paar Freundinnen haben auch nach dir gefragt. Kommst du jemals für eine Signierstunde nach Paris?"

Alice lächelt und antwortet mit echter Wärme in ihrer Stimme, was eine Erleichterung wäre, wenn ich nicht dringend die wartende Katastrophe abzuwenden hätte. „Das wäre fantastisch, aber in naher Zukunft habe ich keine Signierstunde in Paris."

Ich warte nicht auf Jules' Antwort, sondern befreie meine Hand aus Alice' Griff und gehe voraus, um einen Diener zu finden. Plötzlich ist Anna an meiner Seite und hakt sich bei mir unter. Sie geht schnell, und ihre langen Beine passen sich leicht meinem Schritt an. Ich kann mich nicht dazu bringen, meine hochschwangere Schwägerin stehenzulassen.

„Jemand ist verliebt", neckt sie mit leiser Stimme.

„Das bin ich", stimme ich zu und muss lächeln. „Und sie ist es auch."

„Oh, Lucas! Ich freue mich so für euch beide." Sie senkt ihre Stimme. „Du kannst es ruhig zugeben. Das hast du mir zu verdanken."

„Hauptsächlich meinem umwerfenden Charme."

Sie lacht. „Ich mag sie. Ich meine wirklich. Bleibt sie hier auf Villroy?"

„Ich weiß es nicht. Sie ist immer noch durch den Wind, und gerade ist ihr Ex aufgetaucht. Ich habe ihn im Salon geparkt und versucht, Gabriel zu überreden, zum Dachgarten hochzugehen, aber er will unbedingt in den verdammten Salon."

Sie bleibt stehen. „Gabriel?", ruft sie. „Mir ist schwindelig. Ich glaube, ich muss mich hinlegen."

Gabriel rennt mich in seiner Eile fast um, um an ihre Seite zu kommen. „Was ist? Ist es das Baby? Bist du in den Wehen?"

„Nein, das ist es nicht", sagt sie schnell. „Ich muss mich nur ausruhen. Würde es dir was ausmachen, mich zu unseren Gemächern zurückzubringen? Lucas kann unsere Gäste unterhalten, bis du wiederkommst." Sie schickt mir einen eindringlichen Blick zu. Sie ist gut.

„Natürlich", sagt Gabriel und legt einen Arm um sie. „Und ich werde den Arzt anrufen, damit er nach dir sieht."

„Kein Arzt", sagt Anna entschlossen.

Gabriel verabschiedet sich schnell von Jules und David und verspricht, zurückzukehren, sobald Anna sich hingelegt hat. Er besteht darauf, dass sein Bodyguard sie begleitet und vor ihrer Tür bleibt. Er liebt sie mit einer wilden Hingabe, die ich erst langsam zu verstehen beginne. Ich beobachte einen Moment, wie er Anna vor uns herführt und dann zu den Treppen abbiegt, die zu ihren Gemächern führen. Auf dem Weg führen sie ein leises, hitziges Gespräch. Gabriel besteht wahrscheinlich auf den Arzt, und Anna beharrt sicher darauf, dass das nicht notwendig ist. Sie hält den Kopf für mich hin, und ich schulde ihr Einiges dafür und mehr.

Ich kehre zu Jules, David und Alice zurück. „Möchten Sie die Gärten sehen? Wir können gleich hier durch den Hof gehen."

„Eigentlich habe ich mich wirklich auf diesen Scotch gefreut", sagt Jules.

„Natürlich", murmele ich. Nachdem Gabriel und Anna gegangen sind, habe ich keine Möglichkeit mehr, einen Diener zu finden, ohne, dass sie es mitbekommen.

Jules ist warmherzig und herzlich und unterhält sich auf Französisch mit mir. David mischt sich ein, Alice schweigt. Ich würde darauf bestehen, um Alice' willen wieder auf Englisch umzusteigen, doch ich glaube nicht, dass ihr gerade nach Smalltalk zumute ist. Im Salon wartet eine Katastrophe auf uns – das wissen wir beide –, und sie sieht aus, als würde sie die Flucht ergreifen wollen.

„Alice", sage ich während einer kurzen Pause im Gespräch, „möchtest du dich gleich zum Mittagessen wieder mit uns treffen? Ich weiß ja, dass du kurz vor deiner Deadline stehst."

Ihr Kopf schnappt hoch. „Oh ja. Meine Kreativität schlägt Purzelbäume, und ich möchte unbedingt alles aufschreiben."

„Die Schriftstellerin!", ruft Jules. „Natürlich musst du

deiner Kunst Ausdruck verleihen. Wir Männer werden unseren Scotch trinken, während du romantische Welten zu Papier bringst."

„Danke!" Sie eilt davon, und ich sacke vor Erleichterung beinahe zusammen.

Jetzt muss ich mir keine Sorgen mehr über eine große Szene mit Mason und Riley machen, die Alice aufregt. Ich bitte nur die Wachen, die vor dem Salon stehen, sie zurück in die Eingangshalle zu bringen, und alles wird gut.

Bis wir den Salon erreichen, bin ich viel besserer Stimmung. Schließlich werden wir gleich den Kredit unterschreiben, den ich in die Wege geleitet habe, und alles läuft nach Plan. Und noch besser: Ich habe die Liebe meines Lebens gefunden.

Ich bleibe vor den beiden Wachen, Louis und Claude, die vor der Tür postiert sind, stehen. „Bitte begleiten Sie sie zur Eingangshalle zurück, dort sollen sie auf mich warten." Ich warte, während sie in den Salon gehen, um Mason und Riley zu holen.

„Einen Moment nur", sage ich zu Jules und David. „Ich hatte ein paar unerwartete Besucher, und es scheint leider kein angenehmer Besuch zu sein. Nichts Ernstes. Nur ein kleines Missverständnis, mit dem ich mich nach Abschluss unseres Geschäfts befassen muss."

Davids Brauen schießen hoch. Jules sieht besorgt aus, sagt aber schnell: „Natürlich."

Die Salontür öffnet sich, Claude tritt mit uns nach draußen, Louis folgt Mason und Riley. In dem Moment, als Mason mich entdeckt, sagt er: „Hey! Wir haben lange genug gewartet! Ich bin nicht den ganzen Weg gereist, um von Pontius zu Pilatus geschickt zu werden! Ich will Alice sehen. Wo ist sie?"

Er bleibt vor mir stehen und sieht mich finster an, wohl in einem Versuch, bedrohlich zu wirken, doch ich weiß, was für ein Mann er ist. Ein Lügner und Betrüger. Er ist ein Feigling. „Was haben Sie mit ihr gemacht?"

Ich halte die Wachen zurück, weil er etwas verstehen muss. „Sie gehört mir."

Er wird noch aufgeregter. Vielleicht kann ich ihn doch

schlagen. „Wo ist Alice?", bellt er. „Ich habe das Recht, meine Verlobte zu sehen!"

Riley mischt sich ein und tritt neben ihn. „Sie ist nicht mehr deine Verlobte! Das bin ich!"

„Sie ist *meine* Verlobte", sage ich mit zusammengebissenen Zähnen. „Und Sie warten in der Eingangshalle."

„Lucas, was ist hier los?", fragt Jules.

Ich schließe meine Augen. In meiner Wut hätte ich fast vergessen, dass Jules und David hier sind.

„Ha!", lacht Mason bitter. „Alice würde sich auf keinen Fall so schnell wieder verloben. Wir haben unsere Verlobung gerade mal vor ein paar Wochen aufgelöst. Sie überstürzt nichts. Langsam und vorsichtig, so ist Alice."

Ich bin im Begriff, unsere Eile zu verteidigen, indem ich sage, dass es Liebe auf den ersten Blick war, was nur ein Teil der Wahrheit ist, als ich Alice' Stimme hinter mir höre, ein wenig außer Atem.

„Ich habe mich verlaufen."

Ich drehe mich um und frage mich, wie viel sie gehört hat.

Jules und David treten zurück, um Alice durchzulassen.

Sie sieht mir in die Augen, und ihre Stimme ist fester. „Der Palast ist so groß, dass ich mich wieder mal verlaufen habe." Sie blickt über meine Schulter. „Ich habe deine Stimme gehört, Mason, und bin ihr hierher gefolgt, um dir eines zu sagen: Ich weiß nicht, warum du hier bist, und es ist mir egal. Ich habe dir mein Herz geschenkt, und du hast es behandelt wie Dreck. Du hast mein Vertrauen missbraucht, und es war, als hättest du mir ein Messer in den Rücken gerammt, mitten durch mein Herz, und *dann hast du auch noch das Messer umge-dreht–*" Sie fletscht die Zähne und dreht ein imaginäres Messer um. „–indem du mich mit meiner besten Freundin betrogen hast. Mit einem Schlag hast du mir alles genommen, was mir etwas bedeutet hat! Du, Riley, meine Fähigkeit, Liebesgeschichten zu schreiben – alles weg!" Sie blickt zur Decke, blinzelt schnell, und meine eigenen Augen brennen vor Mitgefühl.

Sie starrt ihn an, und ich starre sie an und beobachte genau, ob sie mich braucht. „Ich dachte, ich würde sterben", sagt sie leise. „Aber ich habe überlebt. Ich habe geweint, ich habe die Ungerechtigkeit verarbeitet, und dann bin ich hierhergekommen, um eine dringend benötigte Zuflucht vor allen Erinnerungen an dich und Riley zu finden."

Sie sieht mir in die Augen. „Und ich habe Lucas getroffen." Sie lächelt ihr süßes, sanftes Lächeln, und meine Brust wird eng, mein Hals schnürt sich zu vor Emotionen. „Ich habe meine Inspiration gefunden." Sie wendet sich wieder Mason zu und hebt ihr Kinn. „Ich schreibe wieder. Und ich habe die Liebe zu einem Mann gefunden, der mich so behandelt, wie ich es verdient habe. So, und das war's." Sie nickt einmal, und ihre Augen beginnen zu strahlen. „Du und Riley müsst jetzt gehen. Ich habe weder dir noch ihr etwas zu sagen, nichts mehr zu geben, also Adieu."

Meine Lippen verziehen sich zu einem kleinen Lächeln. Ich bin so stolz auf sie. „Das war verdammt tough." Sie hat mir gesagt, dass sie ein harter Knochen ist, als wir uns das erste Mal begegnet sind. Da hat sie um Fassung gerungen und versucht, eine toughe Frau zu sein. Jetzt ist sie es wirklich.

Sie strahlt. „Danke, Lucas."

„Riley muss mit dir reden", beharrt Mason.

Ich drehe mich um und sehe Mason an. Hat der Mann einen Todestrieb?

Riley schiebt sich vor ihn. „Alice, ich fühle mich so furchtbar darüber, wie alles gelaufen ist. Ich wollte mich nicht in ihn verlieben. Es ist einfach passiert, und es tut mir so leid. Ich hoffe, du verzeihst mir eines Tages. Ich vermisse dich so sehr. Du bist die Familie, die ich für mich ausgewählt habe, und ich kann es nicht ertragen zu wissen, dass du nie wieder in meinem Leben sein wirst."

Alice' Lippen sind zu einer flachen Linie zusammengepresst.

Mason mischt sich ein. „Alice, sie liebt dich. Sie kann nachts nicht schlafen. Die Sache hat sie kaputt gemacht. Deshalb habe ich dich angerufen und dir mehrere SMS geschickt. Sie hat gesagt, dass du nicht mit ihr reden würdest, aber ich dachte, wenn ich nur erklären könnte, wie schrecklich sie sich fühlt, würdest du es in Betracht ziehen. Ich weiß, wie nahe ihr euch seid.“

„Wie nah wir uns waren“, korrigiert Alice.

„Es tut mir wirklich leid“, sagt Riley mit leiser Stimme, und Tränen steigen in ihre Augen.

Wir alle sehen Alice an und warten auf ihre Reaktion.

Sie seufzt. „Weißt du, was ich mir wünsche?“

„Was?“, fragt Riley und klingt hoffnungsvoll.

Alice antwortet mit klarer, fester Stimme: „Ich wünsche mir, dass du und Mason seht, was ihr für betrügerische Lügner seid. Riley, Mason wird wieder lügen und betrügen. Und, Mason, ich gehe davon aus, dass Riley dasselbe tut. Menschen wie ihr seid niemals zufrieden. Sie suchen immer nach der nächsten, besseren Sache und versuchen, dieses Loch in sich selbst zu stopfen, aber dreimal dürft ihr raten … Dieses Loch lässt sich niemals füllen, da es eine hässliche, eiternde Wunde ist, die aus euren Unsicherheiten und einem zutiefst mangelbehafteten Charakter besteht. Ich hoffe, ihr tut einander genauso weh, wie ihr mir wehgetan habt. Das ist mein Wunsch.“ Sie dreht sich zu Louis um, der geduldig hinter Riley wartet. „Herkules, bringen Sie sie raus!“

„Mein Name ist Louis, Ma’am. Und sehr gerne.“ Er nickt mit dem Kopf, um Riley zum Gehen aufzufordern, und sie lässt den Kopf und die Schultern hängen, setzt sich aber in Bewegung. Mason muss von der anderen Wache mit einer Hand an seinem Arm dazu ermutigt werden, zu gehen.

Ich ziehe Alice in meine Arme und küsse sie auf den Kopf. „Gut gemacht, meine toughe Frau.“

Sie blickt zu mir auf und lächelt mich süß an. „Ich kann nicht glauben, dass ich das alles endlich sagen konnte. Als ich es erfahren habe, war ich so geschockt, dass ich es nicht sagen konnte.“

Jules räuspert sich.

„Oh, du meine Güte, das tut mir so leid, Jules“, sage ich. „Und David auch, dass Sie unsere persönlichen Probleme miterleben mussten. Bitte, lassen Sie uns jetzt was trinken gehen.“

„Im Gegenteil“, sagt David. „Ich fand es faszinierend.“

Jules nickt. „Haben Sie und Alice sich wirklich verlobt, nachdem sie sich nur ein paar Wochen gekannt haben?"

Ich wende mich zu Alice, eine Frage in meinen Augen. Möchte sie nach all den emotionalen Ereignissen immer noch meine Verlobte sein? Ich möchte das diesmal wirklich.

Sie hebt ihren Rubinring. „Das haben wir."

Ihre Stimme ist leise, aber ich kenne sie, und sie ist nicht wirklich glücklich über die Aussicht. Sie ebnet mir den Weg für meine geschäftliche Transaktion. Sie ist nicht bereit für eine Verlobung. Ich muss geduldig sein.

„Wie wunderbar", strahlt Jules. „Was für eine romantische Sache für eine Romanschriftstellerin."

Sie starrt ihren Ring an. „Ja, das ist es."

„Auf zu den Drinks", sage ich fröhlich und gehe voran und hinter die Bar. Alice folgt mir, während Jules und David sich auf das weinrote Ledersofa setzen.

Ich gieße den ersten Tumbler ein, und Alice greift danach und trinkt ihn in einem Zug aus. „Geht es dir gut?", frage ich.

„Ich muss wieder an die Arbeit", sagt sie grimmig. „Ich verliere meinen Job nicht wegen diesen beiden. Ich muss den Entwurf fertigmachen."

„Warte." Ich ziehe sie an mich, lege meinen Arm um ihre Taille und senke meinen Kopf an ihr Ohr. „Ich komme nachher zu dir. Gönn dir ein bisschen Zeit. Das war eine Tortur."

Sie geht auf Zehenspitzen und flüstert: „Nein. Die Tortur liegt hinter mir, und jetzt gehe ich nur noch voran."

Ich muss ihre Stärke bewundern. „Okay. Ich rufe Christina, damit sie dich in deine Suite begleitet." Ich küsse sie auf die Wange und füge leise hinzu: „Danke für alles."

Gabriel kehrt gerade zurück und gesellt sich zu Jules und David. Ich spiele den Barkeeper, schenke Scotch aus und stoße mit ihnen an, doch mein Herz ist nicht dabei.

Es ist bei Alice. Sie steht an meiner Seite, doch es fühlt sich so an, als wäre sie Tausende von Meilen entfernt.

Ihr gehört mein Herz, und ich kann nur hoffen, dass sie bei mir bleibt. Mein Magen rebelliert. Irgendwie fühlt es sich weniger sicher an als vor Masons und Rileys Ankunft.

17

Alice

Ich habe die letzten drei Tage in einer Marathonschreibsitzung verbracht und bin glücklich, dass meine Geschichte steht. Der erste Entwurf ist fertig! Jetzt kann ich aufatmen. Yay! Ich hab's geschafft! Ich habe meine Frist eingehalten. Ich lächele in mich hinein, klicke sicherheitshalber noch einmal auf Speichern und schließe das Dokument. Dann klicke ich auf meine E-Mail und schicke es an meine Verlegerin und ihren Boss. Das ist natürlich nicht die endgültige Version, aber die Struktur ist da. Autorenjob gesichert. Zumindest, wenn ich in vier Wochen die endgültige Fassung eingereicht habe.

Ich stehe auf und strecke mich; dann gehe ich zum Bett, strecke die Arme weit aus und lasse mich fallen. Ahh. Es ist Samstagabend. Ich sollte für meine Signierstunde morgen in London packen, aber ich werde einfach meinen Moment genießen. Es gibt nichts Schöneres, als den ersten fertigen Entwurf einzureichen. Abgesehen davon, *Ende* unter den Text zu tippen. Das hebe ich mir für die endgültige Version auf.

Oh, ich sollte Quinn von den guten Neuigkeiten erzählen! Ich rutsche zum Nachttisch, nehme mein Handy und schreibe ihr eine SMS. *Erster Entwurf ist fertig! Hab ihn dir gerade per E-Mail geschickt.*

Quinn antwortet einen Moment später. In New York ist es noch früh. *Ich hab ihn! Werde ihn dieses Wochenende lesen.*

Sei nachsichtig, okay? Der Entwurf ist nicht hübsch. Normalerweise sieht sie nur die endgültige Version, doch meine wiederholten Nachfristen haben den Verlag nervös gemacht. Ich muss den ersten Entwurf und die endgültige Fassung schicken, um meinen Vertrag zu behalten. Im Moment ist meine Geschichte ein ungeschliffenes, hässliches Ding, aber es ist *mein* hässliches Ding. Nur ich kann es wirklich lieben.

Quinn: *Ich werde es nicht einmal kommentieren. Ich lese es nur.*

Ich lächele und sende ein kurzes Dankeschön mit einem süßen Smiley-Emoji mit einer Brille wie meiner.

Sie antwortet mit mehreren Buch-Emojis in einer Reihe, das einzige Emoji, das sie jemals benutzt hat. Immerhin ist Quinn eine sehr würdevolle, kultivierte New Yorkerin Mitte fünfzig. Ha-ha. Ich musste ihr das Buch-Emoji zeigen, aber es hat ihr wirklich gefallen.

Ich seufze glücklich. Dann schreibe ich Lucas. *Ich habe meinen Entwurf fertig! Könntest du mit meinen Haaren spielen und mich Darling nennen?*

Bin gleich da.

Ich lächele. Er zuckt nicht einmal mit der Wimper und kommt sofort. Ich habe ihn vor ein paar Nächten gebeten, mit meinen Haaren zu spielen – das war kurz nach der Mason-Riley-Konfrontation gewesen, oder wie ich es jetzt nenne, der Badass Show. Auch eine toughe Frau kann das beruhigende Vergnügen genießen, wenn jemand mit ihren Haaren spielt. Für Lucas war das ein neues Konzept, doch er hat es wunderbar aufgenommen. Und jetzt, da wir mit dem fingierten Verlobtenspiel fertig sind, habe ich ihn gebeten, meinen Rubinring wieder in den Tresor zu legen, wo er hingehört. Ich gebe zu, es ist eine Erleichterung. Sobald echte Gefühle dazu gekommen sind, hat mich der Verlobungsteil in Panik versetzt. Ich bin einfach nicht bereit dazu. Noch vor zwei Wochen sollte ich mit einem anderen Mann vor den Altar treten.

Ich setze mich auf. Ich trage meinen Pyjama – ein weites

Schlafhemd und Shorts. Vielleicht sollte ich versuchen, präsentabler auszusehen. Natürlich war es in den letzten Nächten immer nach Mitternacht, wenn ich Lucas geschrieben habe, und ich lag bereits im Pyjama im Bett. Es ist also nicht so, als hätte er mich nicht so gesehen. Obwohl er mich immer fast sofort aus meinem Pyjama gepellt hat. Aber heute ist es noch nicht so spät, weit vor Mitternacht. Ich gehe zum Schrank und denke darüber nach, ein Kleid anzuziehen, da ich meine Schreibhöhle vielleicht mal wieder verlassen könnte. Es ist Samstag, und ich bin seit Mittwoch hier in Klausur.

Ich suche ein hellblaues Wickelkleid aus, das meine Augen betont, werfe es aufs Bett und entscheide, dass ich mich vorher duschen sollte. Ich habe zwar heute Morgen schon geduscht, doch ich hatte es zu eilig, um meine Haare zu waschen. Ich schreibe Lucas meine Pläne, damit er weiß, dass ich ein bisschen mehr Zeit brauche. Drei Punkte erscheinen, als würde er antworten, doch einen Moment später starre ich auf eine unerwartete Nachricht.

Ich bin derjenige, der mit deinen Haaren spielt, also sollte ich derjenige sein, der sie wäscht.

Mein Puls pocht. Das wird wieder eine Premiere. Lucas hat noch geschlafen, als ich heute Morgen geduscht habe. Wenn mir eine Geschichte durch den Kopf geht, stehe ich früh auf, eine Kakophonie von Stimmen meiner Charaktere im Kopf, die alles kommentieren müssen. Ich weiß dieses Geschenk immer zu schätzen und schreibe, was ich höre, sofort auf, doch dann passt es nicht immer gleich in die Geschichte, also dusche ich, trinke erst einmal einen Kaffee und kehre dann zu ihnen zurück. Doch lange Rede, kurzer Sinn, Duschsex ist für mich neu, nicht nur mit Lucas, sondern überhaupt. Nicht, dass ich es mir nicht vorgestellt hätte. Mein Ex wollte es nicht einmal versuchen, weil er der Meinung war, er würde frieren, wenn ich den ganzen Raum unter dem Duschkopf einnehme. *Er gehört ganz dir, Riley!*

Ich versuche, eine Antwort zu schreiben, die angemessen sexy ist, aber ich bin so damit beschäftigt, mir vorzustellen, wie das funktionieren wird, dass mir nichts einfällt. Die Sache ist die: Es ist eine Ein-Personen-Dusche, doch sie hat eine Sitz-bank und eine Handbrause, also könnte ich mich auf der Bank rittlings auf ihn setzen, oder vielleicht könnte ich stehen und er hinter mir sein, oder, so wie ich Lucas kenne, wird er seine Stärke demonstrieren und mich beim Sex im Stehen hochheben wollen, doch da würde ich mir Sorgen um seinen Rücken machen. So stark er auch sein mag, ich bin nicht gerade leicht. Hmmm, ich muss es visualisieren.

Ich lege mein Handy wieder auf den Nachttisch, gehe ins Badezimmer und betrachte die Dusche. Vielleicht sollte ich das Wasser aufdrehen, damit es schön heiß wird. Das Letzte, was ich hören möchte, ist, dass Lucas sich darüber beschwert, dass ihm kalt ist, wie gewisse Weicheier, die ich kenne. Ich drehe das Wasser auf und setze meine sexuellen Stellungsszenarien fort. Das Handbrausen-Ding bietet interessante Möglichkeiten. Was wäre, wenn —

„Darling."

Ich erschrecke und wirbele zu ihm herum, meine Hand an meiner Kehle. „Lucas! Du hast mich erschreckt! Schleich dich nicht so an mich heran!"

Er lacht. „Ich habe mich nicht angeschlichen. Ich habe an die Schlafzimmertür geklopft, du hast mich nicht gehört, und dann habe ich auf dem Weg hierher ein paarmal deinen Namen gerufen." Seine Lippen verziehen sich zu einem wissenden Grinsen. „Was hast du dir in deiner schmutzigen Fantasie vorgestellt?"

Ich streiche mir meine Haare aus dem Gesicht und spiele die Unschuldige. „Wer hat gesagt, dass ich mir schmutzige Sachen vorstelle?"

Er zieht mich in seine Arme, und seine Hand gleitet unter meine Haare, um meinen Nacken zu berühren. Seine Worte laufen heiß über meine Lippen. „Wann stellst du dir keine schmutzigen Sachen vor?"

Ich antworte nicht, weil ich seinen Kuss mehr möchte, als ich zugeben will, dass ich ganz unschuldig nur das Wasser aufgedreht habe. Stattdessen lege ich meine Arme um seine Taille und neige mein Gesicht an seines.

Er lächelt an meinen Lippen, und dann küsst er mich

zuerst sanft, einen zärtlichen Streifen hin und her, eine neckende Einladung. Ich öffne mich seufzend für ihn, und er vertieft den Kuss, während sich seine große Hand auf meinem Rücken spreizt und seine Finger meine Haut durch den dünnen Stoff meines Pyjamas aufheizen. Meine Knie werden weich, und ich schmelze gegen ihn und verliere mich im Dunst eines leidenschaftlichen Kusses, der wie eine Droge ist.

Er wird aggressiver, wickelt meine Haare um seine Faust, sein Mund hungrig. Seine Hand gleitet zu meinem Po und drückt mich fest gegen ihn in einem Griff, der sagt, ich gehöre ihm. Er will mich besitzen, mich behalten, mich für immer zu der seinen machen. Ich sehe es in seinen lodernden Augen, fühle es in seiner erhitzten Berührung, höre es in seiner rauen Stimme. Und ich gebe ihm so viel, wie ich kann. Ich halte nichts zurück, verspreche aber kein für immer. Und er fragt nicht.

Er unterbricht den Kuss, seine Augen dunkel vor Verlangen. „Zieh dich aus." In seiner Stimme liegt eine gewisse scharfe Autorität.

Ich reiche ihm meine Brille, ziehe mein Hemd aus und nehme meine Brille zurück. „Du bist mein erster Duschsex."

Sein Lächeln erhellt sein Gesicht. „Ach so?"

„Ja." Ich lege meine Sachen auf die lange Badezimmerablage und drehe mich um. Zum Glück ist er direkt hinter mir, darum muss ich nicht mit unscharfer Sicht nach ihm suchen. Er nimmt meine Hand und führt mich näher an die Dusche heran. „Also habe ich versucht mir vorzustellen, in welcher Position …" Ich verstumme, als meine Schlafshorts plötzlich auf meine Füße fallen.

Lucas geht vor mir auf die Knie und hilft mir, aus ihnen herauszusteigen. „Ich wusste, dass du dir schmutzige Sachen vorstellst. Das liebe ich an dir." Er beugt sich vor und küsst mich durch mein Höschen. Ich bin sofort feucht. „Süße Alice", murmelt er anerkennend und drückt einen weiteren heißen Kuss auf mich, bevor er seine Finger in die Seiten des seidigen Stoffes einhakt und mir das Höschen auszieht.

Mein Atem stockt, als seine Hand langsam über meinen

inneren Oberschenkel gleitet und seine Lippen einem prickelnden Pfad folgen. Seine Finger öffnen meine Schamlippen, und dann leckt er in einem langen Zug über mich. „Lucas", stöhne ich, kippe meine Hüfte und vergrabe meine Finger in seinen Haaren. Nichts ist besser als Lucas' Mund auf mir zu spüren.

Seine kraftvollen Hände umklammern meine Hüften, halten mich ruhig und stützen meine schwachen Knie, während er mit seinem hungrigen Mund Besitz von mir ergreift. Ich gebe mich dem feurigen Vergnügen hin, mein Kopf sinkt in meinen Nacken, meine Augen schließen sich. Es ist eine exquisite sinnliche Folter, fest in seinem Griff, während mich sein Feuer verzehrt und mich der Klippe immer näher drängt. Mein Atem kommt in kurzen Stößen, mein Inneres angespannt, eng und heiß.

Ein scharfer Schrei dringt aus meiner Kehle, als eine Explosion von Lust und Genuss durch mein Innerstes strömt und Schockwellen des Gefühls durch meinen gesamten Körper jagt. Er bleibt bei mir und hält mich, bis ich schlaff werde.

Er steht auf und küsst mich zärtlich. Seine Stimme ist rau, als seine Hände meine Brüste berühren und sie zärtlich streicheln. „Du bist so schön, so sexy."

Ich lächele und streichele seinen weichen Bart. „Du bist ein wundervoller Mann." Ich bin dumm vor Endorphinen, entspannt und träge.

Er ergreift meine Hand und küsst meine Fingerknöchel, seine Augen auf meine gerichtet. „Zeit zu duschen", sagt er heiser, zieht mich in die Duschkabine und schließt die Glastür hinter uns.

„Und wie soll das gehen?", frage ich.

„Ganz wunderbar", sagt er mit einem diabolischen Lächeln, bevor er mich an die Wand drückt und mich atemlos küsst. Ich streiche über seine glatte Haut, während das Wasser über ihn läuft, und liebe das Muskelspiel auf seinem Rücken. Er bewegt sich, küsst mich entlang meines Unterkiefers und dann meinen Hals, während seine Hände von meinen Brüsten direkt nach unten wandern ins Zentrum der

Lust. Ich schnappe nach Luft, als seine Finger in mich eindringen. Sein Mund bedeckt meinen mit einem fordernden Kuss. Ich umklammere seine Schultern, schwach und benommen vor Verlangen. Und dann bewegen sich seine Finger genau dorthin, wo ich ihn brauche, in langsamen, trägen Kreisen. Ich presse mich gegen seine Hand, und mein Stöhnen wird von seinem Mund verschluckt, als der Druck in mir wächst.

Ich zittere, ich sehne mich nach ihm, ich brauche ihn.

Und dann bin ich ganz kurz davor. „Lucas", keuche ich.

Seine Stimme klingt harsch in meinem Ohr. „Noch nicht."

Ehe ich mich versehe, hebt er mich hoch, und seine Zunge stößt in meinen Mund, während er tief in mich hineinstößt, bis zum Anschlag, die Sehnsucht mit einem Schlag gelindert. Ich versuche, meine Arme und Beine um ihn zu schlingen, als er hart in mich hineinstößt, mich für sich beansprucht, von mir Besitz ergreift. Ich küsse ihn leidenschaftlich zurück. Er gehört mir. In diesem Moment gehört er mir. Im nächsten Moment bin ich kurz davor zu kommen, und mein Körper spannt sich um ihn herum an.

Er hebt seinen Kopf und hält mich am Kiefer, während sich seine blaugrünen Augen in meine brennen und die Intensität weiter zunimmt.

Mein Atem kommt stoßweise. „Lucas", flehe ich.

Er hält mein Gesicht und zwingt mich, ihn anzusehen, während er hart und tief in mich hineinpumpt. Mein Orgasmus trifft mich hart, meine Hüften zucken wild, und dann kommt er auch. Sein Stöhnen ist guttural, sein Griff um meine Hüften fest, als er loslässt und gegen mich sackt.

Seine Stirn berührt meine, seine Hand hält mein Gesicht, als er mit rauer Stimme sagt: „Sag, dass du mir gehörst, Alice."

Ich schließe meine Augen. „Lucas." Nach dem einen Mal hat er nicht wieder gesagt, dass er mich liebt. Muss er auch nicht. Ich spüre es; und er spürt es bei mir. Es ist nur so, dass er mehr will. Er will für immer. Doch für mich ist es noch zu früh. Ich öffne meine Augen. „Ich bin noch nicht soweit."

Sein Kiefer spannt sich an, und er hebt mich von sich, stellt mich unter den Strahl und streicht mir über die Haare.

Er kümmert sich so liebevoll um mich, auch wenn er nicht ganz glücklich mit mir ist. Ich wünschte, ich könnte die Zeit verkürzen und zu mir mit einem geheilten Herzen vorspulen, das bereit ist, sich wieder vollständig zu öffnen, aber das geht nicht. Ich empfinde tief. Ich heile langsam.

Seine Berührung ist wissend, beherrschend geradezu, und erinnert mich daran, dass er Ansprüche auf mich angemeldet hat. Er wäscht meine Haare und dann meinen Körper und dreht mich hin und her. Sein Gesichtsausdruck ist ernst, seine Augen verraten eine Weichheit, aus der ich lesen kann, dass er verletzt ist.

„Lucas, es tut mir leid."

Er küsst mich und knabbert dann an meiner Unterlippe. „Nein. Ich will nicht, dass du dich entschuldigst. Ich habe gesagt, dass ich warten werde, bis du soweit bist, und ich bin zu ungeduldig."

Ich nehme die Seife und wasche seine Brust. „Ich werde dich vermissen, wenn ich morgen in London bin."

Er lächelt. „Du kommst übermorgen zurück. Du kannst vierundzwanzig Stunden ohne mich nicht ertragen?"

„Bist du sicher, dass du nicht mitkommen kannst?"

„Ich habe dir gesagt, dass ich was Geschäftliches zu erledigen habe."

Ich schiebe meine Unterlippe schmollend vor. „An einem Sonntag?"

„Wenn man ein Prinz ist, hat nichts jemals wirklich geschlossen."

„Wohl wahr." Und es gibt ihm eine gewisse Aura von Autorität, den Einfluss der königlichen Familie. Ich finde das heiß. Ich wasche ihn weiter und spüle seine Brust ab. Er dreht sich um, also wasche ich als nächstes seinen Rücken. „Gehst du einkaufen?"

„Nein."

„Was machst du dann?"

Er sieht mich über die Schulter an. „Ich habe mich bereiterklärt, Jobkandidaten für das Spa zu interviewen."

„Es ist wirklich geschäftlich."

„Ich habe geschworen, ehrlich zu dir zu sein."

Meine Augen brennen. „Ja. Ich weiß das zu schätzen.“

Er dreht sich um und umarmt mich. „Ich werde dich auch vermissen.“

Ich schmiege meine Wange an seine Brust, umgeben von seinen starken Armen, Wärme und Liebe. Warum kann das nicht genug sein?

Ich blicke zu ihm auf. „Lass uns einfach genießen, was wir jetzt haben, okay? Keine Erwartungen oder Gespräche über die Zukunft.“

Er löst sich von mir und stellt das Wasser ab, seine Bewegungen ruckartig, als er ein Handtuch ergreift und es mir wortlos übergibt. Ich fröstele trotz der Wärme des dampfenden Raumes. Er ist ungeduldig und hält sich zurück. Es ist nur eine Frage der Zeit, bis er nicht mehr warten will und mich aufgibt. Ich kann es spüren, doch ich bin einfach noch nicht soweit. Die Narben sind zu frisch.

Er wickelt sich ein Handtuch um die Taille und steigt aus der Dusche. Seine Muskeln sind angespannt.

„Lucas?“, flüstere ich.

„Ich bin dir nicht böse“, sagt er, ohne sich umzudrehen. „Gib mir nur eine Minute.“ Er sammelt seine Kleider ein.

„Es liegt nicht an dir, es liegt an mir“, sage ich eindringlich. Ich kann es nicht ertragen, ihn zu verletzen.

Er steht einen Moment lang still und schüttelt dann den Kopf. „Nicht.“

Ich schlucke schwer, als er das Badezimmer verlässt.

Lucas

Es ist drei Uhr früh, und ich bin hellwach. Alice schläft tief und fest, auf ihrer Seite zusammengerollt mit dem Rücken an mich geschmiegt. Ich dränge sie zu sehr, das weiß ich, aber es ist unmöglich für mich, mich zurückzuhalten. Ich habe noch nie zuvor so stark für jemanden empfunden, und die ungewisse Zukunft macht mich verrückt. Ich muss wissen, dass sie mir gehört. Ich will sie heiraten. Wenn ich nur einen Wink bekommen könnte, dass sie sich letztendlich für mich entscheiden wird, könnte ich mich entspannen.

Mein Blick fällt auf ihren Laptop, der auf dem Schreibtisch liegt. Ich habe sie gefragt, ob ich ihre Geschichte lesen darf. Ich war die Inspiration dafür, zusammen mit unserer fingierten Verlobung. Sie hat mir erklärt, dass sie nicht will, dass jemand ihren ersten Entwurf liest.

Aber es geht um mich. Ich *bin* schließlich der Halunke. Wenn ich es lese, weiß ich, wie sie unsere Zukunft sieht. Jene Zukunft, über die zu reden sie zu verletzt ist, ist mit ziemlicher Sicherheit in ihre Charaktere eingeflossen.

Ich kann nicht glauben, dass es so weit gekommen ist. Es ist nicht richtig zu linsen.

Es ist auch nicht richtig, sie zu sehr zu drängen und sie zu vergraulen.

Langsam, vorsichtig, steige ich aus dem Bett, gehe zu ihrem Laptop und nehme ihn mit in das angrenzende Wohnzimmer. Hier draußen ist es kühl, nur in meinen Boxershorts. Ich will sie nicht wecken, indem ich versuche, meine Kleider da zu finden, wo ich sie zuletzt hingeworfen habe. Also gehe ich zurück ins Schlafzimmer, nehme die Decke von der Bank am Fußende des Bettes, lege sie um meine Schultern und versichere mich noch ein letztes Mal, dass sie schläft. Sie ist ganz weit weg. Ich weiß, dass sie rund um die Uhr daran gearbeitet hat, diesen Entwurf fertig zu stellen. Sie ist spät zu Bett gegangen, hat mit mir rumgehangen und ist dann früh aufgestanden, um gleich wieder weiterzuarbeiten.

Wieder auf dem Sofa mit dem Laptop klappe ich den Bildschirm auf und tippe auf eine Taste. Er ist eingeschaltet, aber kennwortgeschützt. Ich gebe „Passwort" ein, falls es so einfach ist. Nein. Das war doof. Sie liebt Worte. Sie würde ein Lieblingswort verwenden. Harter Knochen? Nein, das ist neu, denke ich. Regency? Nein, auch nicht. Ich reibe mir den Bart und denke nach. Etwas mit Liebe.

Plötzlich weiß ich es. Angebeteter. Sie hat mich zu ihrem angebeteten Verlobten gemacht. Passt auch in die Regencyzeit.

Ich tippe es ein und der Bildschirm öffnet sich zu ihrem

Hintergrundbild eines Mannes in einem offenen weißen Hemd und enger Hose. Ja! Keine Ahnung, wer dieser Typ ist, wahrscheinlich ein Buchcover-Model. Ich klicke auf ihre Dateien, und da ist der Entwurf ganz oben. Sie hat ihn einfach Halunke-Entwurf1 genannt.

Ich klicke es auf und fange an, meine Zukunft zu lesen.

18

———

Lucas

Ich bin immer noch wach, jetzt angezogen, sitze am Schreibtisch im Schlafzimmer neben ihrem Laptop und beobachte, wie sie schläft. Ich habe letzte Nacht überhaupt nicht geschlafen. Ich habe die ganze Geschichte mit der übelkeitserregenden Vorahnung gelesen, dass der Halunke bekommen würde, was er verdient hat. Sie hat mich furchtbar dargestellt, als einen selbstsüchtigen, arroganten Mann, der eine verletzliche Frau niedrigeren Ranges verführt. Doch das bin ich nicht. Ich liebe sie.

Es endet fürchterlich.

Die *eine* Geschichte, die von mir inspiriert wurde und in der ich der Halunke mit der fingierten Verlobung bin, endet damit, dass der Halunke alles verliert, einschließlich der Frau, die er liebt. Sie hat mir mal gesagt, dass Liebesromane immer mit einem großen Happy End enden. Sie ist bekannt für ihre erbaulichen, fröhlichen Geschichten! Doch an dieser Geschichte war nichts fröhlich oder erbaulich! Ein verdammt tragisches Ende, wenn man mich fragt.

Ihr Wecker klingelt. Sie schiebt einen Arm unter der Decke hervor, schaltet ihn aus, und einen Moment später setzt sie sich abrupt auf und streicht sich die Haare aus dem Gesicht, während sie sich umsieht. Sie ist nackt, und ihre fantastischen Brüste wippen mit ihren Bewegungen. Sogar jetzt, da ich von dem, was sie geschrieben hat, enttäuscht bin, will ich sie immer noch. Sie tastet auf dem Nachttisch nach ihrer Brille, setzt sie auf und schließlich fällt ihr Blick auf mich.

„Heute ist meine Signierstunde in London", sagt sie. „Du bist früh auf."

„Ich habe nicht geschlafen."

„Warum das denn?"

Mein Kiefer spannt sich an. „Ich habe nachgedacht."

Ihre Brauen ziehen sich zusammen. „Oh-kay, willst du mir verraten, worüber du nachgedacht hast?"

„Nein." Ich sehe ihr langes Pyjamahemd auf den Boden, hebe es auf und werfe es ihr zu. „Zieh das an."

Sie tut es. „Danke. Könntest du Kaffee und Muffins holen, während ich duschen gehe und packe?"

„Ich lebe, um dir zu dienen", antworte ich gedehnt, kehre zu meinem Platz zurück und starre wieder vor mich hin. Ein Teil von mir glaubt, dass sie sorgfältig zu studieren mir einen Hinweis darauf geben wird, wie ihr mysteriöser weiblicher Verstand funktioniert.

Sie schüttelt den Kopf und murmelt: „Keine Ahnung, was dir über die Leber gelaufen ist, aber ich mach's selbst."

Ich warte und beschäftige mich weiter zwanghaft mit dieser schrecklichen Geschichte, von der ich mir jetzt wünsche, ich hätte sie nie gelesen. Wie konnte sie das über mich schreiben, nachdem ich sie so zuvorkommend behandelt habe? Ich war gut zu ihr. Ich habe mir mit ihr mehr Mühe gegeben als jemals zuvor mit einer Frau. Letzte Nacht bin ich sogar auf einen romantischen Strandspaziergang mit ihr gegangen und habe sie unter dem mondhellen Himmel geküsst. Okay, sie hat mich gebeten, das zu tun, aber ich habe es getan, weil ich der Mann ihrer Träume sein will. Ich möchte derjenige sein, den sie für ihr *für immer* wählt. Und jetzt ist mir klar, dass sie nicht so denkt.

Kurze Zeit später kommt sie angezogen aus dem Bad und sieht wacher aus. Sie geht auf mich zu, ihre Stimme sanft und unsicher. „Lucas?" Sie weiß, dass ich wütend bin, und ich versuche es nicht zu sein. Sie kann nichts dafür, wenn sie nicht so empfindet wie ich.

„Ich habe deine Geschichte gelesen."

Ihre Augen schießen zum Laptop neben mir, und sie verschränkt die Arme, als ob sie sich umarmt. Sie wendet sich mir zu, die Brauen über ihren großen blauen Augen gerunzelt und ihre Miene verletzt. „Ich kann nicht fassen, dass du meine Geschichte gelesen hast", flüstert sie.

Schuldgefühle brennen in mir. Ich habe sie verletzt. Aber sie hat mich auch verletzt. „Ja, das habe ich. Und ich weiß, dass der Halunke sie an der Nase herumführt und so tut, als hätte er echte Gefühle für sie, auch wenn er nie die Absicht hatte, sie zu heiraten. Jetzt ist sie ruiniert, und kein Mann wird sie heiraten." Ich kann nichts für meinen vorwurfsvollen Ton. Sie weiß, wie sehr ich will, dass sie sich an mich bindet, doch sie verleugnet uns sowohl im wirklichen Leben als auch in ihrer fiktiven Welt, von der ich weiß, dass sie ihre Zuflucht und ihr Happy Place ist. Und sie hat mich zum Bösewicht gemacht.

Ihr Mund öffnet sich, und sie klappt ihn abrupt wieder zu. „Tut mir leid, ich muss den Teil verpasst haben, als ich dir die *Erlaubnis* gegeben habe, in meine *privaten* Dateien zu gehen und die Geschichte zu lesen, von der ich dir ausdrücklich gesagt habe, dass du sie nicht lesen sollst. Meine genauen Worte, als du mich gebeten hast, sie dich lesen zu lassen, waren: *Nein. Ich möchte nicht, dass jemand meinen ersten Entwurf liest.* Oder gilt das Wort *Nein* nicht für Prinzen?"

Ich stehe auf und sehe sie finster an. „Der Halunke verlässt sie am Ende und dann heckt sie einen teuflischen Plan aus, der ihn in Schulden stürzt. Das ist keine Liebesgeschichte! Es ist eine verdammte Tragödie."

Sie gibt trotz meiner harten Worte nicht nach. Stattdessen hebt sie das Kinn. Ich bin in gewisser Weise stolz auf sie, dass sie ihren Standpunkt behauptet. „Liebesgeschichten können glücklich oder tragisch enden."

„Oh nein. Du hast mir gesagt, dass du Romantik schreibst, bei der das Paar am Ende glücklich ist, doch diesmal hast du es nicht so geschrieben. Warum?"

Ihre blauen Augen blitzen, und ihre Stimme zittert vor Wut: „Lass uns über das eigentliche Problem reden. Du hast mein Vertrauen zum zweiten Mal missbraucht! Zuerst hast du mich absichtlich darüber im Dunkeln gelassen, dass Gabriel gegen die fingierte Verlobung war, und ich habe mich von deinem Charme einwickeln lassen und dir vergeben, aber das geht zu weit. Du hast gewartet, bis ich eingeschlafen bin, um in meine Privatsphäre einzudringen, weil du wusstest, dass es falsch war. Wo ist deine Ehre? Wo ist dein Sinn für Integrität? Du hast mir gesagt, dass du ein Ehrenmann seist, aber dein Verhalten sagt mir, dass ich dir nicht vertrauen kann."

„Ich bin ein Ehrenmann!"

Sie schnaubt. „Wie bist du überhaupt auf meinen Laptop gekommen? Er ist passwortgeschützt."

Ich lächele bitter. „Angebeteter. Jeder, der dich kennt, hätte das erraten können."

Sie stößt mir mit dem Finger gegen die Brust. „Nur du würdest das erraten, weil ich dich so genannt habe. Ich habe noch nie jemanden so genannt."

„Was für ein Kompliment", sage ich mit vor Sarkasmus triefender Stimme. „Du hast mich *Angebeteter* genannt, als alles ein Spiel war, und jetzt, da es echt ist, bekomme ich nichts."

Sie wirft die Hände in die Höhe. „Ich kann mich jetzt nicht mit dir befassen! Ich muss packen!" Sie zerrt ihren Koffer aus dem Schrank, schleift ihn zum Bett und wuchtet ihn darauf. Dann wirft sie ihre Kleider hinein. Es ist nur für eine Nacht, doch sie packt alles ein. Geht sie für immer?

Mein Magen brodelt. Ich bin verletzt und wütend und verzweifelt. Prinzen betteln nicht, wir kriechen nicht zu Kreuze, und wir jagen keiner Frau hinterher. Warum musste ich mich in die eine Frau verlieben, die sich weigert, meine Liebe zu erwidern?

„Geh", blafft sie und geht ins Badezimmer, wahrscheinlich, um ihre Toilettenartikel zu holen.

Ich stehe auf, aber ich kann nicht gehen. Ich brauche Antworten. Ich brauche Hoffnung. Ich setze mich auf die Kante des ungemachten Bettes, stütze die Ellbogen auf meine

Knie und lasse den Kopf in meine Hände sinken. Ich bin durcheinander, meine Nerven liegen blank und Erschöpfung macht mich noch angespannter.

Ich höre sie, bevor ich sie sehe, als sie ihren Laptop in ihre Tasche steckt, und dann ist sie ganz nah. Ihr blumiger, sexy Duft hüllt mich ein, als sie den Reißverschluss ihres Koffers zuzieht und ihn vom Bett zerrt. Meine Brust schnürt sich zu, und ich sehe ihr müde in die Augen.

Sie sieht mich an, und ihre Miene wird weicher. „Lucas, du hast mir wirklich wehgetan. Du hast gesagt, dass du immer ehrlich zu mir sein würdest, aber du hast mich hintergangen. Vertrauen ist alles für mich, und das weißt du."

Ich habe ihr mein Herz gegeben, und sie hat es weggeworfen. „Ich habe es dir erzählt! Das war ehrlich. Und jetzt setz dich zu mir."

Sie betrachtet das Bett und dann mich. „Nein."

„Warum nicht?"

„Weil ich sauer auf dich bin und du kein Recht hast, sauer auf mich zu sein und mich herumzukommandieren."

„Bitte", presse ich heraus. „Ich will nur reden."

„Gut." Sie setzt sich mit einem lächerlichen Abstand zu mir auf die Bettkante. „Aber nur für eine Minute. Ich muss zu meiner Signierstunde."

Ich rutsche näher, entschlossen, der Sache auf den Grund zu gehen, ohne die Beherrschung zu verlieren. „Alice, sag mir, warum du diese Geschichte so geschrieben hast, obwohl du doch für deine Happy Ends bekannt bist. Am Ende ist er unglücklich und allein und hat alles verloren, was ihm etwas bedeutet."

Sie blickt finster drein, schlägt die Beine übereinander und streicht ihr Kleid darüber glatt. „Ich möchte nicht mit dir über meine Geschichte sprechen. Der erste Entwurf soll nicht diskutiert oder kritisiert werden. Es soll ein grober, kaum sortierter kreativer Erguss sein."

Mein Hals schnürt sich zu. „Von dir und deinen Gefühlen."

Sie neigt den Kopf. „In gewisser Weise."

„Aber du hast gesagt, dass deine Leser wollen, dass sie am

Ende zusammen sind, glücklich und verliebt. Du musst das richtigstellen. Ändere das Ende."

„Du hast kein Mitspracherecht! Es ist mir egal, ob dir meine Geschichte gefällt oder nicht. Es ist *meine* Geschichte." Sie atmet scharf aus. „Das eigentliche Problem ist allerdings, wie ich dir jemals wieder vertrauen soll, wenn du mich so hintergehst!"

Ich reibe mir mit einer Hand über mein Gesicht. „Tut mir leid. Ich werde nicht wieder an deinen Laptop gehen. Ich wünschte, ich hätte es gar nicht getan."

Sie schüttelt den Kopf. „Ich verstehe nur nicht, warum du den Entwurf so unbedingt lesen wolltest."

Weil ich Antworten brauche. Weil ich dir gehöre. Weil du mein Herz besitzt und ich möchte, dass du mir gehörst. Ich kann es nicht aussprechen, weil es wehtut zu wissen, dass ich mit diesem Wunsch allein dastehe. „Weil ich neugierig war, wie du nach unserer fingierten Verlobung mit der im Buch umgehst", sage ich schließlich. „Was ist mit deinen Leserinnen? Mit deiner Verlegerin? Interessiert dich überhaupt, was sie denken? Denn diese Geschichte ist eine Tragödie, und was für eine!"

Sie winkt ab. „Wenn meine Verlegerin mir Probleme macht, ergänze ich es mit einem Epilog, der fünf Jahre später spielt. Nachdem Diana ihre Unabhängigkeit genossen hat, verliebt sie sich Hals über Kopf in den Gärtner."

Mein Magen dreht sich. Sie wird gehen und sich den nächsten suchen. „Sicher kann der Gärtner für sie nicht so interessant sein wie der Halunke."

„Titel interessieren sie nicht, nur sein gutes Herz." In ihrem Kopf entsteht gerade die Geschichte. Ich kann es sehen. Ich kenne all ihre Eigenheiten und liebe jede einzelne davon.

„Was ist, wenn der Halunke ein gutes Herz hat?", dränge ich.

Sie schüttelt den Kopf. „Hat er nicht. Er ist durch und durch ein Halunke. Reue kennt er nicht. Er ist nicht reformierbar. Er hat sie an der Nase herumgeführt und ruiniert."

„Wo ist das Happy End?", knurre ich. „Es muss eines geben! Schreib einen besseren Epilog."

Sie blinzelt. „Du bist hier nicht der Schriftsteller! Warum interessiert dich das Ende so sehr?"

„Weil ich dich liebe!"

Sie hebt eine Hand. „Lucas, ich kann einfach nicht. Ich kann nicht mit dir über die Geschichte streiten, die du nie hättest lesen sollen, kann nicht ..." Sie holt zittrig Luft. „Ich kann nicht mehr mit dir zusammen sein. Ich kann keine Beziehung mit jemandem haben, dem ich nicht vertraue."

Ich kann kaum atmen. Ich möchte darauf bestehen, dass sie mir vertrauen kann, aber ich weiß, dass das, was ich getan habe, falsch war. Genau wie ich weiß, dass sie in ihrer Zukunft keine Liebe zu mir sieht.

Sie nimmt ihren Koffer und geht hinaus. Einen Moment später steckt sie noch einmal den Kopf durch die Tür und schreit: „Und den Epilog mit dem Gärtner wird es auch nicht geben!"

Ich blinzele überrascht angesichts ihrer nachdrücklichen Worte, als ob mich der Gärtner interessiert.

Sobald sie gegangen ist, lasse ich mich aufs Bett sinken und lege einen Arm über meine brennenden Augen.

Dann ziehe ich das Kissen, das immer noch nach ihr riecht, an mich und schließe die Augen, aber ich kann immer noch den Schmerz in ihrem Gesicht sehen.

Alice

Lucas und ich sind durch. Und es ist okay. Ja wirklich. Es geht mir gut. Es. Ist. Okay.

Ohne Vertrauen geht gar nichts. Ich war nicht bereit für eine ernste Beziehung, und das hat er genau gewusst, also ... ist es am besten so. Ich setze ein Lächeln auf und tue so, als würde ich das Gespräch am großen runden Tisch verfolgen, an dem ich gerade mit meinen Lesern einen High Tea genieße. Das britische Büro meines Verlags hat an diesem Sonntagnachmittag eine Leserveranstaltung im Langham Hotel organisiert. Ich bin im großen Ballsaal mit zweihundert Lesern und zwei Debütautorinnen für historische Romane,

die ich heute erst zum ersten Mal getroffen habe. Nach dem
Tee werden die anderen Autorinnen, Sarah, Lauren und ich
abwechselnd aus unseren Büchern lesen, und dann halten wir
eine Signierstunde ab. Heute Abend soll ich mit dem britischen Verlagsteam zu Abend essen, die Nacht hier verbringen
und morgen früh abreisen. Zurück in die USA. Ich habe das
Ticket in der Tasche. Das war der Plan, bevor Anna mir angeboten hat, die vollen sechs Wochen zu bleiben, um mein Buch
zu schreiben. Jetzt weiß ich nicht, was ich tun soll. Ich möchte
in den Palast zurück (es ist einfach nicht zu toppen, Diener zu
haben, die einem Essen bringen, wenn man schreibt), aber
jetzt mit Lucas ... Ich glaube nicht, dass ich das kann.

Ich trinke einen Schluck Tee, um das Engegefühl in
meinem Hals zu lindern. Warum musste er das tun, was mich
am meisten verletzt? Oh, ich weiß, dass es nicht so schlimm
ist, wie wenn er fremdgegangen wäre, doch ein Vertrauensbruch war es allemal. Und nicht der Erste. Darum kann ich
nicht zulassen, dass es ein drittes Mal gibt. Ich habe gerade
angefangen, ihm genug zu vertrauen, um ihm mein Herz zu
öffnen. Jetzt ist klar, dass er die Art von Mann ist, der tut, was
er will, auch wenn er weiß, dass es ein Fehler ist. Das hätte
ich wohl wissen müssen, denn genau das ist mit unserer
fingierten Verlobung passiert. Gabriel – sein König! – hat nein
gesagt, und Lucas hat trotzdem getan, was er wollte.

Was ist nur los mit den Männern? Wo ist ihr Ehrgefühl?
Darum bevorzuge ich die altmodischen Charaktere in meinen
Büchern. Sie halten sich an einen Ehrenkodex und tun immer
das Richtige, außer natürlich im Schlafzimmer, in dem sie
köstlich frivol sind. Lucas war in dieser Hinsicht eine wahrge-
wordene Fantasie. Denk nicht an den ungezogenen Lucas!
Wir sind durch. Durch mit großem D. Schluss, aus, basta. Und
das ist okay so. Ich bin eine toughe Frau, die–

„Alice?"

Ich blinzele und blicke zu der brünetten Frau zu meiner
Rechten. Olivia. Sie sieht aus, als ob sie auf eine Antwort
wartet. „Ja, Olivia? Tut mir leid, ich war gerade in Gedanken
woanders."

Sie lächelt hübsch. „Ich habe nur gesagt, dass es mir leidtut, von Mason zu hören. Bist du okay? Du warst noch nicht wieder in den Social Media aktiv. Nicht, dass ich ein Stalker wäre oder so was!"

Mason. Der Name bringt nicht den scharfen Schmerz, den er früher ausgelöst hat. Ich weiß nicht, ob es daran liegt, dass ich ihm gesagt habe, was ich denke, und ihn aus meinem Leben gejagt habe, oder ob es daran liegt, dass ich mich so darauf konzentriert habe, meine Geschichte zu schreiben. Und an Lucas zu denken. Autsch. Da ist der Schmerz.

„Männer sind scheiße", verkünde ich, und die Frauen am Tisch kichern überrascht. „Nur die in Büchern nicht."

Alle stimmen zu, und ich lächele. Das ist meine zweite Leserveranstaltung in London, und ich finde die Leserinnen großartig.

„Worum geht es in deinem nächsten Buch?", fragt eine blonde Frau auf der anderen Seite des Tischs.

„William", sage ich. „Es heißt *Das Arrangement des Herzogs*."

„Oh!", antworten gleich mehrere Frauen.

„William ist ein Halunke, wie lecker!"

„Ich liebe die bösen Jungs!"

„Verführt er die Gouvernante, und sie sind gezwungen, um des Anstands willen zu heiraten?", fragt Olivia.

Sieben Augenpaare starren mich an. *Nein, sie ist am Ende ruiniert und er auch.* Das kann ich aber nicht sagen. Erstens verrate ich nie, wie meine Bücher enden. Und zweitens, warum konnte ich kein Happy End schreiben? Ich habe mich in Diana gesehen, konnte mir aber keines geben. Ich habe natürlich auf Besseres gehofft, weshalb ich mit dem Gedanken an einen Epilog gespielt habe. Aber ich konnte das verdammte Ding einfach nicht schreiben. Vielleicht glaube ich nicht mehr, dass Liebe immer ein Happy End hat. Das wahre Leben ist so viel komplizierter, chaotischer und unvollkommener. Die Tragödie ist nur, dass ich die Wahrheit über die Liebe vorher nicht gesehen habe. Ich presse meine Finger an meine Schläfen, als Kopfschmerzen zu pochen beginnen.

Eine Hand berührt sanft meine Schulter. Es ist Olivia. „Bist du okay? Brauchst du ein bisschen frische Luft? Da hinten geht's raus auf die Terrasse." Sie deutet auf eine Tür im hinteren Teil des Raums.

„Nein, mir geht es gut, danke", sage ich. „Ich bin nur ein wenig müde."

Alle sehen mich mitfühlend an, und irgendwie fühle ich mich dadurch schlechter. Ich bin heute völlig durch den Wind, weil ich mich heute Morgen mit Lucas gestritten habe. Ich muss durchpowern. *Sei der harte Knochen. Sei die toughe Frau.*

„Zurück zur ursprünglichen Frage", sage ich zu den Frauen. „Ich verrate nie das Ende, doch sobald das Buch fertig ist und die Veröffentlichung bevorsteht, poste ich Teaser auf Social Media. Und wenn ihr zu den lieben Leserinnen gehört, die mir nach meiner Tortur mit Dem-dessen-Name-nicht-genannt-werden-soll aufmunternde und unterstützende Nachrichten geschickt haben, dann danke ich euch von ganzem Herzen. Es hat mir wirklich geholfen, mich in meiner Trauer weniger allein zu fühlen."

Ich halte inne, beeindruckt von dieser Traueridee, und nehme das zustimmende Gemurmel nur vage war. Ich nehme an, es war wie ein Trauerfall, Mason und Riley zu verlieren, und ich fühle mich jetzt besser, weil ich mich von ihnen verabschiedet, einen Schlussstrich gezogen habe. Ich bin wirklich eine starke Frau, nicht hart, aber tough.

„Ich bin über den Berg", sage ich. „Ich schaue in die Zukunft, damit ich mehr Geschichten für euch schreiben kann."

„Hört, hört!", jubelt Olivia.

Und dann stoßen sie mit ihren Teetassen mit mir an, was ich unglaublich süß finde. Ich entspanne mich und genieße Fingersandwiches, Gebäck und die wundervolle Gesellschaft.

Sobald der Tee endet, werden die Tische abgeräumt und ich gehe mit Sarah und Lauren zum Signiertisch. Sarah ist Amerikanerin, Lauren Britin. Am Ende des Tisches befindet sich ein Podium mit einem Mikrofon zum Vorlesen.

„Ich bin so nervös", flüstert Sarah. „Warum bin ich als erste dran?"

„Ich würde mit dir tauschen", sagt Lauren mit leiser Stimme, „aber ich mag auch nicht als erste gehen."

Ich bin als letzte dran, da die meisten Leserinnen wegen mir da sind und der Verlag will, dass sie diesen neuen Autorinnen eine Chance geben und ihnen ihre volle Aufmerksamkeit schenken. „Ich war auch beim ersten Mal nervös", flüstere ich. „Denk nur daran, dass es nicht um dich geht. Es geht um deine Charaktere, und die Leserinnen wollen hören, was sie tun."

„Das ist eine gute Herangehensweise", sagt Sarah. „Habe ich erwähnt, dass ich dich liebe?"

Ich lache. „Ja." Zuvor hat Sarah mich gebeten, ihre Alice Segal-Bücher zu signieren, und über mich geschwärmt. Dasselbe habe ich auch mit meinen Lieblingsautoren gemacht, darum kann ich ihre Aufregung nachvollziehen. „Und jetzt, da ich eure Bücher habe, kann ich es kaum erwarten, sie zu lesen", sage ich zu beiden. „Sobald ich meine Deadline hinter mir habe."

Sarah packt mich am Arm. „O mein Gott, ich habe meine erste Deadline. Ich bin so gestresst. Ich habe fünf Jahre gebraucht, um mein erstes Buch zu schreiben. Wie gehst du mit dem Druck um?"

Eine Stimme am Podium erregt meine Aufmerksamkeit. Es ist die Publizistin unseres Verlags, die alle begrüßt.

„Schick mir eine E-Mail", flüstere ich Sarah zu. „Freue mich immer, mit dir zu reden." Lauren deutet auf sich selbst, und ich nicke. „Gleichfalls."

Nachdem die Publizistin Sarah vorgestellt hat, höre ich ihr zu, wie sie einen langen Auszug aus ihrer Geschichte liest. Ihre Stimme ist atemlos, und sie hält ein paarmal inne, um Wasser zu trinken, doch sie kommt durch, ohne ohnmächtig zu werden. Ich sage nicht, dass ich bei meiner ersten Lesung ohnmächtig geworden bin, nur, dass ich ein bisschen benommen war.

Höflicher Applaus ertönt, als sie auf ihren Platz zurückkehrt und gierig den Rest ihres Wassers austrinkt. Lauren ist als nächste dran, und ihre Stimme ist ziemlich stark, darum wende ich meine Aufmerksamkeit wieder meinem Buch zu.

Ich werde einen Auszug aus *Die Mutprobe des Herzogs* lesen. Ich liebe es, die erste Szene, in der er zu Kreuze kriecht, laut vorzulesen, weil sie so lustig ist, da der Herzog noch nie zuvor etwas so Entwürdigendes tun musste. Als ich das letzte Mal hier war, habe ich aus meinem neueren Buch *Der Sieg des Viscounts* vorgelesen, da es eine Neuerscheinung war.

Lauren ist fertig und setzt sich wieder. Ich höre zu, als die Publizistin mich vorstellt, und versuche, nicht unruhig hin und her zu rutschen. Es ist seltsam zu hören, wie jemand über mich spricht, wenn ich dabei bin, vor allem, wenn es so geschickt ausformuliert ist.

Ich stehe auf, und der Applaus ist ohrenbetäubend. Ich lächele und gehe zum Mikrofon. „Wow. Vielen Dank. Alles, was ich tun musste, war aufzustehen, und ihr applaudiert. Dann kann ich ja jetzt gehen." Ich tue so, als wollte ich an meinen Platz zurück, drehe mich wieder um und schüttele den Kopf. Alle lachen.

Ich kehre zum Mikrofon zurück. „Im Ernst, vielen Dank für den herzlichen Empfang. Dies war eine wunderbare Erfahrung, euch hier alle beim High Tea mit meinen neuen Freundinnen Sarah und Lauren zu treffen. Waren sie nicht fantastisch? Ich kann es kaum erwarten, ihre Bücher zu lesen. Schaut nachher auf jeden Fall bei ihnen vorbei und lasst eure Bücher signieren."

Sarah und Lauren strahlen mich an, und ich lächele. Ich hatte viel Unterstützung von erfahrenen Autoren, als ich angefangen habe, und es freut mich, etwas davon weiterzugeben.

Ich halte *Die Mutprobe des Herzogs* hoch. „Ich werde eine meiner Lieblingsszenen für euch lesen. Was glaubt ihr, welche es ist?"

„Ist sie sexy?", ruft jemand.

Ich lache. „Ich denke, es ist besser, wenn ihr diese Szenen lest, ohne meine Stimme in eurem Kopf zu hören. Die seidige Stimme des Herzogs ist viel besser." Ich streiche meine Haare hinters Ohr und erröte, obwohl ich diejenige bin, die das geschrieben hat. „Dann lasst uns gleich anfangen." Ich schlage das Buch auf und beginne vorzulesen:

„*Natürlich möchte ich Sie beim Einkaufen begleiten.*" Er senkt seine Stimme zu einem seidigen Schnurren. „*Immerhin war es meine Schuld, dass Ihr Band verschwunden ist.*"

„*Verschwunden? Sie haben es wahrscheinlich als Trophäe an Ihren Bettpfosten gebunden!*"

„Er hört sich an wie ein anderer Halunke!", dröhnt eine männliche Stimme und lässt mich zusammenzucken.

Ich blicke abrupt auf und schnappe nach Luft. Mein Herz rast.

Mehrere Frauen flüstern laut: „Prinz Lucas!"

Alle Augen richten sich auf ihn, als er in einem hellblauen Hemd und einer dunkelgrauen, maßgeschneiderten Hose mitten im Saal steht. Sein Haar ist zerzaust, als wäre er mit den Fingern durchgefahren – das einzige Anzeichen dafür, dass er sich wegen unseres Streits und unserer Trennung heute Morgen schlecht fühlt. Ich kann nicht glauben, dass er hier ist.

„Bitte lies weiter", sagt er nonchalant, als wäre er nicht der einzige Mann, der in einem Raum voller weiblicher Liebesromanleserinnen steht.

Seine Augen strafen seine Lässigkeit Lügen, als er mich eindringlich ansieht. Ich schlucke. Will er mir eine Szene machen? Das ist schon eine!

Als ich nichts sage, fährt er fort, immer noch in seinem seltsam beiläufigen Ton: „Ich kenne diese Geschichte. Für diesen Halunken endet alles gut, nicht wahr?"

„Bitte setzen Sie sich, Sir", sage ich höflich, gewürzt mit einer Prise *ich kenne diesen Mann nicht.*

„Selbstverständlich, Ma'am", sagt er mit vorgetäuschtem Gehorsam und setzt sich auf einen Tisch in der Nähe. Seine Bodyguards beziehen ganz in seiner Nähe Stellung.

Ich streiche mir mit einer zitternden Hand durchs Haar und versuche verzweifelt, den Faden wieder aufzunehmen. „Tut mir leid. Wo war ich?" Die Worte verschwimmen vor meinen Augen, und ich blinzele sie wieder scharf. „Ich fange einfach nochmal von vorne an." Ich atme tief ein und beginne zu lesen, meine Stimme nicht wirklich sicher.

„Sie sollte sich von ihm abwenden!", ruft Lucas und steht

wieder auf. „Und dann sollte sie ihn verlassen. Das hat ein Halunke verdient."

Ich knirsche mit den Zähnen und spüre seine Anspielung auf uns. Ich möchte nicht einmal in Form von Anspielungen mit ihm in einem so öffentlichen Forum streiten. „Nein. Er hat einen Fehler gemacht, und jetzt macht er ihn wieder gut."

Er kommt näher, und mein Herz schlägt heftiger. „Also kann *sein* Fehler mit einem Band behoben werden. Aber der andere Halunke ... er bekommt nichts."

Ein leises Murmeln rauscht durch das Publikum. Teufel nochmal. Meine Leserinnen wissen nichts über den anderen Schurken, und ich möchte nicht, dass Lucas irgendwelche Spoiler preisgibt.

„Hör auf, über Schurken zu reden", sage ich entschieden. „Die dritte Geschichte ist noch nicht erschienen." Ich lächele dem Publikum zu. „Wir wollen keine Spoiler hier, nicht wahr, meine Damen?"

„Sind Sie und der Prinz zusammen?", ruft eine Frau.

„Nein", sage ich, während Lucas gleichzeitig mit „Ja" antwortet.

„Lucas!"

Er schreitet auf mich zu und bleibt auf der anderen Seite des Podiums stehen. Seine Stimme ist laut genug, dass alle sie hören können. „Ich bin der Halunke. Du hast mich vorher so genannt, also musst du gewusst haben, dass ich das Falsche tun würde, und es tut mir leid." Seine Stimme bricht. „Ich werde dir niemals wieder Grund geben, an meiner Ehre zu zweifeln."

Alle Augen richten sich auf mich.

Ich blinzele und schlucke den Kloß in meinem Hals herunter. Er steht hier vor einer Menge von Frauen und kriecht auf seine eigene Art und Weise zu Kreuze, und ich glaube ihm. „Okay, Lucas. Ich nehme deine Entschuldigung an."

Alle Augen kehren zu ihm zurück, während sich ein aufgeregtes Tuscheln ausbreitet. Handys werden gezückt. Das geht direkt in die Social Media. Mist.

„Danke." Er geht um das Podium herum zu mir. „Wirst

du das Ende umschreiben?", fordert er in einem so feindseligen Ton heraus, dass ich abgesehen von seiner deplatzierten Wut alles vergesse. Ich bin diejenige, der Unrecht getan wurde!

„Nicht deinetwegen! Es ist verdammt nochmal *meine* Geschichte!"

Er starrt mich finster an. „Also wirst du mich einfach unter deinem Absatz zerquetscht liegen lassen, oder?"

Ich hole scharf Luft. *Zerquetscht unter meinem Absatz.* Er verwechselt unseren Streit mit der Geschichte. Diana sagt das in der Geschichte: *Du hast mich unter deinem Absatz zerquetscht und bist gegangen. Warum sollte ich das nicht auch tun?* Und dann trifft es mich. Lucas denkt, dass er für mich William ist. Ich habe all meine Wut und Angst über Mason in diese Geschichte gesteckt. *Mason* ist William, zumindest meine künstlerische Interpretation von ihm. Es ist Fiktion.

Ich trete vom Mikrofon weg, damit nicht alle unser Gespräch mithören. „Ich wollte die schöne Gartenszene im Epilog. Ich war nur einfach nicht bereit, sie zu schreiben. Der Gärtner ist warmherzig und einfühlsam. Er versteht die Gefühle von Frauen. Er hört zu und bietet seine Freundschaft an. So fangen die besten Beziehungen an."

Lucas starrt mich mit offenem Mund an.

Meine Augen brennen, der Kloß in meinem Hals wächst. „Und ich hoffe, dass selbst, wenn alles unvollkommen und kompliziert und chaotisch wäre, sie immer noch glücklich zusammen wären."

Er packt mich an den Schultern, seine Stimme ist leise und eindringlich. „Willst du damit sagen, dass ich der Gärtner bin? Der Mann, den sie liebt und mit dem sie den Rest ihres Lebens glücklich wird?"

Ich nicke, und eine Träne rollt über meine Wange. „Wir sind uns im Hof vor dem Schlossgarten begegnet."

Er drückt mich in einer engen Umarmung an sich. Das Publikum um uns herum jubelt. Ich erwidere seine Umarmung und vergrabe mein Gesicht an seiner Brust.

Jemand sagt ins Mikrofon: „Ruhe, Ladys, lasst uns den beiden einen Moment geben."

Es wird ganz still im Raum. Verspätet setzt meine Unsicherheit ein, und ich versuche, mich von ihm zu lösen, doch Lucas hält mich immer noch fest. Er hat mich vermisst. Ich habe ihn auch vermisst.

Er flüstert mir ins Ohr: „Es tut mir wirklich leid, dass ich deine Geschichte ohne deine Erlaubnis gelesen habe. Ich habe nur einen Hinweis auf deine Gefühle gesucht und war schrecklich ungeduldig." Er lässt mich los, dann nimmt er mein Gesicht in seine Hände. „Bitte vergib mir, Alice. Ich habe mich noch nie so gefühlt und noch nie jemanden wirklich geliebt."

„Oh Lucas, ich vergebe dir. Du musst nicht weiter zu Kreuze kriechen – ähm, dich entschuldigen."

„Prinzen kriechen nicht zu Kreuze." Er schlingt seine Arme um meine Taille und zieht mich an sich. „Ich will dich heiraten, und ich weiß, dass du noch nicht soweit bist. Ich werde warten. Ich schwöre, ich kann geduldiger sein, solange du an meiner Seite bist."

Eine weibliche Stimme sagt: „Also, ich würde es zumindest in Betracht ziehen, Prinz Lucas zu heiraten."

Ich sehe mich um und stelle fest, dass viele der Frauen im Publikum nähergekommen sind, um einen besseren Blick auf unsere zweifellos interessante Darbietung zu bekommen.

Lucas nickt begeistert. „Siehst du, das wollen deine Leserinnen auch. Du sagst immer, dass du möchtest, dass sie mit deinen Geschichten glücklich sind."

Ich lächele. „Du bist nicht meine Geschichte, selbst wenn du ein Gärtner in der Verkleidung eines Halunken bist. Du bist so viel mehr. Du bist alles für mich – königliche Gesten, ein wunderbarer Freund und ein Tier im Schlafzimmer."

Er lächelt mich schief an, seine Augen sind warm und zärtlich. Eine Welle der Zuneigung bringt mich dazu, ihm meine Arme um den Hals zu werfen und ihn zu küssen.

Das Publikum jubelt.

Lucas enttäuscht sie und mich nicht und erwidert leidenschaftlich meinen Kuss. Als er mich endlich wieder atmen lässt, legt er seine Stirn an meine und sieht mich eindringlich an. „Ich liebe dich."

„Ich liebe dich auch", bringe ich über den Kloß in meinem Hals heraus. „SO sehr."

Seine Augen leuchten, und er presst seine Lippen aufeinander, als ob er darum kämpft, die Tränen zurückzuhalten.

Alle johlen vor Begeisterung – Beifall, Jubel und Pfiffe, so laut, dass ich mich beinahe verbeugen möchte. Nur, dass es keine Aufführung war, sondern mein wahres Leben, und ich weiß, dass ich Lucas in eben diesem Leben haben will.

Lucas übernimmt die Führung. „Nehmen Sie Platz, meine Damen. Es ist an der Zeit, dass Sie diese Szene von einem Mann von edlem Blut hören." Er streckt mir lächelnd die Hand entgegen und führt mich zurück zum Podium. „Du liest natürlich die Stimme der Heldin."

Ich kann mir ein Lächeln nicht verkneifen. Er respektiert und mag meine Arbeit als Romanautorin – anders als die meisten Männer –, und er respektiert und liebt mich. Ich könnte mir keinen besseren Mann für mich vorstellen, und das sagt viel, wenn man bedenkt, dass meine Helden umwerfend sind. Lucas ist meine Liebe wert und ausnahmsweise tatsächlich besser als meine Fantasie.

Ich stehe mit ihm auf dem Podium, und wir beginnen mit Stimmen zu lesen, denen man eine echte sexuelle Spannung anhört. Er sieht mich mit lodernden Augen an, und mir wird heiß.

Am Ende der Szene nimmt er meine Hand in seine, und das Publikum jubelt.

Endlich habe ich meinen Helden gefunden, den Prinzen von Villroy, den Hüter meines Herzens.

EPILOG

Vier Wochen später ...

Lucas

Alice bleibt bei mir, und ich könnte nicht glücklicher sein. Es ist schon komisch, wie ein kleiner Perspektivwechsel – zu wissen, dass sie mich eher als den Gärtner sieht und nicht als den Halunken, dessen Ruf ich kultiviert hatte — meine Ungeduld lindern konnte. Natürlich hat auch ihre öffentliche Liebeserklärung viel bewirkt. Das Internet explodierte nach unserem HE (Alice' Abkürzung für Happy End), und ihre Leser haben das Gerücht verbreitet, dass ich der Schurke in ihrer kommenden Geschichte bin. Sie lieben die Tatsache, dass sie von einer wahren Liebesgeschichte inspiriert ist. Ihr Verlag hat sofort angefangen, Vorbestellungen anzunehmen und ein baldiges Erscheinen versprochen. Das hat ein Feuer in Alice entfacht, und sie hat ihren Entwurf in einem Taumel von langen Nächten umgeschrieben und dem Schurken das Herz des Gärtners gegeben, damit er letztendlich sein Happy End bekommen konnte. Wie ich. Nein, ich habe es nicht gelesen. Ich weiß das nur, weil sie es mir vor Beginn ihrer Überarbeitungen erzählt hat. Ich respektiere ihre Privatsphäre und ihren Prozess. Ich dränge auch nicht. Ich warte (geduldig) auf ihr Signal, um zu wissen, dass sie bereit ist.

Ich sehe mich in meiner Palastsuite um und versuche, sie

aus Alice' Perspektive zu sehen. Sie hat ihr Buch heute Morgen beim Verlag eingereicht, und heute Nachmittag habe ich ihr beim Umzug hierher geholfen. Die Einrichtung besteht aus antiken Mahagonimöbeln im Schlafzimmer und für ein zeitgemäßeres Ambiente im Wohnzimmer aus Ledersesseln und Glastischen. Nicht besonders feminin. Ich habe noch nie mit einer Frau zusammengelebt, nicht, dass ich es vor ihr gewollt hätte. Sie hat nur ihren Laptop und einen Koffer hier.

„Du kannst deine persönliche Note hinzufügen", schlage ich ihr vor. „Was du willst. Vielleicht mit irgendwas von zu Hause." Wir werden bald nach Oregon fliegen, damit ich ihre Eltern kennenlernen und sie ihre Sachen packen und ihre Wohnung räumen kann.

Sie lächelt mich süß an, und mein Herz schlägt heftiger. Ich weiß nicht, ob ich mich jemals an dieses süße Lächeln gewöhnen werde, wie Sonnenstrahlen, die direkt auf mein Herz gerichtet sind. „Ich habe was von zu Hause hier. Ein Geschenk für dich."

„Nein, wirklich?"

Sie nickt, kramt in ihrem Koffer und holt einen kleinen Smaragdring heraus. „Seit ich abgenommen habe, ist er zu groß für meinen Finger, und ich wollte ihn kleiner machen lassen, doch stattdessen möchte ich jetzt, dass du ihn bekommst." Sie gibt ihn mir.

Ich schließe meine Finger um das Geschenk, unsicher, was es bedeutet oder was ich damit anfangen soll. Es ist ein Damenring und zu klein für meine eigenen Finger. „Danke."

Sie streichelt meinen Bart und sieht mich amüsiert an. „Es ist mein Geburtsstein. Ich habe ihn als Geschenk für mich gekauft, als ich mein erstes Buch veröffentlicht habe. Jetzt möchte ich, dass du ihn als Versprechen betrachtest, als Symbol dafür, dass wir uns in nicht allzu ferner Zukunft verloben werden. Ich hoffe, er gefällt dir besser als der traditionelle Haarring." Sie grinst. „Erinnerst du dich, dass sie das in der Regencyzeit getan haben? Der Mann hat einen Ring aus dem Haar seiner Geliebten getragen."

„Ich erinnere mich", murmele ich und starre erst das kostbare Geschenk und dann sie an, kaum in der Lage, über den

Kloß von Emotionen zu sprechen, der in meinem Hals steckt. „Ich werde ihn an einer Kette um meinen Hals tragen, als Erinnerung an deine Liebe."

Sie küsst mich und legt ihre Arme um meine Taille. „Ich gehöre dir, Lucas. Und du gehörst mir."

Süßere Worte hat nie jemand zu mir gesagt.

„Du gehörst mir", sage ich heiser, ziehe sie in meine Arme und schmiege mich an ihren Hals.

„Süßer Lucas."

Ich richte mich auf und küsse sie zärtlich. „Süße Alice."

Ihre blauen Augen leuchten auf, und ihre Lippen verziehen sich zu einem sexy Lächeln. „Und jetzt nimm mich."

Ich grinse sie teuflisch an. Sie lacht und rennt zum Bett. Ich stürze mich auf sie und küsse ihre lächelnden Lippen. Sie hält meinen Kopf für einen leidenschaftlichen Kuss, und ungezügeltes Verlangen breitet sich wie Feuer in meinen Adern aus. Ich ziehe ihr das Kleid aus und werfe es weg, während ihre Hände überall sind und ihr Mund immer wieder zu meinem zurückkehrt.

Ich löse mich von ihr, um mich auszuziehen. „Zieh dich aus. Sofort."

Sie zieht eifrig ihren BH und ihr Höschen aus und wirft sie vom Bett. Wir klatschen aneinander, wild darauf, Haut auf Haut zu spüren. Sie nimmt mich, ich nehme sie. Wir könnten uns gegenseitig in einer wilden Raserei von Küssen, Bissen und Liebkosungen töten, und ich würde glücklich sterben.

Und dann spreizt sie ihre Beine, zieht mich an sich. „Jetzt, Lucas, jetzt."

Ich gleite in den Himmel und stöhne, dann blicke ich in ihre Augen und atme sie ein. „Ich liebe dich."

Ihre Finger schließen sich um meinen Nacken. „Ich liebe dich auch. So sehr. Du bist mein Geschenk."

Ich schließe meine brennenden Augen, meine Kehle schnürt sich zu. Ich bin der drittgeborene Sohn, was bedeutet, dass ich für die Krone nie wichtig war. Alles, was ich jemals wollte, war, Teil des Vermächtnisses des Königreichs zu sein, und jetzt bin ich es. Aber das hier ist so viel mächtiger. Das ist *alles* für mich. Ich bin ihr Geschenk. Sie liebt mich bedingungslos, allein um meinetwillen.

Ich küsse sie zärtlich. „Du bist mein Geschenk, Alice. Du bist mein Leben."

Sie küsst mich und kippt ihre Hüfte, damit sie mich tiefer in sich aufnehmen kann. „Ich brauche dich."

Ich pumpe langsam und tief, meine Augen verlassen ihre nie. Es fühlt sich jetzt anders an. *Ich* fühle mich anders, weniger wild und dringlich. Sie gehört mir, und ich möchte sie wertschätzen, sie anbeten, Liebe mit ihr machen.

Sie versetzt mir einen Klaps auf den Po. „Fick mich hart."

Ich grinse und tue, wie mir geheißen, weil ich ein Halunke mit einem guten Herzen bin. Sie schnappt nach Luft, keucht und stöhnt meinen Namen, und dann graben sich ihre Fingernägel in meine Schultern, ihr Körper spannt sich um mich an, ihr Kopf neigt sich nach hinten, und ich stoße sie über die Klippe, während ihre gedämpften Schreie mich weiter antreiben. Ich stoße noch ein-, zweimal zu und komme in einer Explosion, die mich erzittern lässt und die Welt in einen Nebel von Leidenschaft und Liebe taucht.

Ich lasse mich auf sie sinken und presse meine Lippen an ihren Nacken. Sie hält mich fest, und ich bin zufrieden.

„Deine Liebe hat mir den Glauben an ein Happy End zurückgegeben", flüstert sie.

Mein Hals schnürt sich zu. Diese Frau wird bis in alle Ewigkeit Pfeile durch mein Herz schießen. Ich hatte nie eine Chance. Zum Glück.

Ich hebe meinen Kopf, und sie lächelt mich süß an. „Dein Lächeln hat mir Freude gemacht, dein Glaube an mich hat mir Flügel verliehen, und deine Liebe, Darling, hat mir die Welt geschenkt."

Tränen steigen in ihre Augen. „Und du hast gesagt, dass Männer in der Hitze der Leidenschaft nicht poetisch sind. Das war schön."

„Ich bin nicht poetisch", sage ich empört. „Das ist das glückliche Nachglühen, das da aus mir spricht."

Sie umarmt mich fest. „Dann freue ich mich auf viel weiteres glückliches Nachglühen mit dir."

„Unsere Zukunft ist voller Liebe, Lachen und *jeder Menge* glückliches Nachglühen."

Sie drückt meine Schultern. „Ich muss an meinen Laptop. Das ist Gold!"

Ich nehme ihr Gesicht in meine Hände. „Freut mich, deine Inspiration zu sein, ich habe allerdings andere Pläne für dich." Ich küsse einen Pfad ihren Körper hinab, und sie seufzt.

Um Alice von ihrem Laptop wegzulocken, muss ich ihre Realität besser machen als jede Fiktion. Ich werde den Rest meines Lebens damit verbringen, genau das zu tun.

Königlicher Playboy erscheint in Kürze!

Polly

Ich bin eine moderne, dreiundzwanzigjährige Prinzessin, die sich an Regeln halten muss, die im Mittelalter besser aufgehoben wären. Dass mein Vater schwer krank ist, bedeutet für mich, dass ich bald den Thron besteigen werde, doch als Frau ist es mir nicht erlaubt, allein zu herrschen. Ich kann mein Geburtsrecht nur einfordern, wenn ich den Mann heirate, der für mich ausgewählt worden ist – ein Wirtschafts- magnat, der unserem Königreich nützlich ist.

Meine Eltern sind unbeugsam. Wenn ich nicht mitspiele, bekommt mein jüngerer Cousin den Thron, und das nur, weil er ein Mann ist.

Ich bin diejenige, die sich verbiegen muss. Oder ich sage nein und verliere alles – meine Familie, mein Geburtsrecht, mein Zuhause auf unserer schönen Insel.

Ich bin noch nie einem Mann begegnet, der reizvoll genug gewesen wäre, um ein Königreich zu riskieren … Doch dann lerne ich *ihn* kennen.

Oscar

Ich bin der Gutaussehende. Wenn man mich im Rourke Clan finden will, dann sucht man nach dem, der am besten aussieht. Ob es mich stört, dass man vom viertgeborenen Sohn nicht mehr erwartet, als dass er der Presse sein umwer- fendes Lächeln präsentiert? Vielleicht.

Wäre es schön, gebraucht zu werden, wenn auch nur von einem Menschen, der mich als Schlüssel zu etwas Wichtigem sieht? Ja.

Und dann lerne ich *sie* kennen.

Es ist, als hätte mich der Blitz getroffen. Sie ist nur für kurze Zeit auf Villroy, bevor sie wieder nach Hause zurück- kehren und den Mann, den ihre Eltern für sie ausgewählt haben, heiraten muss. Wenn sie es nicht tut, verliert sie ihr Geburtsrecht.

Wenn mir Polly wirklich etwas bedeutet, lasse ich die

Finger von ihr. Doch habe ich die Kraft, der am meisten perfekten Frau, die mir je über den Weg gelaufen ist, zu widerstehen?

WEITERE BÜCHER VON KYLIE GILMORE

Die Clover Park Reihe

Das Gegenteil von wild (Buch 1)

Daisy schafft alles (Buch 2)

In den Falschen verguckt (Buch 3)

Ein Weihnachtsmann zum Küssen (Buch 4)

Vermieter küsst man nicht (Buch 5)

Nicht mein Romeo (Buch 6)

Bring mich auf Touren (Buch 7)

Clover Park Braut (Buch 7.5)

Gewagte Verlobung (Buch 8)

Retter in der Not (Buch 9)

Eine verführerische Freundschaft (Buch 10)

Ein Geschenk zum Valentinstag (Buch 11)

Raus aus der Tretmühle (Buch 12)

Die Clover Park STUDS Reihe

Almost Over It (Book 1)

Almost Married (Book 2)

Almost Fate (Book 3)

Almost in Love (Book 4)

Almost Romance (Book 5)

Almost Hitched (Book 6)

Happy End Buchblub Reihe

Hollywood Inkognito (Buch 1)

Gefahr im Anzug (Buch 2)

Gefährliches Spiel (Buch 3)

Förmliche Vereinbarung (Buch 4)

Wenn der Bad Boy keiner ist (Buch 5)

Ein Störenfried zum Verlieben (Buch 6)

Schicksalsbegegnungen (Buch 7)

Eine Romantische Chance (Buch 8)

Ein sündhafter Flirt (Buch 9)

Ein unbequemer Plan (Buch 10)

Eine Happy End Hochzeit (Buch 11)

Die Rourkes Reihe

Königlicher Fang (Buch 1)

Königlicher Hottie (Buch 2)

Königlicher Darling (Buch 3)

Königlicher Charmeur (Buch 4)

Königlicher Playboy (Buch 5)

Königlicher Spieler (Buch 6)

ÜBER DIE AUTORIN

Kylie Gilmore ist die USA Today Bestsellerautorin der Rourkes Reihe, der Happy End Buchclub Reihe, der Clover Park Reihe und der Clover Park STUDS Reihe. Sie schreibt unterhaltsame Romanzen, die die LeserInnen zum Lachen und zum Weinen bringen und zu einem Glas Eiswasser greifen lassen.

Kylie lebt mit ihrer Familie, zwei Katzen und einem verrückten Hund in New York. Wenn sie nicht gerade schreibt, Kinder bändigt oder bei Autorenkonferenzen pflicht-bewusst Notizen macht, findet man sie beim Stretching – bis ganz nach oben ins oberste Regal, um dort ihren geheimen Schokoladenvorrat zu erreichen.